grafit

Chemnitzer Str. 31, 44139 Dortmund
Internet: http://www.grafit.de
E-Mail: info@grafit.de

Umschlaggestaltung: Nele Schütz Design unter Verwendung von shutterstock/lassedesignen
Druck und Bindearbeiten: CPI – Clausen & Bosse, Leck
ISBN 978-3-89425-576-3
1. 2. 3. / 2020 19 18

Jan Zweyer

Starkstrom

Kriminalroman

grafit

Der Autor

Jan Zweyer wurde 1953 in Frankfurt am Main geboren. Mitte der Siebzigerjahre zog er ins Ruhrgebiet, studierte erst Architektur, dann Sozialwissenschaften und schrieb als ständiger freier Mitarbeiter für die *Westdeutsche Allgemeine Zeitung.* Er war viele Jahre für verschiedene Industrieunternehmen tätig. Heute arbeitet Zweyer als freier Schriftsteller in Herne.

Nach seiner Mittelaltertrilogie Das Haus der grauen Mönche und deren Fortsetzung *Ein Königreich von kurzer Dauer* begibt er sich mit *Starkstrom* in die nahe Zukunft.

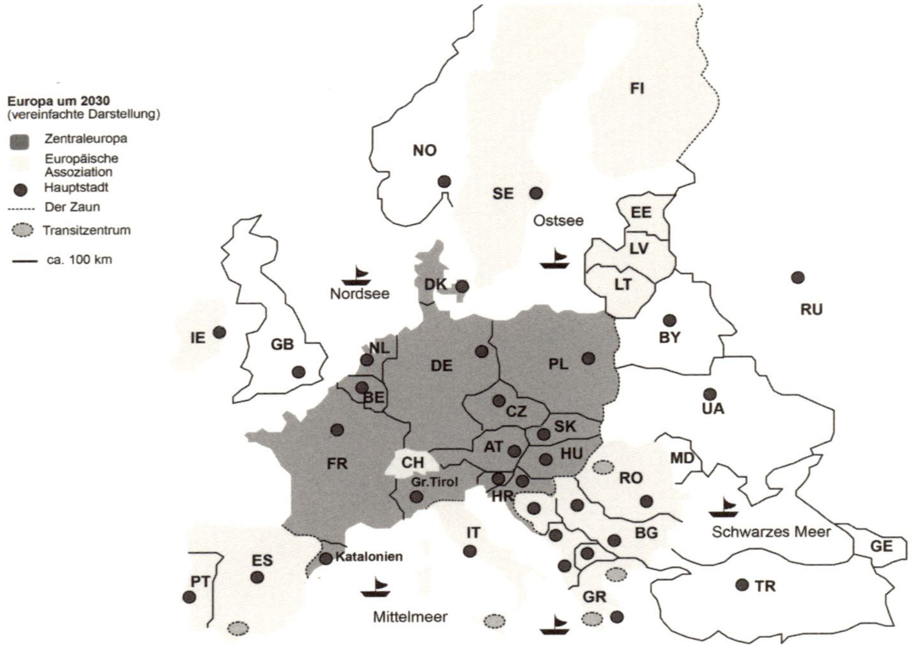

Europa um 2030
(vereinfachte Darstellung)
Zentraleuropa
Europäische Assoziation
Hauptstadt
Der Zaun
Transitzentrum
ca. 100 km
FI
NO
SE
Ostsee
EE
LV
LT
RU
BY
Nordsee
DK
IE
GB
NL
DE
PL
BE
CZ
SK
UA
AT
HU
MD
FR
CH
Gr.Tirol
RO
HR
IT
BG
Schwarzes Meer
GE
Katalonien
ES
PT
TR
GR
Mittelmeer

Tausende Menschen ertranken in den letzten Jahren bei dem Versuch, Europa über das Mittelmeer zu erreichen. Sie flohen vor Krieg, Terror oder Hunger und suchten ein besseres, friedliches Leben. Doch sie fanden den Tod.

Prolog

Europa in naher Zukunft

Paolo Ricci hatte einen anstrengenden Tag hinter sich. Am frühen Morgen hatte sich der Techniker durch die berüchtigten Staus rund um Mailand nach Süden gekämpft, um seinen turnusmäßigen Kontrollbesuch am Zaun in Viadana durchzuführen. Einmal im Quartal unternahm er diese Fahrt, sofern ihn nicht außergewöhnliche Ereignisse zu einer häufigeren Inspektion zwangen.

Heute hatte nichts Besonderes angelegen, Routinearbeiten standen auf dem Programm: die Technik überprüfen, die Mitarbeiter einnorden, hier und da nach dem Rechten schauen. Riccis Besuche fanden grundsätzlich unangemeldet statt. Dieses Mal war er besonders unberechenbar vorgegangen: Sein letzter Kontrollgang lag gerade zwei Wochen zurück. Niemand hatte geglaubt, dass er in so kurzem Abstand in Viadana erscheinen würde. Sollten sich Nachlässigkeiten in die Arbeitsabläufe eingeschlichen haben, würde er sie so sicher aufspüren.

Paolo konnte dank seiner elektronischen Ausweiskarte durch einen mehrfach gesicherten Nebeneingang unbemerkt auf das Gelände gelangen und machte von dieser Möglichkeit dann und wann Gebrauch. Denn das Sicherheitspersonal an der Pforte kannte ihn und schlug, kaum dass er die Schranke passiert hatte, unverzüglich Alarm, um die Kollegen vor seinem Erscheinen zu warnen. Daran hatte er keinen Zweifel, war er selbst doch genauso vorgegangen, als er noch zu Ausbildungszwecken an der Pforte gesessen hatte. Außer ihm kannte nur der örtliche Leiter diese alternative Route. Der dürfte sich um diese Uhrzeit allerdings anders als Paolo bereits bei einem Glas Rotwein entspannen.

Ricci seufzte. Er saß in einem kleinen Raum im zweiten Stock des Verwaltungstrakts des Technikgebäudes, durch dessen winziges Fenster er auf das etwa einen Kilometer entfernt stehende lokale Kontrollzentrum sehen konnte. Darin stand das Herz der Überwachungsanlage, von dem aus die nicht direkt aus Hamburg oder Mailand organisierten Funktionen des Zauns gesteuert wurden. Außerdem lagen dort die Aufenthaltsräume der Sicherungsteams. Die Kontrolle dieses Bereichs hatte sich Paolo für später aufgehoben.

Im Technikgebäude standen die Generatoren, die die Energie für die gesamte Anlage lieferten, die An- und Abschalteinrichtungen der Stromversorgung, die Heizungsanlage und weitere Versorgungseinrichtungen wie Werkstätten oder Magazine.

Die Tür zum Flur hatte Ricci in der vergeblichen Hoffnung offen stehen lassen, sich so etwas Kühlung zu verschaffen. Aber das ganze Gebäude war überheizt. Der Mailänder erstellte eine Notiz auf seinem Smartphone. Der zuständige Schichtleiter konnte sich auf einen Rüffel gefasst machen.

Ricci überprüfte das Wartungsbuch, in das die Techniker jede Reparatur eintragen und mit ihrer Unterschrift quittieren mussten. Es schien alles in Ordnung zu sein.

Er schaute auf seine Armbanduhr. Es war spät geworden und draußen bereits stockdunkel. Vor Mitternacht dürfte er nicht zurück in Mailand sein. Glücklicherweise hatte er Chiara gebeten, nicht mit dem Essen auf ihn zu warten. Sicher würde sie bald zu Bett gehen.

Ein Geräusch ließ Paolo aufschrecken. Er schlug das Wartungsbuch zu, legte es zurück an seinen Platz und lauschte. Wieder vernahm er ein leises Quietschen, als ob eine schlecht geölte Tür bewegt wurde. Seltsam. Die Eingangstür hatte er nach seinem Eintreten wieder abgeschlossen.

Eigentlich sollte sich um diese Zeit niemand mehr in dem

Trakt aufhalten, es sei denn, eine Reparatur wäre erforderlich. Aber dann hätte der Kontrollrechner, der vor Paolo auf dem Schreibtisch stand und leise vor sich hin summte, eine entsprechende Meldung auf dem Bildschirm angezeigt. Wer war also noch im Gebäude?

Wieder vernahm er das Quietschen, gefolgt von dem Klang einer zufallenden Tür.

Paolo trat in den Flur hinaus. Auch hier brannte, wie in allen Gebäuden der Einrichtung, ständig Licht. Die Verantwortlichen im fernen Hamburg hofften, so Zaunverletzer abzuschrecken. Zwar war das nicht mehr als ein frommer Wunsch, denn mittlerweile hatte sich herumgesprochen, dass die Beleuchtung nie abgeschaltet wurde, trotzdem revidierte niemand diese kostspielige Entscheidung.

An der Treppe angekommen, lauschte der Mailänder erneut. Alles blieb ruhig. Hatte er sich geirrt und das Anspringen eines der Generatoren für das Geräusch einer sich schließenden Tür gehalten? Wahrscheinlich.

Bisher hatte Paolo noch niemanden getroffen – der geeignete Zeitpunkt, der Überwachungsanlage einen überraschenden Besuch abzustatten. Der Techniker holte seinen Mantel aus dem Raum und machte sich auf den Weg.

Als er ins Freie trat, hatte der Wind aufgefrischt. Er schlug den Kragen hoch und überlegte, ob er nicht seinen Wagen nehmen sollte. Dann wäre allerdings die Kontrollbesatzung möglicherweise vorgewarnt und das galt es zu vermeiden.

Der hundert Meter entfernte Zaun bot im Licht der Scheinwerfer ein beeindruckendes Bild. Silbrig glänzte der Maschendraht, die Bereiche zwischen den elektrisch geladenen Zäunen waren glatt geharkt und vollständig ausgeleuchtet, sodass jeder Fußabdruck gut zu erkennen war. Paolo blieb in der geöffneten Tür stehen und zündete sich eine Zigarette an.

Plötzlich traten aus dem Schatten des Technikgebäudes drei Männer ins Blickfeld des Mailänders. Sie kamen von der anderen Seite des Gebäudes, aus der Richtung, in der der Parkplatz lag. Einer von ihnen schob eine Karre, in der etwas Undefinierbares lag, ein anderer trug lange Stangen, an deren Enden ein Brett befestigt war. Sie ähnelten extrem langen Schneeschaufeln. Um den Hals des Dritten baumelte eine Kamera.

Die Unbekannten gingen zügig zum inneren Zaun, der verhindern sollte, dass jemand vom Überwachungspersonal irrtümlich in den gesicherten Bereich gelangte. Sie öffneten die Schleuse zur Sperrzone, passierten durch sie den inneren Zaun, dann den letzten mit geringer Spannung geladenen Abwehrzaun. Wie hatten sie es mit der Karre und den Stangen geschafft, unbemerkt in diesen mehrfach geschützten Bereich vorzudringen?

»He, Sie. Was machen Sie da?«

Der Kerl mit der Kamera fuhr herum. Als er Paolo sah, rief er seinen Begleitern etwas zu. Der eine ließ die Stangen fallen, der andere die Schubkarre los. Wie auf Kommando rannten alle drei Richtung Kontrollzentrum.

Paolo wusste, dass das Gebäude durch eine Mauer gesichert war. Um dieses Hindernis zu umgehen, hätte er erst zum Parkplatz zurücklaufen müssen, um von dort der Straße zu folgen. Der kürzere Weg führte jedoch durch den Sicherheitsbereich.

Paolo musste erst mittels eines Schalters den Strom in der Schleuse abschalten und diese mit seinem Ausweis öffnen, bevor er den abgesicherten Bereich betreten und den Flüchtigen, die bereits einige Hundert Meter Vorsprung hatten, folgen konnte. Im gesicherten Bereich des Zaunes selbst befanden sich keine Alarmschalter. Kurz erwog Paolo, zurück ins Gebäude zu laufen, um dort die Überwachungstechniker zu informieren. Er entschied sich jedoch dagegen, denn möglicherweise würden die Flüchtenden seine Abwesenheit nutzen, um sich unbemerkt davonzustehlen. Das wollte er um jeden Preis verhindern.

Zunächst verlief der Zaun gerade, sodass Paolo sich in der Nähe des Abwehrzauns halten konnte. Als er die Karre passierte, erkannte er, dass sich darin ein totes Schwein befand. Aber darüber konnte er sich später wundern. Zunächst musste er die Fliehenden stellen.

Und dann? Was, wenn die Kerle bewaffnet waren? Was, wenn sie sich einfach auf ihn stürzten? Also begann er, laut zu schreien. Vielleicht hörte ihn ja einer seiner Kollegen im Kontrollzentrum. Wenn nicht würde er auf seine militärische Kampfausbildung vertrauen. Vielleicht hatte er eine Chance. Auf jeden Fall würde er nicht aufgeben, das verbot sein Pflichtgefühl.

Japsend beschleunigte er weiter, denn die drei Männer hatten das Kontrollzentrum fast erreicht. Dort befand sich eine weitere Schleuse, durch die sie – einen entsprechenden Ausweis und die Kenntnis der Codezahlen vorausgesetzt – den Sicherheitsbereich verlassen konnten. Die Zeit drängte.

Der Zaun verlief jetzt in einem lang gestreckten Bogen. Die Männer vor ihm rannten zu seiner Verwunderung rechts entlang der äußeren Zäune, so weit wie möglich vom Abwehrzaun entfernt. Da dieser Außenbogen länger war, konnte Paolo Zeit einsparen und die drei vielleicht noch stellen. Er wandte sich nach links.

Den grellen Blitz und die unglaubliche Hitze, die ihm entgegenschlug, nahm er noch wahr. Dann aber fiel er nach vorn und stürzte in den Abwehrzaun, der eigentlich nur mit Schwachstrom geladen sein sollte. In einem Reflex verkrampfte sein Körper, als Tausende von Ampere durch seine Muskeln schossen. Flammen züngelten empor, Rauch stieg auf, Riccis Haut färbte sich schwarz, platzte und sein Blut kochte. Davon jedoch spürte Paolo glücklicherweise nichts mehr.

1

Vier Wochen zuvor

»Durchbruchsversuch«, meldete die nüchterne Computerstimme. »Groß-Tirol, Sektor zwölf.«

Ein rotes Lämpchen blitzte rhythmisch über dem Großbildmonitor an der Wand des Kontrollraums, der in gedämpftes Licht getaucht war.

Peter Nielsen, Leiter der Nachtschicht, sah nicht hin. Diese Meldung hörten er und seine Kollegen mehrmals täglich. Er wusste, um welchen Abschnitt es sich handelte, schließlich hatte er dort vor Jahren den für angehende Führungskräfte obligatorischen Auslandseinsatz absolviert. Als Sektor zwölf wurde der Zaunabschnitt bei Viadana bezeichnet, der Kleinstadt am nördlichen Ufer des Po, direkt an der Außengrenze Zentraleuropas gelegen.

Der Computer wiederholte die Nachricht. Nielsen seufzte, schaute nun doch hoch und setzte die vorgeschriebene Prozedur in Gang. Er tippte auf eine Taste des in sein Pult eingelassenen Monitors. Ab jetzt würden alle Gespräche, die er über sein Mikrofon führte, zu Kontrollzwecken aufgezeichnet.

Er wartete, bis der Farbwechsel von Rot zu Grün signalisierte, dass er sprechen konnte, gab den Code für Viadana ein und sagte dann auf Englisch in das Mikrofon seines Headsets: »Sektor zwölf, wir haben einen Durchbruchsversuch.«

»Ich weiß«, antwortete der zuständige Techniker nach einem Moment. »Ein Sicherungsteam ist bereits unterwegs.«

Die übergeordnete Sektorenkontrolle schaltete sich ebenfalls in das Gespräch ein. »Guten Abend, hier ist Mailand. Grüße nach Berlin.«

Nielsen, dem die Stimme bekannt vorkam, fragte auf Deutsch: »Bist du das, Paolo? Hier spricht Peter.«

»Peter! Schön, von dir zu hören. Wie geht es dir?«

»Prima, wenn ich davon absehe, dass ich dieses Gespräch mit dir bei der Arbeit anstatt in einer Trattoria führe.«

Paolo Ricci ließ sein kehliges Lachen hören, wurde dann aber abrupt ernst. »Das Überwachungsteam ist eingetroffen. Willst du die Bilder sehen?«

»Mein Gott, seid ihr schnell. Der Alarm wurde vor nicht einmal zwei Minuten ausgelöst.«

»Das Team war für Wartungsarbeiten am Zaun schon in der Nähe.«

»Verstehe. Schick sie mir.« Nielsen schaltete um.

Einen Moment später flackerte der Großbildmonitor und die Karte Zentraleuropas wurde durch Aufnahmen des Einsatzortes ersetzt, festgehalten von der Helmkamera eines Mitglieds des Überwachungsteams.

Es dauerte etwas, bis sich Nielsen an den starken Kontrast gewöhnte. In den Abschnitten, in denen die starken Leuchten den Sicherheitsbereich des Zaunes ausstrahlten, war es taghell, überall sonst herrschte tiefe Nacht. Entsprechend dunkel waren die Schatten, die einzelne Zaunstangen warfen.

Das Bild wackelte, weil der Kameraträger rannte. Es war den Entwicklungsingenieuren trotz aller Anstrengungen immer noch nicht gelungen, Stabilisatoren zu bauen, die solche Bewegungen vollständig ausglichen. Nielsen erkannte schemenhaft zwei flüchtende Personen.

Er lehnte sich zurück und verschränkte die Arme hinter den Kopf. Immer wieder dasselbe Schauspiel. Wurden die Menschen denn nie klüger? Von Jahr zu Jahr war das Überwachungssystem der *GoFeCo,* wie die Öffentlichkeit Nielsens Arbeitgeber, die *Good-Fence-Cooperation* nannte, immer weiter perfektioniert worden. Seit einigen Jahren hatte es fast niemand mehr über die Grenze geschafft. Die meisten scheiterten bereits am ersten Abwehrzaun. Der war rund fünf Meter hoch. Dahinter befand sich auf einer Breite von zehn Metern ein ineinander verflochtener Drahtverhau mit messerscharfen Widerhaken, die jedem ungeschützten Menschen üble Verletzungen zufügen konnten. Die meisten Durchbrecher versuchten deshalb, den Verhau mit Drahtscheren zu zerschneiden. Sie wussten nicht, dass feine Sensordrähte jede Beschädigung sofort an die für diesen Sektor zuständige Überwachungszentrale meldeten. Da das Schneiden einige Zeit in Anspruch nahm, waren die Überwachungsteams in aller Regel bereits am Tatort, bevor der Durchbruch erfolgte.

Wer es trotzdem über den ersten Abwehrzaun schaffte, musste einen fünf Meter breiten Streifen voller verdeckt angebrachter Stolperdrähte passieren, die den Durchbrecher nicht nur zu Fall brachten, sondern selbstverständlich weiteren Alarm auslösten. Wurden auch diese Barrieren wider Erwarten überwunden, folgte das dritte und eigentlich unüberwindbare Hindernis: vier weitere, jeweils sechs Meter hohe Zäune, die allesamt unter Strom standen. Der erste führte nur Schwachstrom, der lediglich ein unangenehmes Kribbeln auslöste – als Warnung für das Folgende, denn die Stärke steigerte sich mit jedem Hindernis. Und wer meinte, sich mit Isolierzangen, -handschuhen oder -kleidung schützen zu können, wurde spätestens am letzten Zaun bitter enttäuscht. Hier waren hoch über den Köpfen der Durchbrecher Elektroschussanlagen angebracht, die, von Gewichtssensoren im Boden gesteuert, Drähte abfeuerten, welche kurzfristig starke Ströme übertrugen. Jeder, der von ihnen getroffen wurde, fiel bewegungsunfähig zu Boden und wurde von heftigen Krämpfen geschüttelt.

Die Konstrukteure dieser Taser-Selbstschussanlage waren sehr stolz auf ihr Produkt. Es sei human und ebenso ungefährlich wie der stromführende Zaun, hatten sie versichert. Um die Behauptung ihrer Firma glaubwürdig bestätigen zu können, musste sich jede angehende Führungskraft während des Traineeprogramms einmal dieser Waffe aussetzen. Auch Nielsen hatte sich damals unter Krämpfen im Sand gewälzt. Von einigen Stunden Kopfschmerzen und einem gewaltigen Muskelkater abgesehen, war ihm nichts geschehen. Trotz anderslautender Bedenken hatten die Taser noch keinem Durchbrecher anhaltenden Schaden zugefügt. Was aber auch schlicht daran liegen konnte, dass es noch nie einer bis zum letzten Hindernis geschafft hatte, wie Kritiker der *GoFeCo* vorwarfen.

»Wie geht es Karla?«, wollte Ricci wissen, während Nielsen auf dem Monitor erkannte, dass die beiden Durchbrecher fast eingeholt waren.

»Keine Ahnung. Wir haben uns vor zwei Jahren getrennt.«

»Oh, das tut mir leid.«

Riccis Bemerkung versetzte Nielsen einen Stich. Er hatte immer noch nicht verwunden, dass seine Freundin ihn verlassen hatte. Zwar war die Trennung nach den ewigen Streitereien nur folgerichtig gewesen, trotzdem vermisste er seine Ex. Aber das ging niemanden etwas an.

Also log er: »Keine Ursache. Es war besser so für uns beide. Wir haben uns auseinandergelebt. Außerdem hatte Karla kein Verständnis für meine Arbeit.«

»Na denn.« Ricci machte eine Pause. »Ich glaube, das Sicherungsteam hat sie.«

»Sieht so aus.«

Auf dem Bildschirm war zu erkennen, wie fünf Uniformierte zwei junge Männer umringten, sie dann zu Boden warfen, durchsuchten und ihnen schließlich die Hände auf den Rücken fesselten.

»Durchbruchsversuch abgewehrt«, plärrte es aus dem Lautsprecher.

»Durchbruch geschah mittels Leitern und Matten. Keine Schäden am Zaun. Einsatz erfolgreich beendet«, meldete der Leiter des Sicherungsteams vor Ort. »Durchbrecher werden zur Zentrale gebracht und dem Richter übergeben. Ende.«

Nielsen kannte das Verfahren. Ein Schnellrichter würde die Gefassten wegen des Versuches der illegalen Einreise nach Zentraleuropa zu sechs Monaten Gefängnis in speziellen Auffanglagern, verharmlosend Transitzentren genannt, aburteilen. Es gab keine Verteidiger, keine Anhörung, keine mildernden Umstände, keine Einzelfallprüfung, kein Asylverfahren. Denn Asyl beantragen konnte nur, wer europäischen Boden erreichte. Der Prozess selbst nahm nicht mehr als fünfzehn Minuten in Anspruch. Wer sich nicht ausweisen wollte oder konnte, weil er seine Papiere auf der Flucht verloren hatte, landete nach der Verbüßung seiner Strafe in den Transitzentren auf Sizilien, in Griechenland, Spanien oder Rumänien – auch nichts anderes als Gefängnisse, nur viel, viel größer. Alle anderen wurden in ihr Heimatland abgeschoben. Ausnahmslos.

Aus den Zentren selbst gab es nur zwei Wege: Entweder räumte der Durchbrecher ein, woher er stammte, und wurde zurück in sein Heimatland geschickt oder ihm gelang ein Treffer in der monatlichen Lotterie, bei der pro Ziehung fünfhundert Glücklichen der Weg nach Zentraleuropa offenstand. Sechstausend im Jahr. Teilnehmen durften allerdings nur jene, die lediglich einmal versucht hatten, illegal einzureisen. Wer häufiger am Zaun festgenommen wurde, hatte das Recht verwirkt, jemals Asyl in Zentraleuropa zu erhalten. Manche dieser Menschen vegetierten schon seit Jahren hinter den Gittern der Transitzentren.

Dieses Vorgehen war nationales Recht der EU-Mitgliedstaaten und durch entsprechende Beschlüsse der EU-Kommission manifestiert. Der Europäische Gerichtshof hatte die Regelungen in mehreren Verfahren für zulässig erklärt und die höchsten Gerichte der Nationalstaaten hatten diese Entscheidung übernommen. Eine Intervention der Generalversammlung der Vereinten Nationen wurde durch die Staaten Zentraleuropas schlicht ignoriert. Und bis in den Sicherheitsrat der UN schaffte es dieser Sachverhalt nie, die mühsam wiedererlangte Stabilität des europäischen Kontinents wollte keines der ständigen Mitglieder dieses Gremiums gefährden.

Jahrelang hatten einzelne Staaten der früheren Europäischen Union an der Schwelle eines Bürgerkrieges gestanden. Separatisten in vielen Ländern forderten immer lauter die Unabhängigkeit – die zum Teil nationalistischen Regierungen stellten sich dagegen. Militanter Widerstand in Schottland wurde von der britischen Regierung gewaltsam zerschlagen. Tausende Menschen kamen bei den Unruhen ums Leben. Die Europäische Union sah lediglich zu. Schließlich hatte Großbritannien schon Jahre zuvor die EU verlassen. Dann hatte sich die Londoner Regierung durchgesetzt – zum Preis einer Friedhofsruhe im wahrsten Sinne des Wortes. Eine Vereinigung Irlands allerdings konnte sie nicht verhindern.

Auch in Katalonien und Südtirol flammten Aufstände auf. Da es sich bei diesen Regionen allerdings um wirtschaftlich starke Gebiete handelte, unterstützten einige EU-Staaten, die keine weiteren Ausgleichszahlungen an diese Länder leisten wollten, unter der Führung Deutschlands schließlich den Loslösungsprozess. Das führte dazu, dass Spanien und Italien nach heftigen diplomatischen Scharmützeln die EU verließen. Weitere Länder folgten, als Kerneuropa beschloss, auch ihnen die Finanzmittel drastisch zusammenzustreichen. Ein Krieg zwischen den Staaten konnte nur mühsam verhindert werden. So gab es nun ein zweigeteiltes Europa. Die Staaten an der Peripherie, zusammengeschlossen in der Europäischen Assoziation, und die Kerneuropas.

Nur der Flüchtlingsstrom endete nicht. Um ihn einzudämmen, bauten die Regierungen Zentraleuropas, getrieben von starken rechtspopulistischen Parteien in ihren Ländern, einen Zaun, der ein Vermögen gekostet hatte und dessen Unterhalt Unsummen verschlang. Trotzdem brachen Tag für Tag Tausende auf, um Europa und damit ein besseres Leben zu erreichen.

Natürlich konnten Verfolgte nach wie vor Asyl beantragen.

Das betonten die verantwortlichen Politiker immer wieder. Das Asylrecht werde nicht eingeschränkt. Aber dazu mussten sich die Flüchtlinge auf dem Boden Zentraleuropas befinden. Und um eben das zu verhindern, war der Zaun gebaut worden. Ohne politischen Willen würde sich diese Praxis in den nächsten Jahren nicht ändern. Nielsen war das nur recht. Sein Arbeitsplatz hing davon ab.

»Danke. Guter Job«, bestätigte Ricci dem Überwachungsteam. Dann wandte er sich wieder an seinen Kollegen im fernen Deutschland: »Du bekommst den Einsatzbericht per Mail. Ach ja, es wäre schön, wenn wir uns mal wiedersehen würden. Die Trattoria im Quadrilatero della moda, in der wir uns früher häufiger getroffen haben, gibt es noch.«

»Haben sie immer noch das vorzüglich gegrillte Schwein auf der Speisekarte?«

»Natürlich.«

Wieder seufzte Nielsen. »Nur – die Arbeit …«

»Ach, komm. Wir sollten uns so schnell wie möglich treffen. Chiara würde sich bestimmt auch freuen, dich wiederzusehen.«

»Wenn ich es mir genau überlege – vielleicht Anfang Mai. Ja, in der ersten Maiwoche. Da habe ich Urlaub. Was hältst du davon?«

»Das geht in Ordnung. Ich nehme mir einige Tage frei. Und Chiara dürfte bis dahin ihren Bruch ausgeheilt haben.«

»Was ist ihr denn zugestoßen?«

»Sie ist über eine Schubkarre gestolpert.«

»Wie bitte?«

Ricci kicherte. »Eine lange Geschichte. Aber ich glaube nicht, dass unser Arbeitgeber Verständnis dafür aufbringt, wenn wir uns ausführlich darüber unterhalten.«

»Wohl kaum. Wann sprichst du mit ihr?«

»So schnell wie möglich. Lass uns in Kontakt bleiben. Ciao, Peter.«

»Machs gut, Paolo.«

Als Nielsen wieder in den Routinebetrieb schaltete, hatte er die Festnahme der zwei Männer schon fast vergessen. Er freute sich auf das morgige Wochenende. Endlich ausschlafen, lesen und etwas Fahrrad fahren.

2

Der Wind pfiff um das einstige Schulgebäude, das die Franzosen erbaut hatten. Der von ihnen bezahlte Lehrer war zurück nach Dakar gegangen, als die europäischen Hilfslieferungen gekürzt wurden und das Kultusministerium Senegals in der fernen Hauptstadt sein Gehalt nicht mehr zahlen konnte oder wollte. Seitdem war die Schule verwaist und diente den Dorfbewohnern als Versammlungsraum.

Aber selbst wenn das Lehrergehalt weitergeflossen wäre, hätte es keine Schüler mehr gegeben, die der Pädagoge hätte unterrichten können. Denn in den letzten Jahren hatte sich die Steppe immer weiter ausgebreitet. Der jährliche Sommermonsun war schwächer geworden, bis er in den letzten Jahren fast ganz ausblieb. Seit zwanzig Monaten hatte es kaum geregnet und die wenigen Tropfen, die vom Himmel fielen, verdunsteten schnell auf dem sprichwörtlich heißen Stein. Die Brunnen der Bauern versiegten und die von den Europäern mit großem Tamtam eingeweihten Bewässerungssysteme verrotteten in der gnadenlosen Sommersonne. Immer weitere Wege mussten die Frauen und Kinder zurücklegen, um Wasser aus den wenigen verbliebenen Quellen in ihr Dorf zu schaffen. Stunde um Stunde schleppten sie die prallen Lederschläuche auf den Rücken durch die Steppe, trugen Kanister auf Schultern und Köpfen. Unterricht wird nebensächlich, wenn das Verdursten von Mensch und Vieh droht. Die Felder lagen schon lange brach. Für sie reichte das Wasser nicht, das die verbliebenen Bewohner heranschleppten.

Jetzt, im Januar, wehte der Harmattan kontinuierlich aus Nordosten. Er trug den Staub der Sahara mit sich und blies auch die wenigen fruchtbaren Sedimente von den Äckern, die eigentlich das Überleben der Einheimischen sichern sollten, wenn es denn endlich wieder einmal regnete. Aber kein Tropfen fiel vom Himmel.

Viele Bewohner hatten das namenlose Dorf deshalb auf der Suche nach einem besseren Leben verlassen und waren in die rund einhundert Kilometer westlich liegende Provinzhauptstadt Tambacounda gezogen, andere auf der Flucht vor Hunger und Durst gleich ins ferne Dakar. Aber egal wohin sie sich auch wandten, sie waren Bauern und Ziegenhirten und hatten nichts anderes gelernt. Das jedoch waren Berufe, die die großen Städte nicht brauchten. Und so vegetierten die Zugezogenen in den Elendsquartieren, verdingten sich als Tagelöhner und waren froh, wenn sie sich wenigstens eine karge Mahlzeit leisten konnten.

Die im Dorf Zurückgebliebenen wussten nicht, dass der fehlende Regen und die immer weiter voranschreitende Wüstenbildung ein Ergebnis des Klimawandels waren. Die großen Industrienationen hatten trotz einiger gefeierter halbherziger Beschlüsse die Erwärmung der Erde nicht gestoppt, im Gegenteil. Jedes Jahr brachte neue Hitzerekorde. Die Dörfler wussten auch nicht, dass Menschen, die ihre Heimat verlassen mussten, wollten sie überleben, im fernen Europa verharmlosend als Wirtschafts- oder gar Wohlstandsflüchtlinge bezeichnet wurden, die keinerlei Recht auf Asyl hätten.

Tatsächlich waren diese Bezeichnungen sogar formal korrekt. Im Senegal gab es keine Kriege, keine marodierenden Warlords, keine islamistischen Terrorgruppen. Nur Hunger und Durst, die allerdings ebenso töten konnten wie Schnellfeuergewehre. Es dauerte nur länger.

Eines Tages kamen drei große Geländewagen in das Dorf. Ihnen entstiegen bullig aussehende Männer, die einen vornehm gekleideten Städter in ihre Mitte nahmen. Der ließ die Ältesten in eben jenem Gebäude zusammenrufen, das vorher die Schule beherbergt hatte. Er erzählte von einem besseren Leben hoch im Norden, von Reichtum und Überfluss, von kostenloser Gesundheitsversorgung, Schulen und Universitäten für jeden. Wer dorthin reise und arbeite, könne die Familien im Dorf unterstützen. Und er, Moussa Mané, werde die Reise organisieren. Wer Interesse an seinem Angebot habe, müsse sich nur in Agadez einfinden, einer nigrischen Stadt am Südrand der großen Wüste. Von dort würden seine Leute einen sicheren Transport durch die Sahara nach Libyen organisieren, dann eine kleine Seereise über das Meer und schon sei man in Europa. Treffpunkt sei die Bar *Le petit étranger*, die kenne jeder vor Ort. Dort müssten Interessierte nur nach ihm fragen und schon könne die Reise ins Glück beginnen. Und weil ihm das Schicksal seiner Landsleute so am Herzen liege, nehme er lediglich zweitausendfünfhundert Euro pro Person, ein Spottpreis. Die dreieinhalbtausend Kilometer in die Wüstenstadt könnten Interessierte mit Bussen zurücklegen, seine Männer draußen seien gerne bei der Reiseplanung behilflich.

Die Dorfbewohner rissen sich um die Hinweise – sie waren ja kostenlos. Und schon kurz darauf hatte fast jede Familie im Dorf einen fotokopierten Zettel in der Hand, auf dem die Stationen der Fahrt aufgelistet waren.

Zufrieden schwang sich der vermeintliche Gönner wieder in seinen SUV. Die Fahrer gaben Gas und die Wagen verließen das Dorf in der Steppe, Staubwolken hinter sich herziehend.

Drei Tage später versammelten sich die Männer des Dorfes erneut in der Schule, um über das Angebot Moussa Manés zu sprechen.

»Warum über etwas reden, was jenseits unserer Möglichkeiten liegt?«, beschwerte sich einer der Anwesenden. »Ich müsste draußen auf den Feldern sein.«

»Um was zu tun?«, gab ein anderer zurück. »Staub fegen? Oder den Pflanzen beim Vertrocknen zusehen?«

»Du hast ja keine Ahnung. Deine Ernteerträge waren schon immer gering.«

»Was willst du damit sagen? Dass ich ein schlechterer Bauer bin als du?«

»Genau das.«

Streit brach aus, alle redeten durcheinander. Einige Bewohner drohten anderen mit den Fäusten, beschimpften sich gegenseitig. Der Druck, ihre Familien ernähren zu müssen, ohne zu wissen, wie, lastete auf ihnen und suchte ein Ventil. Die sonst herrschende friedliche Balance war in Gefahr.

Ein zahnloser Mann meldete sich. Niemand, er eingeschlossen, wusste, wie alt er war. Sein Rücken war krumm und das Gehen bereitete ihm Mühe, aber sein Geist war wach und klar. Sein Wort wog fast so schwer wie das des islamischen Heiligen, doch der Marabout saß abseits und schwieg.

Der Zahnlose erhob sich. »Hört auf, euch zu streiten. Niemand von uns hat zweitausendfünfhundert Euro.«

»Eben. Das sind mehr als eineinhalb Millionen Francs«, rief einer dazwischen.

»Richtig. Aber wenn wir alle zusammenlegen, reicht es vielleicht für zwei von uns.«

»Und wer soll gehen? Du etwa?«

Einige lachten.

»Nein. Zwei unserer Söhne.«

»Und dann?«

»Suchen sie sich Arbeit in Europa und schicken uns von ihrem Verdienst, was sie entbehren können.«

Die Männer schwiegen nachdenklich.

Dann fragte einer: »Wer soll gehen?«

»Das entscheiden wir gemeinsam. Aber erst müssen wir klären, wer wie viel geben kann.«

»Wenn ich meine Ersparnisse für diese Reise opfere, hat meine Familie in einem Jahr nichts mehr zu essen.«

Der Zahnlose stand erneut auf. »Wenn du jetzt auf deinem Ersparten sitzen bleibst, wird sie in zwei Jahren nichts mehr haben. Also, wer beteiligt sich?« Er hob als Erster die Hand.

Zögernd folgten weitere, bis schließlich alle Männer des Dorfes ihr Einverständnis erklärten. Dann machten sie sich daran aufzuschreiben, wer wie viel beisteuern konnte.

Wieder meldete sich der Alte. »Es sind fast sechstausend Euro zusammengekommen. Das sollte reichen.«

»Überlegt euch gut, was ihr da vorhabt.« Der Marabout war in die Mitte des Raumes getreten. »Es sind Tausende von Kilometern bis zum Meer. Die Reise ist beschwerlich und vor allem gefährlich. Banditen lauern an jeder Ecke. Viele Flüchtlinge werden ausgeraubt, manche umgebracht. Und selbst wenn unsere Söhne das Meer erreichen, sind sie nicht in Sicherheit. Die Boote für die Überfahrt sind klein und überfüllt. Viele kentern, es sind schon Tausende ertrunken.«

»Woher willst du das wissen?«, unterbrach ihn einer der Männer und ließ so mangelnden Respekt erkennen.

»Ich bin der Einzige im Dorf, der noch Batterien für sein Radio besitzt, wie ihr wisst. In einer Sendung wiesen Angestellte unserer Regierung auf die Gefahren der Flucht hin.«

Seit mit dem Wasser auch die Dieselvorräte für den Generator zur Neige gegangen waren, gab es keinen Strom mehr im Dorf. Ein einziges Mal war ein Tanklastwagen aus Tambacounda gekommen, aber auch das lag schon Monate zurück. Seitdem waren ihre Radios und Mobiltelefone stumm geblieben.

»Ach was, das sind doch die Befürchtungen von Waschweibern.«

»Du nennst mich ein Waschweib?« Die Stimme des Marabouts klang bedrohlich.

»Nein, nein«, versicherte der Angesprochene eilig. »Nicht dich habe ich gemeint, sondern die Leute im Radio, von denen du erzählt hast. Dir glaube ich jedes Wort und stimme zu, dass wir gründlich beraten müssen. Aber den Regierungsbeamten traue ich nicht über den Weg. Was haben sie uns schon alles versprochen? Und was ist davon eingetreten? Nichts.«

Viele der Männer nickten zustimmend.

»Also, sollen wir das Risiko, auf das uns der Heilige hingewiesen hat, eingehen?«

Die Beratungen zogen sich noch Stunden hin. Schließlich hatten die Männer eine einstimmige Entscheidung gefällt. Bahdi Kara und Djibi Diolp sollten gehen. Sie waren jung und kräftig, sprachen leidlich Französisch und hatten sogar einige Brocken Englisch aufgeschnappt, Fähigkeiten, die ihnen in der Fremde sicher nützen würden. Und ihre Familien waren es, die am meisten in die Reise investiert hatten. Der Druck, ihr Bestes zu geben, um das Überleben der Daheimgebliebenen zu sichern, war so bestimmt groß genug.

Der Marabout ließ nach den beiden schicken, denn sie standen erst an der Schwelle zum Mannsein, waren daher noch nicht alt genug, um an der Versammlung teilzuhaben. Als die Auserwählten vor ihm standen, teilte er ihnen das Votum der Versammlung mit. Beiden war der Stolz anzusehen, mit dieser wichtigen Aufgabe betraut zu werden.

»Und denkt daran: Das Schicksal nicht nur eurer Familien, sondern des ganzen Dorfes hängt von euch ab. Versagt ihr, müssen wir alle hungern und sterben. Ihr seid unser aller Hoffnung. Zeigt euch dieser Aufgabe und des Vertrauens, welches wir in euch setzen, würdig.«

Der Weise hob die Hand, um beide zu segnen. Gehorsam senkten Bahdi und Djibi die Köpfe. Nur wer genau hingehört hatte, konnte den resignativen Tonfall des Marabouts wahrnehmen.

3

Das Schrillen des Telefons riss Karla Touré aus ihrer Arbeit. Die Journalistin des *Herolds*, eines großen, in Hamburg erscheinenden Nachrichtenmagazins, recherchierte gerade für einen geplanten Artikel über Migranten. Ungehalten über die Störung, griff sie zum Hörer.

»Ja?«

»Zentrale. Ich habe hier ein Gespräch aus Dakar in der Leitung. Den Namen des Anrufers konnte ich nicht richtig verstehen, er hat aber explizit nach Ihnen gefragt. Sein Französisch ist nicht das beste. Soll ich Sie verbinden?«

Wer rief sie aus der senegalesischen Hauptstadt an?

»Stellen Sie durch.«

Als Karla das leise Knacken hörte, das den Umschaltvorgang begleitet, meldete sie sich mit ihrem Namen.

»Gaata, bist du das?«, fragte jemand auf Wolof, der wichtigsten Sprache des Senegals.

Gaata. Das hieß Kleines. Seit Jahren war sie nicht mehr mit ihrem früheren Kosenamen angesprochen worden. Aufgewachsen als Tochter eines deutschen Diplomaten und einer senegalesischen Wissenschaftlerin in Dakar, hatte ihre Mutter sie so genannt. Aber die war schon vor Jahren verstorben. Und ihr Vater hatte diesen Spitznamen nicht gemocht. Er passt nicht zur dir, hatte er gemeint. Du bist das genaue Gegenteil.

Ein Gedanken schoss Karla durch den Kopf. Konnte es vielleicht sein, dass …? »Mbaye, bist du's?«

»Ja.«

Der Sohn der Köchin, die in der Botschaft gearbeitet hatte. Die alleinerziehende Mutter hatte Mbaye jeden Morgen zur Schule gebracht. Ein entfernter Verwandter holte ihn nach Unterrichtsende ab und brachte ihn zum Botschaftsgelände, wo er die Zeit bis zum Dienstschluss seiner Mutter überbrückte.

Karla hatte sich mit ihm angefreundet, fehlerfreies Wolof von ihm gelernt und war quasi mit ihm aufgewachsen. Mbaye war der einzige Senegalese außerhalb ihrer Familie, mit dem sie engeren Kontakt gehabt hatte, von den restlichen Bediensteten abgesehen. Er war weit mehr als ein Spielkamerad gewesen. Karla hatte keine Geheimnisse vor ihm gehabt.

Nachdem ihr Vater in ein anderes Land versetzt worden war, hatten Mbaye und sie noch einige Briefe gewechselt. Dann aber wurden Karlas Schreiben nicht mehr beantwortet und sie hatte sich nach einiger Zeit damit abgefunden, ihren Jugendfreund niemals wiederzusehen.

»Wie geht es dir?«, fragte sie. »Wie bist du an meine Nummer gekommen? Was macht deine Mutter? Hast du ...«

»Langsam, eines nach dem anderen. Meine Mutter ist tot. Sie starb vor fünf Jahren bei einem Autounfall.«

»Das tut mir leid«, erwiderte Karla leise. Die Erinnerung überrollte sie wie eine große Welle. »Sie war eine liebevolle Person und eine exzellente Köchin. Besonders ihr Thieboudienne schmeckte mir.«

»Ich weiß, du hast immer eine zweite Portion gegessen. Ich habe mich damals oft gefragt, wie ein Mädchen solche Unmengen Fisch und Reis vertilgen kann.« Mbaye machte eine Pause. »Ich habe vor einigen Wochen zufällig einen Artikel von dir in einer hiesigen Zeitschrift gelesen. Es ging darum, warum die Trockenheit zunimmt und sich die Wüsten ausbreiten.«

»Ach, den meinst du. Er erschien ursprünglich auf Deutsch, nach einer Anfrage aus Dakar habe ich ihn ins Französische übersetzt.«

»Ja. Darunter standen dein Name und der Hinweis auf die Zeitung, bei der du arbeitest. Ich habe nicht alles in dem Artikel verstanden, aber du hast recht. Unser Boden wird immer trockener, seitdem der Regen nur noch so spärlich fällt. Ich ernte kaum noch etwas …«

»Du bist Bauer?«, unterbrach sie ihn.

»Ja. Nördlich der Stadt habe ich eine kleine Farm. Aber meine Frau und die Kinder hungern. Arbeit gibt es auch nicht.«

»Brauchst du Geld?«, fragte Karla sofort.

»Sicher, aber nicht von dir. Ich nehme keine Almosen.«

»Vergiss bitte deinen Stolz. Außerdem sind das keine Almosen. Betrachte es als einen Kredit, den du zurückzahlst, wenn es dir wieder besser geht.«

»Es gibt im Senegal keine Zukunft für uns«, antwortete Mbaye in bitterem Tonfall. »Nirgendwo in Westafrika.«

»Was willst du machen?«

»Nach Europa gehen, am besten nach Deutschland. Erst ich, um Arbeit zu finden und genug zu sparen, um meine Frau und die Kinder nachzuholen.«

»Hast du ein Visum?«

»Nein. Das ist der Grund für meinen Anruf. Kann mir dein Vater helfen?«

Karla schluckte. »Ich glaube nicht. Man hat ihn vor drei Jahren in den Ruhestand geschickt. Er hat sich öffentlich negativ über die Außenpolitik der damaligen Bundesregierung geäußert. Das darf ein Diplomat niemals tun. Aber es war ihm ein Herzensanliegen. Er wusste, dass er Regeln brach, hatte aber wohl nicht wirklich damit gerechnet, dass die Reaktion seines Dienstherrn so massiv erfolgte. Selbst wenn er könnte, würde er nie wieder einen Fuß in ein Ministerium setzen. Vor allem nicht in das Auswärtige Amt.«

Ihr Freund schwieg. Dann bat er mit belegter Stimme: »Fragst du ihn trotzdem?«

Sie zögerte mit der Antwort, sagte aber schließlich: »Ja, das tue ich.«

Das war eine glatte Lüge. Aber Karla brachte es nicht übers Herz, Mbaye zu erzählen, dass sie mit ihrem Vater gebrochen hatte, nachdem dieser sich gegen ihre damalige Beziehung ausgesprochen und sie massiv unter Druck gesetzt hatte. Zwar hatten seine Bedenken sich als richtig herausgestellt und sie war inzwischen von ihrem Freund getrennt, aber Karla hatte ihrem Vater diese Einmischung in ihr Leben nie verziehen.

»Erhoffe dir nicht zu viel. Höchstwahrscheinlich wird er dir kein Visum besorgen können.«

»Dann muss ich es eben auf eigene Faust versuchen.«

»Mbaye, das ist gefährlich. Du kannst dabei ums Leben kommen.«

»Ich weiß. Aber habe ich eine Wahl?«

»Wie willst du das schaffen? Zentraleuropa ist gesichert wie eine Festung.«

»Es gibt Menschen, die Hilfe anbieten. Wir müssen nur nach Agadez, ihnen das Geld bezahlen und dann bringen sie uns durch die Wüste und über das Meer.«

»Du meinst Schlepper?«

»Es ist mir egal, wie du sie nennst. Sie sind unsere letzte Hoffnung.«

Mbaye klang so verzweifelt, dass Karla fast die Tränen kamen. »Wie kann ich dich erreichen?«, fragte sie.

Er gab ihr seine Handynummer. »Wann rufst du zurück?«, wollte er wissen.

»In spätestens drei Tagen.«

»Danke, Gaata.«

4

Die randlose Brille des Staatssekretärs im deutschen Innenministerium schien vor seinen Augen zu schweben, so filigran waren die Bügel gearbeitet. Klas Grinter schob seine Sehhilfe hoch, als es klopfte und sein persönlicher Referent das Büro betrat.

»Ich habe die neuesten Zahlen vom Zaun«, meinte dieser und schloss die Bürotür hinter sich.

Grinter zeigte auf den Konferenztisch in einer Ecke des Zimmers. »Einen Moment.«

Doktor Kevin Baader, Prädikatsjurist und voller Hoffnung, für seine Dienste nach der nächsten Bundestagswahl mit einem gut dotierten Posten in der EU-Kommission belohnt zu werden, setzte sich und schenkte zwei Tassen Kaffee ein. Dann wartete er darauf, dass sein Chef das Aktenstudium beendete.

Der Staatssekretär trug den Spitznamen ›Aktenfresser‹. Kein Dokument oder Memo landete auf dem Schreibtisch des Ministers, das Grinter nicht freigegeben hatte. Sein Vorgesetzter erfuhr, was Grinter wollte. Und das war nicht immer alles.

Der Innenminister zitierte gerne breit grinsend den Spruch: ›Viel Wissen macht traurig.‹ Und das sah Grinter, was seinen Dienstherrn anging, ebenso. Für ihn selbst galt diese Maxime jedoch nicht. Er wollte über alles, was in seinem Ministerium von Bedeutung war, informiert werden. Am besten noch, bevor es sich ereignete.

Baader schaute nach draußen. Es schneite heftig aus den tiefen Wolken, die den Himmel über dem Regierungsviertel verhängten. Obwohl nur einen Steinwurf entfernt, war das Bundeskanzleramt am anderen Ufer der Spree lediglich schemenhaft zu erkennen. Der Referent wusste, dass Grinter sich insgeheim berufen fühlte, einmal dort das Sagen zu haben. Aber noch war es nicht so weit. Am jetzigen Amtsinhaber kam niemand vorbei.

Der Staatssekretär schraubte seinen goldenen Füller zu, stand auf, kam zum Tisch und setzte sich mit dem Rücken zum Fenster.

Auch so eine Eigenart der Mächtigen, dachte Baader. Wessen Gesicht im Schatten liegt, der hat es leichter, Gefühlsregungen zu verbergen.

»Danke«, meinte Grinter knapp und zeigte auf den Kaffee. »Was haben Sie?«

Baader öffnete die Handakte und nahm das Memo heraus. »In der letzten Woche gab es europaweit nur fünf Durchbruchsversuche. Je einer in Katalonien und Tirol, drei in der Ukraine.«

»Keiner in Ungarn?«, wunderte sich der Staatssekretär.

»Nein. Seit die dortige Regierung erklärt hat, notfalls mit der Schusswaffe gegen Grenzverletzer vorzugehen, weichen die Flüchtlinge von der Balkanroute nach Norden Richtung Ukraine aus. Wie ich aus dem Außenministerium erfahren habe, bereiten die Regierungen Polens und der Slowakei ähnliche Erklärungen vor.«

»Ärgerlich, das ist Wasser auf die Mühlen der Rechtspopulisten.«

Diese Parteien waren europaweit auf dem Vormarsch. In Frankreich drohte der Front National schon zum zweiten Mal die Präsidentenwahl zu gewinnen, in den Niederlanden verfügte die Rechtspartei mit ihrem konservativen, kleineren Koalitionspartner über eine satte Mehrheit im Parlament. Ähnlich sah es in Österreich und Belgien aus. Nur in Deutschland war es der rechten Gruppierung trotz erheblicher Wahlerfolge nicht gelungen, Regierungspartei zu werden.

Grinter und seine Parteifreunde führten das darauf zurück, dass sie es gewesen waren, die den Bau des Zaunes angeregt und im Europäischen Parlament und der Kommission durchgedrückt hatten. Baader hielt das für Blödsinn. Das Kopieren der politischen Positionen der Rechtspopulisten hatte diese nicht in die Bedeutungslosigkeit zurückgeworfen, im Gegenteil. Je mehr die große Koalition nach rechts rückte, desto salonfähiger wurden die Parolen der Extremisten, umso mehr Stimmen bekamen sie bei den Wahlen.

»Gab es Verletzte?«

»Nein. Jedenfalls nichts von Bedeutung.«

»Wie viele sitzen auf Sizilien und in Spanien?«

Baader holte tief Luft.

»Und in den anderen beiden Transitzentren?«

Der Referent schluckte. »Wenn Sie die genauen Zahlen wünschen, müsste ich …« Er machte Anstalten, sich zu erheben.

»Nein, schon gut. Überschlägige Angaben reichen mir.« Der Ton des Staatssekretärs blieb jovial, aber sein Gesichtsausdruck sagte etwas anderes.

Viele solcher Fehler durften Baader nicht mehr passieren, das wusste der Dreißigjährige, sonst war es das mit Brüssel. »In den zehn Zentren in Griechenland sitzen jeweils rund zehntausend Grenzverletzer, je zwanzigtausend befinden sich in den drei auf Sizilien. In Südspanien und Rumänien insgesamt knapp hunderttausend.«

»Und diese Zentren kosten uns was?«

»Meinen Sie nur den deutschen Anteil?«

»Natürlich.«

Diese Zahlen hatte der Referent immerhin parat. »Circa sechshundert Millionen im Jahr, etwa ein Drittel der Gesamtkosten.«

»Sind darin die Zuwendungen für die dortigen Regierungen bereits eingerechnet?«

»Ja. In die Haushalte der vier Staaten fließen jährlich rund vierhundertfünfzig Millionen. Diese Beträge sollten eigentlich ausschließlich für den Unterhalt der Lager und die Verpflegung der Inhaftierten verwendet werden. Aber wie man so hört, ist das nicht der Fall.«

Grinter winkte ab. »Lassen Sie mich mit diesen Kinkerlitzchen zufrieden. Ist das alles?«

»Das sind die offiziellen Zahlen.«

Einen kurzen Moment überlegte der Staatssekretär, was sein Referent da andeutete. Dann wusste er es wieder. »Sie meinen die Werbespots, die wir in den lokalen Medien der Länder schalten?«

Diese Spots waren von den führenden europäischen Werbeagenturen entwickelt worden und sollten die Bevölkerung der betroffenen Länder davon überzeugen, welche Vorteile sich aus der Existenz der Transitzentren für sie ergaben: Arbeitsplätze, Steuererleichterungen, lukrative Handelsabkommen.

»Richtig. Sie schlagen mit weiteren fünfzig Millionen jährlich zu Buche.«

»Das ist viel Geld.«

»Aber weniger, als wir ausgeben müssten, wenn wir die Flüchtlinge nach Zentraleuropa ließen.«

»Wie steht es mit den Grenzsicherungskosten? Ich meine unseren Anteil, den wir an die *GoFeCo* im Rahmen der europäischen Vereinbarungen zahlen müssen. Ist der Betrag gestiegen?«

»Ja, um fünf Millionen. Wir wenden rund einhundert Millionen jährlich dafür auf.«

Grinter machte ein ernstes Gesicht. »Sind darin die Kosten für die virtuellen Meergrenzen enthalten?«

»Nein. Da kommen weitere fünfzig Millionen dazu.«

»Wenn das so weitergeht, benötigen wir bald wieder einen Grenzsoli. Das kostet Wählerstimmen.«

Baader wusste, worauf sein Chef anspielte. Der Bau des Zauns hatte fast zwei Billionen Euro verschlungen. Nach heftigen politischen Auseinandersetzungen beschlossen die Regierungen damals, die Bürger Zentraleuropas zur Finanzierung heranzuziehen. Jeder musste einen Solidarbeitrag in Höhe von fünftausend Euro aufbringen, verteilt über zehn Jahre. Nicht wenige Kritiker bemängelten, dass dieses Geld, das in die Taschen der großen Rüstungs- und Baukonzerne geflossen war, zum Fenster herausgeschmissen wurde. Zwar kamen kaum noch Asylbewerber nach Zentraleuropa, aber die Transitzentren platzten aus allen Nähten, weil sich in den Heimatländern der Flüchtlinge nichts geändert hatte. Nach wie vor flohen die Menschen zu Tausenden. Der Zaun hatte nur bewirkt, dass sie jetzt nicht mehr in den Auffanglagern der Staaten Zentraleuropas, sondern in den Transitzentren der Europäischen Assoziation hockten. Aber das reichte den Verantwortlichen vollkommen.

»Was ist mit den Rückführungen?«

»Nachdem wir jetzt auch in Zweifelsfällen und gegen den Willen der Insassen rigoroser abschieben, ist diese Zahl im letzten Quartal auf rund tausend aus jedem der Zentren gestiegen. Wenn wir diese Quoten beibehalten, sind die Transitzentren in knapp vier Jahren leer.«

»Wenn keine neuen Flüchtlinge eintreffen.«

»Die genannte Zahl ist bereits der Saldo aus Zu- und Abgängen.«

»Also netto.«

»Ja.«

»Das dauert trotzdem zu lange. Wir müssen die Rückführungen erhöhen. Schließlich wollen wir Wahlen gewinnen, nicht verlieren.«

»Ich habe gehört, dass das Außenministerium an entsprechenden Vorschlägen arbeitet.«

Der Staatssekretär lachte auf. »Alles fest in der Hand des Koalitionspartners. Ich kann mir vorstellen, was dabei herauskommt: weitere bilaterale Gespräche führen, die Botschafter der Herkunftsländer zum Tee bitten ... Nein, das ist alles Quatsch.«

»Soll ich mich umhören, an was genau gedacht wird?«

»Tun Sie das.« Grinter sah auf seine Armbanduhr. »Machen Sie Feierabend. Ich brauche Sie nicht mehr.«

5

Während ihres nächsten Telefonats hatte Karla Mbaye erneut belogen. Sie habe mit ihrem Vater gesprochen, behauptete sie. Und der könne leider nichts für ihn tun.

Ihr Jugendfreund hatte die Nachricht gefasst aufgenommen. Dann werde er eben die Dienste eines Schleppers in

Anspruch nehmen, hatte er erwidert. Dafür reichten seine Ersparnisse. In den nächsten Tagen wolle er nach Agadez aufbrechen. Die dortige Bar *Le petit étranger* sei der Treffpunkt aller, deren Ziel Europa sei, habe er gehört.

Karla hatte versucht, Mbaye von diesem Plan abzuhalten. Sie hatte ihn angefleht, ihm erneut Geld angeboten, konnte ihn aber nicht von seinem Vorhaben abbringen. Wenigstens hatte er zugestimmt, dass eine Tante Karlas dann und wann nach seiner Frau Kine und den Kindern sehen durfte, bis er sie nach Deutschland nachholen könne. Mbaye hatte Karla außerdem versprochen, dass er sich nach seiner Ankunft in Agadez in etwa einer Woche wieder bei ihr melden würde.

Nach dem Gespräch fühlte Karla sich schuldig. Mbaye erneut nicht die Wahrheit gesagt zu haben, lastete auf ihrem Gewissen. Ihr Vater hätte kein Visum besorgen können, unter keinen denkbaren Umständen. Das hatte sie Mbaye ja auch gesagt. Doch ihre Feigheit machte ihr zu schaffen. Sie traute sich nicht, endlich die schon lange überfällige Aussprache mit ihrem Vater zu suchen und Mbaye von diesem Konflikt zu erzählen.

Als der verabredete Anruf ihres Jugendfreundes eine Woche später ausblieb, versuchte Karla mehrmals vergeblich, telefonischen Kontakt zu ihm herzustellen. Schließlich bat sie ihre Tante, Mbayes Frau aufzusuchen.

Einen Tag später musste Karla erfahren, dass auch Kine den aktuellen Aufenthaltsort ihres Mannes nicht kannte. Zum letzten Mal habe er sie aus Agadez angerufen und erzählt, dass er später noch mit Karla telefonieren wolle. Kine sei völlig verzweifelt, hatte die Tante berichtet.

Als sie das hörte, beschloss die Journalistin, ihr ohnehin geplantes Vorhaben direkt in die Tat umzusetzen.

Zwei Tage später warf Karla mit einer wütenden Kopfbewegung ihr langes schwarzes Haar über die Schulter. »Ich fahre nicht mit diesem Ökospinner.«

»So solltest du nicht über Kollegen sprechen.«

»Entschuldigung.«

»Schon gut.« Der Ressortleiter griff zur Kaffeetasse. »Entweder Ben und du machen die Sache gemeinsam oder gar nicht.«

Sie saßen sich an einem Glastisch in Marcel Baumanns Büro gegenüber und stritten schon seit einer halben Stunde. Ihre Auseinandersetzung betraf die Reportage, an der Karla seit Langem arbeitete.

Sie holte tief Luft. »Marcel, ich will über den Zaun schreiben und …«

»Das will Ben auch«, unterbrach sie ihr Vorgesetzter.

»Ja, aber ihn interessieren in erster Linie die Tiere am Zaun, mich beschäftigen die Menschen.«

»Richtig. Aber wir leben in einer Gesellschaft, der das Schicksal von in Drahtverhauen zugrunde gegangenen Rehen leider mehr ans Herz geht als das der Flüchtlinge. Selbst Raubtieren wie Wölfen wird mehr Empathie entgegengebracht als Menschen.«

»Das ist genau der Grund, warum ich diese Reportage machen will.« Karla beugte sich vor. »Ich bin ganz nah am König der Schlepper dran. Ich muss diese Geschichte machen. Es stecken Monate harter Arbeit darin.«

»Das kannst du ja auch. Zusammen mit Ben.«

Karla schlug mit der flachen Hand auf den Tisch, sodass die Tassen leicht klirrten. »Ich will nach Agadez. Das liegt im nördlichen Niger.«

»Ich weiß«, erwiderte Baumann gelassen.

»Aber da gibt es keinen Zaun. Der steht in Europa. Wenn Ben überhaupt etwas an meiner Story interessiert, dann sind es die Zaunabschnitte in den Pyrenäen oder an den polnischen und slowenischen Grenzen. Da werden die Reviere der Wildtiere durchschnitten.«

Erneut nickte der Ressortleiter.

»Was in aller Welt soll Ben dann mit mir im Niger?«

»Zum einen ist er ein exzellenter Fotograf, das dürfte dir nicht verborgen geblieben sein.«

»Stimmt«, antwortete Karla widerwillig.

»Zum anderen spricht er fließend Arabisch. Du hingegen Französisch und … Wie heißt das?«

»Wenn du die Sprache der Senegalesen meinst: Wolof.«

»Genau.« Baumann nippte am mittlerweile kalten Kaffee, verzog das Gesicht und stellte die Tasse mit einer angewiderten Miene wieder ab.

»Von der Sahelzone bis zum Mittelmeer kommst du mit Französisch und Englisch überall durch. Da brauche ich keinen Dolmetscher«, versicherte Karla.

Ungerührt antwortete der Ressortleiter: »Und Ben ist Kampfsportler.«

Für einen Moment war Karla sprachlos. Dann brach es aus ihr heraus: »So ist das also! Du willst ihn als meinen Aufpasser mitschicken?«

»Nein. Aber er beherrscht Techniken, die euch in brenzligen Situationen hilfreich sein können. Ungefährlich ist diese Recherchereise nämlich bei Gott nicht.«

»Verstehe.« Sie hob ihre Stimme. »Ich brauche keinen Bodyguard!«

»Doch.«

»Ich bin Sportschützin und besitze eine Waffe.«

»Die du aber nur schwerlich durch die Flugzeug- und Grenzkontrollen bringen dürftest.«

Karla fehlten die Worte. Schließlich stieß sie hervor: »Darf ich dich daran erinnern, dass ich im Senegal geboren bin? Ich kenne mich da aus.«

»Du bist als Tochter einer Wissenschaftlerin und eines Diplomaten in Dakar aufgewachsen, hinter hohen Zäunen und rund um die Uhr bewacht, wenn ich mich richtig an deine Erzählungen erinnere. Eure Umgebung hatte, vom Wetter abgesehen, mit Afrika so viel zu tun wie Hamburg-Blankenese mit Sankt Pauli.«

Karla sprang auf. »Ist das dein letztes Wort?«

»Ja. Du fährst mit Ben oder gar nicht.«

»Du kannst mich nicht daran hindern, allein zu fliegen.«

»Da hast du recht. Nur: Wo willst du deine Story veröffentlichen? Im *Herold* jedenfalls nicht, wenn du auf eigene Faust handelst.«

Ohne ein weiteres Wort rauschte Karla aus dem Büro.

Wenigstens hat sie darauf verzichtet, die Tür hinter sich zuzuknallen, dachte Baumann.

Er sah der hochgewachsenen, schlanken Frau mit der dunklen Haut hinterher. Sie war eine der besten investigativen Journalisten, die beim *Herold* arbeiteten. Sie liebte ihren Beruf. Deshalb würde sie am Ende des Tages auch seine Bedingungen akzeptieren. Daran hatte er keinen Zweifel.

Der Ressortleiter lehnte sich in seinem Stuhl zurück und schloss für einen Moment die Augen. Dann stand er auf, um die Details der Reise mit Ben Sender zu besprechen.

6

Kurz vor zehn Uhr vormittags fand sich Peter Nielsen vor dem Büro seines Vorgesetzten im fünfzehnten Stock des Hochhauses am Alsterufer ein. Er fragte sich nicht zum ersten Mal, was Walter Hagenau von ihm wollte. Am Freitag hatte dessen Sekretärin ihn in das Allerheiligste bestellt. Es sei wichtig, hatte sie betont. Und nein, er brauche keinerlei Unterlagen mitzubringen. Mehr könne sie ihm nicht sagen, leider.

Nielsen ging zu den bodentiefen Flurfenstern und schaute hinaus. Tief unter ihm fuhr ein Bus vorüber. Menschen hasteten über die Straße. Die Leute sahen aus wie Ameisen. Nielsen verspürte ein unangenehmes Kribbeln in der Magengegend und trat schnell einen Schritt zurück. Seine Höhenangst hatte er immer noch nicht überwunden.

Er wandte sich ab und sah erneut auf die Uhr. Sein Chef galt in der *GoFeCo* als harter Hund, der Mitarbeiter schon wegen kleiner Fehler maßregeln konnte. Deshalb gingen ihm die Beschäftigten der Gesellschaft aus dem Weg, soweit das möglich war. Und fast allen wurden die Knie weich, wenn sie bei ihm antanzen mussten.

Peter Nielsen holte tief Luft, klopfte und betrat zwei Minuten vor dem vereinbarten Termin das Vorzimmer.

Die Chefsekretärin sah auf, erwiderte knapp seinen Gruß und meinte dann: »Sie sind zu früh.«

Nielsen war klar, dass sie keine Antwort erwartete.

»Einen Moment noch. Ich werde Sie gleich beim Chef anmelden.« Sie wandte sich wieder dem PC zu und ließ ihre Finger über die Tastatur fliegen. Um Punkt zehn unterbrach sie ihre Arbeit. »Wie trinken Sie Ihren Kaffee?«

»Schwarz«, antwortete Nielsen.

Sie nickte, ging zur Verbindungstür, öffnete und steckte den Kopf in Hagenaus Büro. »Herr Nielsen ist da«, meinte sie und trat dann beiseite. »Bitte.«

Walter Hagenau machte sich nicht die Mühe, seinen Mitarbeiter zu begrüßen, sondern nickte ihm lediglich zu und zeigte auf einen der beiden Sessel vor seinem Schreibtisch.

Nielsen setzte sich, bekam von der Sekretärin einen Kaffee serviert, trank einen Schluck und wartete.

Sein Chef ließ ihn zappeln. Nielsen kannte diese Machtdemonstration bereits von einer früheren Audienz. Er ärgerte sich zwar darüber, bemühte sich aber um einen gelassenen Gesichtsausdruck.

Einige Minuten später klappte Hagenau die vor ihm liegende Unterschriftenmappe zu.

»Ich habe Sie rufen lassen«, begann er, »weil ich weiß, dass ich mich auf Sie verlassen kann. Wie lange arbeiten Sie bereits für die Gesellschaft?«

»Seit 2025.«

»Also von Anfang an.«

»Ja.«

»Sie waren immer im operativen Geschäft eingesetzt, nicht wahr?«

»Ja. Erst als Leiter eines Wartungstrupps, dann als stellvertretender Schichtleiter. Im Dezember vorletzten Jahres hat man mich mit der verantwortlichen Leitung eines Zaunabschnitts betraut.«

»Im Süden, oder? An der Grenze zu Italien.«

»Ja.«

»Sie haben studiert?«

»Maschinenbau, später noch einige Semester Betriebswirtschaft, aber in letzterem Fach keinen Abschluss erworben.«

»Und nach dem Studium haben Sie sich, wenn ich mich recht erinnere, zunächst mit einem Start-up selbstständig gemacht, dieses Vorhaben aber aufgegeben. Warum?«

Was sollte diese Fragerei? Er hatte Hagenau genau dreimal gesehen: bei seinem Einstellungsgespräch, seiner Beförderung zum Schichtleiter und auf einer Weihnachtsfeier. Nielsen verwettete einen Monatslohn darauf, dass sich seine Personalakte irgendwo in den Papierbergen auf dem Schreibtisch seines Vorgesetzten befand. Von wegen Erinnerung!

»Um ehrlich zu sein, habe ich mich verkalkuliert.«

»Mit anderen Worten: Sie sind pleitegegangen.«

»Leider.«

Hagenau zog die Augenbrauen hoch. »Höre ich da Bedauern darüber, dass Sie jetzt bei uns und nicht mehr Ihr eigener Herr sind?«

»Nein«, beeilte sich Nielsen zu versichern. »Ich scheitere nur nicht gerne.« Das war die Antwort, die ihm damals ein Bewerbungscoach in den Mund gelegt hatte.

»Was würden Sie davon halten, die Leitung einer Arbeitsgruppe zu übernehmen, die sich damit befasst, unsere Technik zu optimieren?«

Damit hatte Nielsen nicht gerechnet.

Und das sah ihm Hagenau auch an. »Sie sind überrascht?«

»Ein wenig.«

»Weshalb?«

»Ich dachte, technische Fragen wären in Abteilung fünf angesiedelt.«

»Das sind sie auch. Aber die Arbeitsgruppe, die uns vorschwebt, soll sich nicht mit Details wie der Ausleuchtung des Zauns befassen. Das können die in Abteilung fünf wirklich besser. Der Vorstand denkt an eine Art Braintrust, eine Expertengruppe, in der alles gedacht werden darf. Also auch das Unmögliche.«

»Mit welcher Zielsetzung, wenn ich fragen darf?«

»Natürlich dürfen Sie. Die generelle Problemstellung lässt sich simpel formulieren, ist trotzdem äußerst anspruchsvoll: Wie lässt sich in einem möglichst kurzen Zeitraum die Belegung der Transitzentren deutlich reduzieren und darüber hinaus die Zahl der Neuaufnahmen in den Lagern minimieren?«

Nielsen dachte einen Moment nach. »Das scheint mir eher ein logistisches Problem zu sein. Ich hingegen bin Ingenieur.«

Hagenau lächelte. »Sicher. Sie sollen ja auch nicht alles alleine machen, sondern den Stab, den wir Ihnen zur Verfügung stellen, leiten. Aber es handelt sich eben nicht um ein rein logistisches Problem. Wenn der Zaun undurchdringlich wird, spricht sich das hoffentlich herum. Immer weniger Durchbruchsversuche und damit Neuaufnahmen in den Zentren werden die Folge sein.«

»Das leuchtet ein.«

»Freut mich. Also?«

»Ich möchte darüber nachdenken.«

»Sicher. Um Ihnen Ihren Entschluss leichter zu machen, sollten Sie wissen, dass die Leitung der Arbeitsgruppe mit einer deutlichen Anhebung Ihres Gehalts verbunden ist.«

»Wie lange habe ich Zeit für meine Entscheidung?«

Hagenau sah auf seine Armbanduhr. »Zwei Minuten.«

7

Es war später Nachmittag, als der klapprige Bus vor dem Abfertigungsgebäude des Flughafens in Agadez hielt. Endstation.

Bahdi Kara und Djibi Diolp stiegen mit einem guten Dutzend anderer Passagiere aus und warteten, bis der Fahrer und sein Gehilfe das Gepäck vom Wagendach in den Straßenstaub geworfen hatten. Schwer zu tragen hatten sie nicht: je eine Matte und Decke, darin zusammengerollt ein Hemd, eine Hose, Unterwäsche, ein zweites Paar Schuhe und einen dicken Pullover. Im Norden könne es um diese Jahreszeit empfindlich kalt werden, hatte der Marabout gesagt und zur Mitnahme des warmen Kleidungsstücks geraten. Ihr Geld trugen sie an verschiedenen Stellen am Körper. Sollten sie überfallen werden, würden sie eines dieser Verstecke verraten. Vielleicht gäben sich die Räuber damit zufrieden und die zwei Senegalesen könnten mit dem Geld der anderen Depots ihre Reise fortsetzen.

Die beiden schauten sich etwas ratlos um. Lediglich einige unverputzte Gebäude aus Lehmziegeln mit Wellblechdächern, an denen große Reklametafeln befestigt waren, ein verrostetes Schild darüber mit der Aufschrift *Welcome to Mano-Dayak, Agadez International Airport* und eine in die Jahre gekommene Turbopropmaschine auf der immerhin asphaltierten Rollbahn ließen erkennen, dass sie sich am Flughafen befanden.

Die beiden Senegalesen waren vor etwas mehr als zwei Wochen aus ihrem Dorf aufgebrochen, hatten nach zwei Tagen Fußmarsch Tambacounda erreicht und waren von dort mit dem Bus vier Stunden nach Kidira gefahren. Pässe hatten sie keine, denn sie folgten einer der Empfehlungen, die auf den Reisehinweisen standen, die sie im Dorf bekommen hatten. Sollten sie aufgegriffen werden, würde das den Behörden eine Ausweisung erschweren. Wenn sie die Grenzer trotz Bestechung nicht passieren lassen würden, hatte einer der Mitarbeiter Manés erklärt, müssten sie es eben nachts in einiger Entfernung vom Grenzübergang versuchen.

Der Bus hatte unmittelbar vor der Brücke über den Fluss Falémé gehalten, hinter dem Mali lag. Die Einreise bereitete Bahdi und Djibi glücklicherweise keine Schwierigkeiten, wohl aber die Weiterfahrt nach Osten, denn einen Bus gab es in dieser öden Grenzregion nicht.

Passsanten hatten ihnen erklärt, dass es nur zwei Wege in die knapp einhundert Kilometer entfernt liegende Stadt Kayes gäbe: mit einer Art Taxi, deren Fahrer gelangweilt hinter dem Schlagbaum auf Kunden warteten, oder zu Fuß.

Die Senegalesen hatten sich dazu entschieden, am nächsten Tag loszumarschieren. Ihr Abendessen bestand aus etwas Dörrfleisch und Wasser. Die Nacht verbrachten sie, eingerollt in ihre Decken, im Schutz einer Mauer unweit der Grenzstation.

Nachdem sie am Morgen ihre Kanister mit glücklicherweise frischem Wasser aus einem Brunnen aufgefüllt hatten, brachen sie auf. Es sei nicht schwierig, Kayes zu finden, hatten ihnen andere Senegalesen versichert. Sie müssten nur der Nationalstraße nach Osten folgen. Wenn sie zügig ausschritten, könnten sie die Stadt in zwei Tagen erreichen. Sie müssten sich nur vor Wildtieren in Acht nehmen. Besonders die Tüpfelhyänen seien gefährlich, da sie in manchen Bereichen entlang der Straße lauerten, um Aas zu erbeuten. Seit auch ihre Nahrung immer knapper wurde, trauten sie sich in die Nähe menschlicher Besiedlungen, Regionen, die sie früher gemieden hatten.

Das machte Bahdi und Djibi keine Angst. Sie wussten seit Kindesbeinen, wie man sich wilden Tieren gegenüber verhielt. Ihre Furcht galt mehr den Terroristenbanden, von denen sie gehört hatten. Diese, so beruhigten sie ihre Landleute, trieben ihr Unwesen jedoch viel weiter nördlich. Diese Gegend sei vor ihnen sicher.

Tatsächlich bekamen die jungen Männer nicht ein Raubtier zu Gesicht. Nur der Ruf eines weit entfernten Löwen ließ sie in der Nacht aufschrecken. Aber schnell schliefen sie wieder ein.

Kayes war riesig, zumindest in ihren Augen. Es hatte fast eine Stunde gedauert, bis die zwei Senegalesen sich zum Busterminal durchgefragt hatten. Auf ihrem Marsch dorthin hatten sie die mehrgeschossigen Häuser im Stadtinneren bestaunt und sich über den Verkehr auf den Straßen gewundert.

Das Terminal lag an einem staubigen Platz, auf dem Kühe dösten. Unter einer als Sonnenschutz aufgespannten Plane befand sich die Auskunft. Nach einigem Hin und Her erfuhren die beiden, dass noch heute ein Bus abfahren sollte, der sie bis nach Ségou im Landesinneren bringen würde. Zwei Tage solle die Fahrt dauern. Aber einen Sitzplatz gebe es nicht mehr. Sie müssten sich einen Platz zwischen dem Gepäck auf dem Dach suchen.

Das war den beiden Reisenden ganz recht, kostete das Ticket so doch nur die Hälfte. Wann denn der Bus abfahre, wollten sie wissen. Der Auskunftsbeamte zuckte nur mit den Schultern. Heute eben. Sie sollten warten. Also hatten sich Bahdi und Djibi zu den anderen Reisenden gesellt, wie sie gedöst, etwas von ihren Vorräten gegessen.

Am späten Nachmittag war es endlich so weit. Sie zwängten sich auf das Dach. Der Fahrer hatte ihnen zwischen den festgezurrten Kisten und Koffern einen Platz freigeräumt. Dort konnten sie sogar liegen, ohne Angst zu haben, während des Schlafs herunterzufallen. Die sie umgebenden Gepäckwände boten sicheren Schutz. Bahdi hatte es etwas einfacher als sein Freund, der ihn um mindestens zwei Handbreit überragte. Als der Kleinere fand er leichter Platz.

Von Ségou war es über Gao bis nach Anderamboukane an der Grenze nach Niger gegangen. Auch dort reichte ein wenig

Geld, damit die Beamten vergaßen, nach ihren Ausweise zu fragen. Fast vier Tage hatten die beiden Senegalesen für die tausendvierhundert Kilometer benötigt. Allerdings hatte die Fahrt mehr Geld verschlungen, als Bahdi und Djibi einkalkuliert hatten. Deshalb würden sie die restliche Strecke bis Agadez als Anhalter oder mit weniger Glück zu Fuß zurücklegen müssen.

Fünf Tage später hatten die zwei Reisenden ihr Ziel endlich erreicht. Sie schlugen sich gegenseitig auf die Schulter und umarmten sich erleichtert.

»Wir haben es geschafft«, freute sich Djibi. »Wir sind in Agadez. Endlich!«

»Ja. Unsere Eltern und das ganze Dorf können stolz auf uns sein. Wir sollten sie anrufen«, antwortete Bahdi.

Das erste Stück ihrer Reise hatten sie erfolgreich bewältigt. Der Rest erschien den beiden wie ein Kinderspiel. Sie waren bisher auf sich allein gestellt gewesen, hatten ihr Dorf nur für kurze Ausflüge verlassen und waren, außer dem Zettel, den ihnen die Männer Moussa Manés ausgehändigt hatten, ganz ohne Anleitung ausgekommen. Von nun an wären sie sicher, denn erfahrene Führer würden sie begleiten. Das hatte Mané dem Dorf versprochen.

Im Abfertigungsgebäude befand sich eine staatliche Geldwechselstube, von der aus auch Auslandstelefonate möglich waren. Die Freunde erklärten dem gelangweilten Angestellten ihren Wunsch, zweigten vier Francs ihrer Reserven ab und riefen einen Onkel Bahdis im Senegal an, der in Tambacounda zu einem bescheidenen Wohlstand gelangt war. In hastigen Worten informierten sie ihn über ihren Erfolg. Er wünschte den beiden alles Gute und sie beendeten erleichtert das Gespräch. Es war alles gesagt. Bei seinem nächsten Dorfbesuch würden die Bewohner erfahren, dass das in die jungen Männer gesetzte Vertrauen berechtigt gewesen war.

Bahdi und Djibi schulterten ihre Bündel und machten sich auf den Weg in die Stadt. Die Bar *Le petit étranger* befände sich in der Nähe der Moschee, erfuhren sie. Zu Fuß würden sie etwa zwanzig Minuten brauchen.

Sie fanden die Bar schnell. Das *Le petit étranger* lag in einer staubigen Gasse abseits der Hauptstraße, die weiter nach Agadez hineinführte. Obwohl die Sonne noch nicht untergegangen war, blinkte die Neonreklame über dem Eingang. Links und rechts der Tür lungerten einige junge Männer, kaum älter als die zwei Reisenden selbst, mit Zigarettenkippen in den Mundwinkeln herum und musterten die Senegalesen abschätzend.

Bahdi und Djibi betraten die Bar. Der Blick nach draußen war durch dicke Vorhänge vor den Fenstern versperrt. Licht spendete eine Neonröhre über der langen Theke, deren Starter flackerte. Die einfachen Holztische waren unbesetzt bis auf einen, an dem drei Männer Karten spielten. Ein Ventilator unter der Decke drehte sich langsam und kämpfte vergebens gegen die stickige Luft an. Irgendwo dudelte ein Radio.

Die beiden jungen Männer verständigten sich mit einem schnellen Blick. Bahdi ging zur Theke, hinter der ein muskulöser Mann sie seit ihrem Eintreten beobachtet hatte, und grüßte.

Ein nicht unfreundliches Nicken war die Antwort.

Der Senegalese zog den Zettel aus der Tasche, den sie vor ihrer Abreise erhalten hatten, legte ihn auf den Tresen und sagte auf Französisch: »Ich möchte Herrn Moussa Mané sprechen. Er hat uns gesagt, dass er hier zu erreichen sei.«

»So. Hat er das?«

»Ja.«

»Mané ist nicht da.«

»Wann kommt er denn wieder?«

»In einer Woche vielleicht. Oder in einem Monat. Oder in einem Jahr. Wer weiß?«

Für Bahdi brach eine Welt zusammen. »Aber er hat gesagt, wir sollten hier nach ihm fragen.«

»Fragen ja, mit ihm sprechen nein.«

»Wie soll ich das verstehen?«

Das Muskelpaket beugte sich über die Theke. »Das heißt, dass er nicht da ist. Ihr kennt seinen Namen, habt sein Empfehlungsschreiben und ihr seid hier. Das reicht. Ihr wollt nach Europa?«

Bahdi nickte erleichtert. Noch war also nichts verloren.

»Habt ihr das Geld?«

»Ja.«

»Zweitausendfünfhundert Euro pro Nase?«

»Ja.«

»Gut. Jeder von euch zahlt fünfhundert jetzt, fünfhundert bei Abfahrt. Den Rest, bevor es auf das Boot nach Europa geht. Alles klar?«

»Ich dachte, wir müssten erst bei der Ankunft zahlen.«

Bahdis Gegenüber zog den linken Mundwinkel hoch. »Falsch gedacht.«

»Und wann fahren wir?«

Der Barkeeper zuckte nur mit den Schultern. »Morgen. In einer Woche. Wer weiß?«

»Aber ...«

»Der Lkw fährt, sobald genug Mitfahrer da sind.«

»Und wie viele gibt es schon?«

»Ihr seid genau zwei Stunden zu spät gekommen. Da ist der Wagen abgefahren. Jetzt heißt es warten, denn ihr seid die Ersten.«

»Das muss ich mit meinem Freund besprechen.«

»Tu das.«

»Gibt es noch eine andere Möglichkeit, durch die Wüste zu kommen?«

»Sicher. Zu Fuß.«

»Es fährt kein Bus?«

»Nein. Und bevor du weiterfragst: Ja, es gibt andere Transporteure in Agadez. Aber wir machen uns keine Konkurrenz. Ihr seid auf Empfehlung Moussa Manés hier. Und ihr fahrt auch nur mit einem Wagen Moussa Manés. Niemand sonst wird euch ein Ticket verkaufen.« Er beugte sich noch weiter vor. »War das jetzt klar und eindeutig? Entweder ihr bezahlt, geht zu Fuß oder kehrt dahin zurück, woher ihr gekommen seid.«

Bahdi erinnerte sich an die Warnung des Marabouts. »Aber was, wenn der Fahrer uns nicht zur Küste bringt?«

»Das wird er. Mehr gibt es dazu nicht zu sagen. Wenn ihr nicht fahren wollt – eure Entscheidung.« Der Barkeeper steckte sich eine Zigarette an.

Das Gespräch war beendet, verstand Bahdi. Er kehrte zu Djibi zurück, der alles mitgehört hatte.

»Was machen wir?«

»Umkehren kommt nicht infrage. Das Dorf setzt seine ganze Hoffnung in uns. Wir wären blamiert, unsere Familien verschuldet und entehrt. Wir müssen nach Europa!«

»Also bezahlen wir?«

»Ja,« sagte Djibi entschlossen.

Nachdem eintausend Euro den Besitzer gewechselt hatten, zeigte der Barkeeper nach draußen. »Fragt nach Louis. Er steht vor der Tür und bringt euch zu einem Haus, in dem ihr schlafen könnt. Strom und Wasser gibt es dort zwar nicht, aber einen Brunnen zwei Straßen weiter und Betten, sodass ihr nicht auf dem Fußboden nächtigen müsst.« Er grinste schief. »Ist im Preis inbegriffen, sozusagen Service des Hauses. Kommt jeden Abend hierher. Ich sage euch dann, ob es am nächsten Morgen losgeht. Und nun verschwindet.«

8

Die Stäbchenfreunde trafen sich wie jeden letzten Freitag im Monat im chinesischen Spezialitätenrestaurant *Hongkong* in Neukölln. Kevin Baader war sich immer noch nicht sicher, ob er gut beraten gewesen war, im letzten Sommer die Einladung des Kreises anzunehmen. Gewiss, das politische Berlin wimmelte geradezu von solchen Kungelrunden, die sich alle mehr oder weniger originelle Namen gaben. Da trafen sich parteiübergreifend jüngere Bundestagsabgeordnete zum Brunch und lockere Diskussionskreise loteten eine mögliche Zusammenarbeit in bestimmten Sachfragen aus. Geschichte, trotzdem geradezu legendär, waren der Andenpakt, die Toskana-Fraktion oder die Pizza-Connection, in denen vor einigen Jahrzehnten politische Karrieren oder gar Koalitionen vorgedacht wurden.

Die Stäbchenfreunde waren da bescheidener. Sie alle waren Mitarbeiter von Staatssekretären oder Bundestagsabgeordneten ohne eigenes politisches Mandat. Ihnen ging es darum, sich untereinander auszutauschen, einander Tipps zu geben und sich gegenseitig auf die eine oder andere Stellenvakanz aufmerksam zu machen.

Aber für Baaders Chef ging Diskretion und Loyalität über alles und er witterte hinter jeder Ecke Intriganten, deren einziges Interesse es sei, ihm zu schaden. Baader hatte ihn natürlich über seine Teilnahme an den monatlichen Abendessen informiert und Grinter hatte ihm nicht untersagt, zu den Stäbchenfreunden zu gehen. Aber sein skeptischer Blick hatte gezeigt, was sein Chef von den Treffen hielt: nichts.

Vor dem Essen und während der Mahlzeiten waren politische Themen tabu. Die Stäbchenfreunde unterhielten sich stattdessen über die neuesten Bücher, Filme oder aktuelle Musikhits.

Kevin Baader beendete als einer der Letzten sein Mahl. Er hatte ›Familienglück‹ gewählt, eine Mischung aus gebratenem Rindfleisch, Entenbrust und Garnelen. Warum ausgerechnet dieses Essen die Familie glücklich machen sollte, erschloss sich ihm nicht, aber egal: Hauptsache, es schmeckte.

Der obligatorische Schnaps beschloss das gemeinsame Essen und war gleichzeitig das Startsignal für ihr eigentliches Treffen.

An jedem Freitag erhielt ein anderes Mitglied des Kreises eine kleine Glocke. Sie diente dazu, die Teilnehmer bei allzu hitzigen Diskussionen zur Mäßigung zu mahnen. Denn auch wenn sie in einem Hinterzimmer tagten, wollten sie doch kein Risiko eingehen, Aufsehen zu erregen.

Heute war es an Baader, den Vorsitz zu führen. Als die Teller und Schüsseln beiseitegeräumt und weitere Getränkebestellungen aufgegeben waren, klingelte Baader das Glöckchen. Von nun an konnte jede und jeder das Wort ergreifen.

Paul Schilling machte den Anfang. Er arbeitete im Außenministerium als Experte für internationales Recht in einer Arbeitsgruppe, die sich mit der Überarbeitung des neuen Schengener Abkommens beschäftigte.

»Ich habe eine Frage. Wie ihr wisst, gibt es in der EU starke Bedenken gegen die Reisefreiheit innerhalb der europäischen Grenzen. Diese richten sich nicht gegen unsere Staatsbürger, sondern gegen die aus Drittländern, besonders dem Maghreb. Wer den Zaun einmal passiert hat, kann sich ohne Kontrolle frei innerhalb Europas bewegen.«

»Es kommt doch aus diesen Ländern kaum noch jemand«, warf Franziska Fuller ein, die für eine Abgeordnete der Grünen arbeitete.

»Sicher. Aber jeder, der kommt, könnte ein Sicherheitsrisiko darstellen.«

»Das ist doch Quatsch«, erwiderte Franziska. »Illegal schafft es so gut wie keiner durch den Zaun. Und diejenigen, die das Auswahlverfahren durchlaufen haben oder eines der wenigen Visa ergattern konnten, wurden von unseren Sicherheitsorganen auf Herz und Nieren geprüft. Deshalb halte ich von dem ganzen Verfahren nichts. Das ist nur eine erneute Konzession an die Rechtspopulisten.«

»Was immer du von dem Vorhaben hältst, Franziska, es gehört zu meinem Job, mir darüber Gedanken zu machen, unabhängig davon, welche Position ich im Detail dazu einnehme. Und ich benötige eine Information. Genau deshalb treffen wir uns doch: um von den Erfahrungen der anderen Mitglieder zu profitieren.«

»Ja, klar«, räumte Fuller ein.

»Also, Kevin, ich habe gehört, dass ihr im Innenministerium Ideen entwickelt, wie der Zaun noch undurchlässiger wird.«

Das war Baader neu. Wenn Schilling recht hatte, verschwieg ihm Grinter etwas. Aber das konnte er in dieser Runde natürlich nicht zugeben. Normalerweise kannte ein persönlicher Referent sogar das bevorzugte Parfüm der Geliebten des Chefs. Also hätte er von solchen Überlegungen wissen müssen. Deshalb antwortete er ausweichend: »Was meinst du genau?«

»Wenn ich das wüsste. Eine unserer Referentinnen ist mit jemandem aus eurem Laden liiert. Der hat was aufgeschnappt. Eine kleine Arbeitsgruppe sei damit betraut, sagt er. Es soll darum gehen, nicht nur die Rückführungen zu erhöhen, sondern gleichzeitig auch durch irgendwelche Maßnahmen abschreckend in den Herkunftsländern zu wirken. So soll sich erst niemand zu uns auf den Weg machen.«

»Wieder mit einer Pressekampagne?«, spottete Fuller. »Die war ja damals ein voller Erfolg. Ihr erinnert euch sicher: Nur jeder zehnte Flüchtling hat eine der Anzeigen oder Werbespots überhaupt zur Kenntnis genommen, die wir in den Medien ihrer Heimatländer geschaltet haben. Ist ja auch kein Wunder: Die Menschen, die sich aus den Dörfern der Sahelzone zu uns auf den Weg machen, haben zu Hause häufig noch nicht einmal Strom. Ohne Strom kein Fernsehen oder Radio. Und wer seinen letzten Cent für etwas Brot oder Wasser ausgibt, hat keinen mehr für Zeitungen übrig.« Sie nippte am Wein. »Wenn er denn überhaupt lesen kann. Na, Kevin, woran arbeitet ihr?«

Jetzt musste er die Hosen runterlassen. »Ich habe, um ehrlich zu sein, keine Ahnung.«

»Hört, hört.« Siggi Burmester meldete sich zu Wort. »Spielst du nur den Ahnungslosen oder bist du es tatsächlich? Im letzten Fall würde ich ab sofort sorgfältiger die internen Stellenausschreibungen lesen.«

Baader war der Kerl zuwider. Burmester gehörte zu den Veteranen der Stäbchenfreunde. Vor mehr als zehn Jahren in den Dienst des Kanzleramts getreten, wurde er schon früh als Kandidat für höhere Aufgaben gehandelt. Aber nach einer dubiosen Affäre um Urlaubsaufenthalte in Südafrika, die ihm von einer großen Handelskette bezahlt worden waren, hatte man ihn ins Abseits gestellt. Heute verfasste er Expertisen zu Fragen, die niemanden interessierten.

»Über geeignete Stellen solltest besser du nachdenken«, gab Baader deshalb zurück. »Und ja, ich weiß es wirklich nicht.«

»Kannst du dich etwas umhören?«, bat Schilling. »Es wäre wirklich wichtig. Sonst setzen wir den Zug noch auf ein völlig falsches Gleis und dein Chef und der Innenminister schieben den Kanzler in die andere Richtung.«

»Mache ich. Soll ich dich anrufen, wenn ich etwas weiß?«

»Das wäre toll. Danke.«

9

Die Fokker aus Niamey landete am Morgen um kurz nach sieben Uhr auf dem Flughafen Mano-Dayak in Agadez. Völlig übermüdet stiegen Karla Touré und ihr Kollege Ben Sender aus der zweimotorigen Maschine. Sie hatten einen langen Tag und eine noch längere Nacht hinter sich.

Gestartet waren sie gestern am frühen Morgen in Hamburg. Der Flieger der *Air France* brachte sie in zehn Stunden in die Hauptstadt Nigers. Von dort war es bei Sonnenaufgang weiter nach Agadez gegangen. Von einigen unbequemen Minuten auf den harten Polstern in der Abflughalle Niameys abgesehen, hatten sie in der letzten Nacht kein Auge zugemacht. Entsprechend fühlten sie sich.

»Ich will eine warme Dusche und ein Bett«, jammerte Karla, als sie in der stickigen Halle darauf warteten, dass ihre Koffer ausgeladen wurden. Gepäckbänder gab es in dem mit Wellblech bedeckten Gebäude, in dem die An- und Abflüge abgewickelt wurden, nicht.

Sie standen mit fünf anderen Reisenden unter einem Schild in der Ecke, auf dem ein Koffer abgebildet war. Durch die offene Tür vor ihnen, die auf das Rollfeld führte, blies ein warmer Wind, der die Temperatur weiter aufheizte. Schon nach kurzer Zeit klebte ihnen die Kleidung am Körper.

»Es kann doch nicht so lange dauern, das Gepäck von sieben Fluggästen hierherzutransportieren«, maulte Karla. »Wir warten schon über fünfzehn Minuten.«

Als ob ihre Beschwerde gehört worden war, hielt draußen ein Dieselkarren und zwei Flughafenbeschäftigte schleppten die Koffer herein.

»Na endlich.«

Minuten später verließen die Reisenden die Halle. Etwa hundert Meter entfernt standen zwei junge Männer lässig an ihre Fahrzeuge gelehnt und schauten ihnen entgegen.

»Wir sollten uns etwas beeilen«, schlug Ben vor und wies mit dem Kopf zu den anderen Angekommenen hinter ihnen, die ebenfalls zu den wartenden Autos strebten. »Sonst sind die beiden Taxen weg und wer weiß, wie lange wir auf ihre Rückkehr warten müssen.«

»Diese Rostlauben sind Taxen?«, fragte Karla entgeistert. »In Dakar hatten die wenigstens entsprechende Schilder auf dem Dach.«

»Es sind welche. Beeil dich.«

Die Aussicht, sich länger als zehn Minuten ohne Schatten in der schon jetzt gleißenden Sonne aufhalten zu müssen, beschleunigte Karlas Schritt. Als Erste erreichten sie die Wagen.

Der schlaksige Fahrer, nicht älter als zwanzig, griff nach Karlas Trolley und wuchtete ihn in den offenen Kofferraum.

Ben nannte ihr Ziel. Der junge Mann zögerte, schüttelte dann den Kopf, hob den Koffer wieder heraus und sah sie herausfordernd an. Ben verstand. Er drückte dem Fahrer einen Zwanzigeuroschein in die Hand. Der nickte, schnappte sich erneut den Trolley und lud das restliche Gepäck ebenfalls in den Wagen.

»Unser Ziel erschien ihm wohl nicht lukrativ genug. Kein Wunder. Wer weiß, wie lange die beiden schon hier stehen und auf Kundschaft warten.«

Karla schob sich neben Ben auf den Rücksitz. »Egal was es kostet, ich will endlich ins Hotel.«

Der Fahrer startete den altersschwachen Mercedes. Nach zwei Fehlzündungen, die der junge Mann mit leisen Flüchen quittierte, sprang der Motor an und rumpelnd setzte sich der Diesel in Bewegung. Zur Überraschung der Hamburger verfügte die Karre sogar über eine Klimaanlage. Der Fahrer gab Gas und bretterte über die Schotterpisten gen Norden.

Schnell hatten sie die Stadt erreicht. Auch hier gab es keine asphaltierten Straßen. Niedrige Lehmhäuser reihten sich aneinander, nur manchmal tauchte ein zweigeschossiges Gebäude auf, meistens umgeben von einer Mauer. Auf eingezäunten Freiflächen dazwischen suchten magere Ziegen nach Nahrung. Menschen bekamen sie auf ihrer Fahrt so gut wie keine zu Gesicht.

Sie hatten vielleicht zwei Kilometer hinter sich, als der Fahrer sein Gefährt in eine kleine Nebenstraße steuerte, eine dichte Staubfahne hinter sich herziehend. Der Wagen hielt vor einer mannshohen Mauer. Über einem gusseisernen Tor hing ein verrostetes Schild mit der Aufschrift *L'Auberge d'Azel*.

Der Taxifahrer hupte mehrmals. Dann öffnete ein junger Bursche das Tor und der Wagen fuhr hindurch.

Ben steckte dem Fahrer einen Fünfer Trinkgeld zu und verhandelte kurz mit dem Mann.

Wieder bei Karla, meinte er: »Sein Name lautet Amir Kowa.

Er wird uns heute Abend hier abholen. Bis dahin können wir uns ausruhen. Oder hast du deine Meinung geändert, was Dusche und Bett angeht?«

Die junge Frau schüttelte erleichtert den Kopf. »Wann?«

»Gegen sieben. Wir können uns ja vorher noch auf einen Drink an der Bar treffen. Einverstanden?«

Sie nickte nur.

»Gut. Vergiss dein Kopftuch nicht.«

Die Zimmer des Hotels erwiesen sich als überraschend komfortabel. Sie waren mit einem Doppelbett möbliert, über das sich als Moskitoschutz ein großes Nylonnetz spannte. Eine kleine Couch, ein Schreibtisch nebst Stuhl und ein geräumiger Schrank vervollständigten das Interieur. Das Bad war einfach, aber funktionsgerecht. Das Beste war jedoch die Klimaanlage, die, leise brummend, angenehme Kühle verbreitete.

Mit einem Seufzer der Erleichterung ließ sich Karla auf das Bett fallen. Momente später war sie eingeschlafen.

Sie erwachte erst wieder vom Klopfen an ihrer Tür. Schlaftrunken öffnete sie. Ben stand breit grinsend vor ihr.

»Dachte ich mir's doch. Du bist eingeschlafen. Bleibt es bei unserer Verabredung oder möchtest du im Hotel essen?«

»Nein, es bleibt dabei.«

»Dann warte ich auf dich an der Bar.«

Eine halbe Stunde später trat Karla in den Innenhof, von dem jedes der Zimmer erreichbar war. Die Bar befand sich unter einer Arkade aus Lehmziegeln, um die Rosen rankten. Ben saß am letzten Tisch links der Theke. Karla nahm auf einem einfachen, aber bequemen Gartenstuhl Platz und zog das ungewohnte Kopftuch zurecht.

»Sie schenken hier Alkohol aus?«, erkundigte sie sich mit einem Blick auf Bens Bierglas.

»Glücklicherweise. Trotz des hohen Anteils an Moslems in der Bevölkerung. Das scheinen sie hier nicht so eng zu sehen, im Gegensatz zum Verhüllungsgebot. Besonders in Agadez leben viele Nomaden, Tuareg zumeist. Sie reagieren unwirsch auf Frauen ohne Kopftuch.« Er lächelte sie an. »Das Teil steht dir. Woher hast du es?«

»Von einem Grabbeltisch bei *Karstadt.* Ich habe mich mit einer türkischen Mama darum gestritten.« Als sie seine Verblüffung bemerkte, lachte Karla auf. »War Spaß. Nur das mit dem Grabbeltisch stimmt.«

Der Kellner trat an ihren Tisch.

»Ich nehme auch ein Bier«, bestellte die Journalistin auf Französisch. Und zu Ben sagte sie: »Gegen den Durst.«

Nachdem sie einige Zeit später zum Wein übergegangen waren, meinte Karla: »Es ist eigentlich ganz gemütlich hier. Gibt es auch ein Restaurant?«

»Ja.« Ihr Kollege zeigte auf eine Glastür weiter vorn. »Dahinter liegt der Speisesaal. Voll klimatisiert. Und die Küche soll nicht schlecht sein.«

»Woher weißt du das?«

Ben zog einen auf Arabisch verfassten Reiseführer aus der Jackentasche. »Ist zwar nicht der Aktuellste, aber immer noch hilfreich.«

»Was hältst du davon, wenn wir hier essen?«

»Viel. Dann muss ich nur den Fahrer abfinden. Was meinst du, sollen wir ihn fest für unseren Aufenthalt engagieren? Er stünde uns dann immer zur Verfügung.«

»Warum nicht?«

»Also beschlossen. Ich regele das mit dem jungen Mann.«

Nach einem wirklich guten Abendessen suchten sie die Dachterrasse des Hotels auf, von der aus man Agadez überblicken konnte. Vor der untergehenden Sonne zeichnete sich die hochaufragende Silhouette der Moschee ab. Die Stadt selbst lag weitgehend im Dunkeln. Es gebe nur wenige Häuser mit Strom und fließendem Wasser, las Ben aus seinem Reiseführer vor.

Um kurz vor zehn Uhr wurde Karla schläfrig. Die Anstrengungen der Reise und auch der Alkohol forderten ihren Tribut.

Sie hinterließen ein üppiges Trinkgeld und schlenderten die wenigen Meter zu ihren Zimmern zurück, wo sie sich voneinander verabschiedeten.

Als Karla die Tür verriegelte, wunderte sie sich, warum sie in Deutschland auf ihren Kollegen so abweisend reagiert hatte. Ben war doch ein netter Kerl. Sehr nett sogar.

Am nächsten Morgen berieten sie beim Frühstück das weitere Vorgehen.

»Nach meinen Informationen«, sagte Karla und nippte an ihrem Kräutertee, »gibt es in Agadez eine Bar namens *Le petit étranger*. Sie soll als Anlaufstelle für alle dienen, die die Sahara durchqueren und nach Libyen wollen. Dort fangen wir an.«

»Womit?«

»Mit der Suche nach den Hintermännern. Wir gehen hinein, stellen uns als Journalisten vor und erkundigen uns nach den Verantwortlichen für die Flüchtlingstransporte.«

Ben schaute sie skeptisch an. »Und du glaubst, das funktioniert?«

Sie lächelte. »Natürlich nicht. Aber so wird sich unter den Flüchtlingen schnell herumsprechen, dass wir recherchieren. Sicher wollen einige von ihnen die Chance nutzen, uns um Hilfe zu bitten oder wenigstens auf ihr Schicksal aufmerksam zu machen. Und genau diese Möglichkeit liefere ich ihnen. Ich interviewe sie, du machst Fotos und wir fragen sie, wie der Transport genau funktioniert. So kommen wir an die Organisatoren heran.« Sie schmierte etwas Marmelade auf ihr Croissant. »Ich bin mir sicher, dass unsere Nachforschungen nicht verborgen bleiben werden. Erinnerst du dich an meine Story über die norwegischen Walfischer, die ständig gegen die Fangquoten verstießen?«

»Ja, natürlich.«

»Damals wollte in den Hafenstädten auch zunächst niemand mit mir sprechen. Bis ich habe durchblicken lassen, dass ich die Quoten für ziemlichen Unsinn halte. Daraufhin öffneten sich mir alle Türen.«

»Und das möchtest du hier ähnlich machen, vermute ich.«

»Genau. Ich versichere, dass ich die Motive der Flüchtlinge verstehe und auch die ihrer Helfer. Menschen haben ein natürliches Mitteilungsbedürfnis. Sie möchten, dass ihre Sicht der Dinge auch einmal in den Zeitungen steht. Warum sonst stellen sich sogar die schlimmsten Despoten den Fragen der ausländischen Presse? Es sind Selbstdarsteller, die von der Richtigkeit ihres Handelns überzeugt sind. Sie warten häufig nur auf die Gelegenheit, ihre Tiraden auszubreiten. Denn sie glauben felsenfest daran, jeden – also auch Journalisten – beeindrucken zu können. Warum sollten diejenigen, die am Elend der Flüchtlinge verdienen, anders sein?«

Ben schien nicht überzeugt. »Hoffen wir, dass du recht hast.«

»Das habe ich«, gab Karla selbstbewusst zurück.

Ihr Fahrer kannte die Bar und brachte sie in nur wenigen Minuten dorthin. Aber der Laden war noch geschlossen. So hatten sie Zeit für eine kleine Besichtigungstour. Keines der Lehmhäuser war höher als zwei oder drei Stockwerke, die Straßen staubig, Geschäfte fehlten fast völlig. Nur der Markt und die unweit gelegene große Moschee waren interessant. Das Minarett des Gotteshauses ähnelte einer abgeschnittenen Pyramide mit Stacheln. Es überragte alle Gebäude der Stadt.

Nach zwei Stunden hatten Karla und Ben die wenigen Sehenswürdigkeiten abgeklappert und fuhren zur Bar zurück. Junge Männer, die vor dem *Le petit étranger* herumlungerten, ließen darauf schließen, dass die Bar inzwischen geöffnet hatte. Ihr Fahrer parkte direkt vor dem Gebäude.

Natürlich hatte Ben eine seiner Kameras mitgenommen.

Egal, wo er sich aufhielt, machte er Bilder. Fotografieren war seine Leidenschaft. Er lichtete alles und jeden ab, unabhängig davon, ob er die Aufnahmen überhaupt benötigte. Sein Archiv war legendär und umfasste Hunderttausende digitale Fotografien, sorgsam nach Sachgebieten und Regionen geordnet.

Ben fotografierte die Bar. Dann richtete er das Objektiv auf die jungen Männer. Die reagierten erst mit Murren, schnell mit unverhohlener Aggressivität. Trotzdem schoss er eine Bildserie. Dann ließ er die Kamera sinken und hob entschuldigend die Hände.

»Komm«, meinte Karla und ging Richtung Eingang. »Wir sollten niemanden provozieren.«

Dutzende Augenpaare musterten sie schweigend, als sie die Bar betraten. Alle Tische waren besetzt, also nahmen sie an der Theke Platz und bestellten zwei Cola. Wortlos führte der muskulöse Barmann ihre Order aus.

»Er versteht mich«, freute sich Karla. »Ich wusste doch, dass ich auch mit Französisch weiterkomme.«

»Das wundert mich nicht«, antwortete Ben. »Ist schließlich Amtssprache hier.«

Als der Barkeeper die Getränke vor ihnen auf den Tresen knallte, vermittelte er nicht den Eindruck, dass er sich über die neuen Gäste freute.

»Du bist die einzige Frau in dem Laden«, raunte Ben ihr zu, als sich der Fleischberg wieder entfernt hatte, allerdings ohne sie aus den Augen zu lassen.

»Ich weiß«, erwiderte Karla ruhig und zog ihr Kopftuch etwas tiefer in die Stirn. »Wir sind in einem islamischen Land. Da verkehren Frauen üblicherweise nicht in Kneipen.« Sie verzichtete auf das schmierig aussehende Glas, setzte die Flasche an und trank sie leer. Dann winkte sie den Barmann erneut zu sich. »Ich hätte gerne noch eine Cola«, meinte sie, schob die leere Pulle zu ihrem Gegenüber und zeigte auf die Gäste im Raum. »Sind das alles Flüchtlinge?«

Für einen Moment sah es so aus, als ob sie das Interesse des Mannes hinter der Theke geweckt hätte. Dann aber zuckte dieser lediglich mit den Schultern und marschierte zum Kühlschrank. Als er zurückkehrte, wiederholte Karla ihre Frage, ließ dabei aber einen Fünfeuroschein auf den Tresen fallen.

Mit einer schnellen Handbewegung strich der Mann das Geld ein. »Wer will das wissen?«, brummte er.

»Wir sind Journalisten aus Deutschland und arbeiten an einer Reportage über Flüchtlinge«, antwortete Karla in einer Lautstärke, die im ganzen Raum zu hören war. »Wir möchten uns mit jemandem unterhalten, der sich auf diesem Gebiet auskennt. Können Sie uns weiterhelfen?«

»Vielleicht.«

Ein weiterer Fünfer wechselte den Besitzer. »Wer ist es und wo können wir ihn treffen?«

»Kommen Sie in drei Tagen wieder. Aber versprechen kann ich nichts.«

»Da wäre noch etwas.« Karla zog ein Bild hervor. Es zeigte einen jungen Schwarzen mit freundlichem Gesichtsausdruck. Sie schob es mit einem weiteren Fünfer zum Barkeeper hinüber. »Haben Sie diesen Mann schon einmal gesehen?«

Er studierte das Bild ausgiebig. Dann schob er es zu Karla zurück. »Nein.«

»Sicher?«

»Ganz sicher.« Der Barmann widmete sich wieder seinen Gläsern.

Ben warf einen interessierten Blick auf das Foto in Karlas Hand. »Sollte ich etwas darüber wissen?«, fragte er.

»Es handelt sich um einen Jugendfreund aus Dakar. Ich habe ihn seit Jahren nicht gesehen.«

»Wie alt warst du?«

Es dauerte einen Moment, bis Karla verstand. Sie lachte auf. »Nein, das ist ein aktuelles Foto. Damals war ich acht, er sieben Jahre alt.«

»Aha. Und wie kommst du an das Bild, wenn du schon lange keinen Kontakt zu ihm hattest?«

»Du bist verdammt neugierig. Aber gut. Er heißt Mbaye. Das Bild hat mir eine Tante aus Dakar besorgt. Er wollte mich eigentlich anrufen, sobald er Agadez erreicht hatte. Aber er ist seit knapp vier Wochen spurlos verschwunden.« Sie erzählte ihm die Geschichte.

»Dann bist du also nicht nur zu Recherchezwecken unterwegs«, stellte Ben fest.

»Hast du ein Problem damit?«

»Nein. Solange du unseren eigentlichen Auftrag nicht vergisst.«

»Werde ich nicht.«

In der Hoffnung, es würde sie jemand ansprechen, blieben sie noch eine halbe Stunde. Aber niemand kam. Schließlich legte Ben einen weiteren Schein auf die Theke und sie verließen das Lokal.

Beim Hinausgehen stieß Karla fast mit einem jungen Mann zusammen, der die Tür mit einer solchen Vehemenz aufgedrückt hatte, dass die Journalistin nur knapp ausweichen konnte. Erschrocken stammelte er eine Entschuldigung auf Wolof.

Karla akzeptierte sie.

Überrascht schaute der junge Mann die Journalistin an. Anscheinend hatte er nicht damit gerechnet, hier verstanden zu werden. Er machte auf dem Absatz kehrt und verließ die Bar, kaum dass er sie betreten hatte.

Als die Deutschen kurz darauf ins Freie traten, war er verschwunden.

»Ich wette, das war ein Flüchtling«, vermutete Karla.

»Warum hat er das Weite gesucht?«

»Keine Ahnung. Aber ich werde ihn fragen, sollten wir ihn wiedersehen.«

Die Männer, die eben noch auf der Straße gestanden hatten, waren bis auf einen verschwunden. Der Verbliebene lehnte an der Lehmmauer des gegenüberliegenden Hauses und beobachtete sie aufmerksam.

Ihr sichtlich nervöser Fahrer drängte zum Aufbruch. »Beeilen Sie sich«, bat er. »Es ist nicht mehr sicher. Sie hätten die Leute nicht fotografieren sollen.«

»Unsinn«, widersprach Karla. »Hier ist doch niemand.«

»Lassen Sie sich nicht täuschen. Sie werden beobachtet. Nun kommen Sie schon.«

»Vielleicht hat er recht«, meinte Ben und hängte sich die Kamera über die Schulter. »Wir wollten ja ohnehin zurück ins Hotel.«

10

Peter Nielsen lehnte sank tiefer in seinen Stuhl. Seit gut einer Woche tagte der Braintrust und es war absolut nichts Greifbares herausgekommen.

Die Arbeitsgruppe bestand neben ihm aus vier Männern und drei Frauen. Nielsen hatte keinen von ihnen gekannt, wusste aber, dass alle schon seit Jahren in den unterschiedlichsten Positionen für die *GoFeCo* arbeiteten. Das Team bestand aus zwei Sozialwissenschaftlern, einem Psychologen, einem Juristen und – ihn selbst eingeschlossen – vier Ingenieuren. Ihre Anschriften und Telefonnummern standen auf einem Blatt, das jeder in seinen Unterlagen fand.

An den Wänden des Sitzungszimmers standen Flipcharts mit vollbeschriebenen Blättern. Auf dem runden Tisch in der Mitte, um den sie saßen, türmten sich Konstruktionszeichnungen des Zauns.

Alle Mitglieder der Arbeitsgruppe waren mit ihren Laptops in ein extra für diesen Zweck besonders abgeschirmtes Netzwerk eingebunden, sodass jeder mit jedem kommunizieren konnte. Sie hatten Zugang zu den technischen Datenbanken der *GoFeCo* und die Erlaubnis, fast jeden Mitarbeiter des Unternehmens zu befragen und um Unterstützung zu bitten. Alles, was sie sich für ihre Arbeit nur wünschen konnten, war vorhanden. Aber sie drehten sich im Kreis.

Machten die Techniker einen Vorschlag, zerredeten ihn die Geisteswissenschaftler. Hatten diese eine Idee, hielten die Ingenieure sie für nicht durchführbar. Und in den wenigen Fällen, in denen sich beide Fraktionen einig waren, wies der Jurist darauf hin, gegen welche Gesetze, Vorschriften oder sonstigen Regularien sie bei einer Realisierung verstoßen würden.

Diese Ineffizienz dürfte Hagenau nicht gefallen, denn der strebte eine möglichst zeitnahe Umsetzung an. Und Nielsen trug die Verantwortung dafür.

Die Psychologin ergriff das Wort. »Ich habe noch einmal über unsere Ausgangsfragestellung gegrübelt. Es geht doch darum, wie mit geeigneten technischen Umbauten der Zaun so umgestaltet werden kann, dass weniger Menschen einen Durchbruchsversuch unternehmen. Ich glaube, wir haben falsch gedacht. Wir sind davon ausgegangen, dass der Zaun tatsächlich umgerüstet werden muss, damit niemand den Versuch eines Durchbruchs wagt. Aber eigentlich geht es doch darum, dass die Menschen *glauben,* der Zaun sei undurchdringlich geworden. Wer annimmt, er komme ohnehin nicht durch, wird es vermutlich nicht versuchen, oder?«

Nielsens Interesse war geweckt. »Fahren Sie bitte fort.«

»Es muss uns gelingen, potenzielle Grenzverletzer davon zu überzeugen, dass ihr Durchbruchsversuch niemals Erfolg haben wird.«

»Sie sprechen von Abschreckung?«, fragte der Jurist.

»Genau.«

»Das funktioniert nicht. Derartige Versuche hat es in der Vergangenheit bereits gegeben. Ich nenne nur zwei Beispiele: In den USA haben sie die Kinder der Grenzverletzer von ihren Eltern getrennt – ohne Erfolg. Und das andere Beispiel: Die Gewinnchancen der Einreiselotterie in den Transitzentren sind im Laufe der Jahre immer geringer geworden, trotzdem hat sich niemand von einem Durchbruchsversuch abschrecken lassen. Und Sie werden sehen, auch der angekündigte Schießbefehl Ungarns wird nur wenige abhalten. Die Menschen hoffen immer. Und sei es auf ein Wunder oder einen Fehlschuss.« Er verzog das Gesicht.

»Richtig.« Die Psychologin stand auf. »Deshalb muss ihnen diese Hoffnung genommen werden. Sie müssen wissen: Ich kann den Zaun unter keinen denkbaren Umständen durchdringen. Ich werde nur auf legalem Weg mit einem Visum nach Zentraleuropa einreisen können. Und dieses Visum erhalte ich ausschließlich in einer europäischen Botschaft in meinem Heimatland.«

Einer der Ingenieure kratzte sich am Kopf. »Aber wie wollen wir das anstellen? Genau diese Frage diskutieren wir schon seit Tagen. Leider erfolglos.«

»Sie reden von technischen Lösungen. Ich hingegen spreche über psychologische.«

»Verstehe ich nicht«, warf ein weiteres Mitglied ein.

»Lassen Sie es mich andersherum erklären: Würden Sie in ein Flugzeug steigen, von dem Sie genau wissen, dass es abstürzt?«

Der Jurist lachte auf. »Mal davon abgesehen, dass das ein ziemlich dämlicher Vergleich ist: natürlich nicht.«

»Und warum nicht?« Die Psychologin sah ihn aufmerksam an.

»Woher weiß ich, dass das Flugzeug abstürzen wird?«

»Lassen wir diese Frage zunächst außer Acht. Weshalb würden Sie nicht einsteigen?«

»Das liegt doch auf der Hand. Weil ich nicht sterben möchte.«

Die Frau setzte sich wieder. »Da haben Sie Ihre Lösung, Herr Nielsen.«

Es dauerte eine Weile, bis alle die Tragweite des Vorschlags erfasst hatten.

»Sie wollen, dass wir den Zaun so umrüsten, dass Menschen bei einem Durchbruchsversuch möglicherweise getötet werden?«

»Nein, nicht möglicherweise.«

Der Jurist schnappte nach Luft. »Das ... Das ist ungeheuerlich. Ich muss schon sagen ...«

Peter Nielsen ahnte, worauf die Psychologin hinauswollte. »Sie möchten also, das die Menschen glauben, sie würden getötet?«

»Genau. Es kommt nicht darauf an, ob es tatsächlich passiert. Wir müssen sie davon überzeugen, dass es das tut.«

»Verstehe. Und wie machen wir das?«

»Darüber sollten wir nachdenken. Wir brauchen eine mögliche – und ich betone noch einmal, damit keine Missverständnisse aufkommen –, völlig fiktive technische Lösung, die jeden Durchbruchsversuch ohne Wenn und Aber mit dem Tod des Betroffenen enden ließe. Diese müssen wir dann in geeigneter Weise in den Heimatländern der Flüchtlinge kommunizieren.«

»Und Sie glauben, das funktioniert?«, wollte Nielsen wissen.

»Haben Sie einen besseren Vorschlag?«

11

Bahdi und Djibi waren in den letzten Tagen mehrmals täglich in der Bar vorstellig geworden, um sich zu erkundigen, wann ihre Abreise bevorstünde. Immer wieder waren sie vertröstet worden. »Fragt morgen noch mal.«

Heute gab es endlich eine gute Nachricht. Der stämmige Barkeeper teilte ihnen mit, dass ihre Tour übermorgen losgehen werde. Um Punkt zwölf Uhr hätten sie sich am Busbahnhof einzufinden. Es werde auf niemanden gewartet. Wer zu spät komme, dessen Platz werde an einen anderen Interessenten vergeben und die Anzahlung verfiele.

Er hatte den beiden Senegalesen zwei abgegriffene, in Klarsichtfolie eingeschweißte Tickets ausgehändigt. Diese berechtigten zur Mitfahrt. Wer die Fahrkarte verliere, bleibe hier.

Die Freunde kauften sich zur Feier des Tages jeder ein Bier und setzten sich an den Tisch, der am weitesten von den anderen entfernt stand, um sich in Ruhe zu unterhalten und ihre Vorfreude zu genießen.

»Endlich geht es weiter.« Bahdi nippte an seiner Flasche. »Ich glaube, ich werde mir mein Ticket heute Nacht in die Unterhose schieben und darauf schlafen, damit es nicht verloren geht.

Djibi lachte leise. »Du musst dann nur beim Pinkeln daran denken, das in deiner Hose etwas steckt, dass da nicht hingehört. Sonst verlierst du es noch.«

Jetzt grinste auch Bahdi. »Hast recht. Dann nehme ich doch lieber den Brustbeutel. Stell dir vor, bald stehen wir an der Küste. Ob wir von dort wohl Europa sehen können? Der Marabout hat erzählt, dass so ein Meer recht groß ist.«

Djibi zuckte mit den Schultern. »Wer weiß? Aber das ist mir auch egal. Wenn wir erst an der Küste sind, dauert es nicht mehr lange, bis wir Europa erreichen. Was willst du mit dem ersten Geld machen, das du verdienst?«

»Es natürlich nach Hause schicken.«

»Alles? Der Marabout hat gesagt, wir dürften etwas davon für uns behalten.«

»Vielleicht kaufe ich mir ein paar neue Schuhe.« Bahdi warf einen Blick unter den Tisch auf seine ausgelatschten Treter. »Und du?«

»Ich weiß nicht. Was sie wohl in unserem Dorf als Erstes bauen werden?«

»Den Brunnen«, erklärte Bahdi mit Bestimmtheit. »Sie werden ihn tiefer graben, damit er wieder Wasser gibt. Und dann bestimmt die Bewässerungsanlage instand setzen, um die Felder bepflanzen zu können. Du wirst sehen, schon in diesem Herbst werden sie ernten können und Vieh halten. Es wird genug Wasser für alle geben.«

»Und was wird aus uns? Was meinst du?«

»In einigen Jahren kehren wir als reiche Männer nach Hause zurück. Unsere Eltern werden glücklich sein und eine große Feier organisieren. Dann segnet uns der Marabout und alle Mädchen werden uns umschwärmen.« Bahdi schlug seinem Freund begeistert auf die Schulter. »Du kannst dir die Schönste aussuchen.« Sein Grinsen wurde breiter. »Natürlich nachdem ich gewählt habe.«

»Wieso komme ich erst nach dir an die Reihe?«

»Weil ich der Ältere bin.«

»Woher willst du das wissen? Wann genau wurdest du geboren?« Als Bahdi schwieg, setzte Djibi fort: »Siehst du? Du weißt es genauso wenig wie ich.«

»Einverstanden. Losen wir also, wer zuerst wählen darf.«

»Nach unserer Rückkehr. Wenn alles geklappt hat.«

»Was soll denn jetzt noch schiefgehen? Wir sind fast da. Allah sei Dank.«

Als die beiden deutschen Journalisten die Bar betraten, verstummten wieder alle Gespräche.

Karla und Ben ließen sich nicht davon verunsichern, sondern steuerten die Plätze an der Bar an. Dieses Mal bestellten sie Bier.

Der Barkeeper stellte Flaschen und Gläser vor sie hin. Letztere schienen besser gespült zu sein als beim ersten Besuch der Deutschen. Also schenkten sie sich ein.

»Haben Sie Informationen für uns?«, erkundigte sich Karla wenig später bei dem Muskelberg, nachdem sie zwei weitere Flaschen geordert hatten.

»Vielleicht«, antwortete der Mann und rieb Daumen und Zeigefinger seiner linken Hand aneinander.

Karla verstand.

Als der Kerl den Fünfer eingesteckt hatte, beugte er sich

zu den Journalisten hinüber. »Übermorgen fährt ein Transport vom Busbahnhof. Da finden Sie Flüchtlinge.«

Ben schaltete sich ein. »Dort fahren täglich Dutzende Wagen ab. Wie sollen wir den richtigen finden?«

Der Mann legte die Stirn in Falten. »Das ist in der Tat ein Problem. Aber praktischerweise nicht meins. Fragen Sie die Reisenden. Vielleicht haben Sie Glück.«

»Und das ist alles, was Sie uns sagen können?« Karla war enttäuscht.

»Das ist alles, was Sie für fünf Euro bekommen können«, erwiderte ihr Informant.

»Und wenn ich noch etwas dazulege? Fällt Ihnen dann mehr ein?«

Der Mann schüttelte grinsend den Kopf. »Leider nein. Und jetzt entschuldigen Sie mich bitte, ich muss mich um meine Gäste kümmern.«

»Mistkerl«, zischte Karla, als der Barkeeper eine Bestellung am anderen Ende des Tresens aufnahm. »Ich bin sicher, er weiß mehr, will es uns aber nicht sagen.«

Bahdi hatte die dunkelhäutige Frau und ihren weißen Begleiter, mit denen er vor einigen Tagen fast zusammengestoßen war, bemerkt, kaum dass die beiden die Bar betreten hatten. Sie verstand Wolof, eine in dieser Gegend des Niger unbekannte Sprache. Er fragte sich nicht zum ersten Mal, weshalb die zwei hier waren. Handelte es sich womöglich um Polizisten, die sie wegen des illegalen Grenzübertritts suchten?

Das war sein erster Gedanke gewesen, deswegen war er auch weggelaufen. Später waren ihm Zweifel gekommen. Woher sollte die Polizei von ihnen wissen? Und dann ausgerechnet ein weißer Mann und eine schwarze Frau. Sahen so nigrische Ermittler aus?

Er hatte mit Djibi über seine Befürchtungen gesprochen. Je länger sie berieten, umso sicherer waren sie: Vermutlich handelte es sich um keine Polizisten. Aber ein leiser Zweifel blieb. Als dann andere Flüchtlinge in ihrer Unterkunft zwei deutsche Journalisten beschrieben, die sich in der Bar aufgehalten hatten, waren die Senegalesen beruhigt. Definitiv keine Polizei.

Bahdi beobachtete die Deutsche genauer. Frauen, wie er sie kannte, hätten niemals eine Bar wie diese betreten, es sei denn, sie arbeiteten als Serviermädchen, Sängerin oder Prostituierte. Aber diese Frau war Reporterin. Ihre Art, sich zu bewegen, ihre Kleidung, ihr gesamtes Auftreten war weiß, ja selbst ihr Wolof hörte sich nicht echt an. Dort saß ohne jeden Zweifel eine Weiße, die in dunkler Haut steckte. Und sie hatte seine Neugier bemerkt, drehte sich um und schaute genau zu ihm herüber. Ertappt senkte Bahdi den Blick.

Karla knuffte Ben in die Seite. »Dahinten sitzt der junge Mann, der mich bei unserem ersten Besuch fast über den Haufen gerannt hat. Er sprach Wolof. Ich bin mir sicher, dass er auf dem Weg nach Europa ist.« Mit einem Ruck stand sie auf. »Ich werde mit ihm reden.«

Seufzend griff Ben zu seiner Kamera und Flasche. »Dann trinke ich mein Bier eben an anderer Stelle«, erwiderte er.

Seine Kollegin ging zielstrebig zum Tisch der beiden Senegalesen, zeigte fragend auf einen freien Stuhl und setzte sich, ohne eine Antwort abzuwarten.

Wenn die beiden jungen Männer überrascht waren, sah man es ihnen nicht an. Mit unbewegten Gesichtern musterten sie Karla.

»Entschuldigen Sie, dass ich Sie so überfalle.« Sie zeigte ein strahlendes Lächeln. »Wir sind uns vor einigen Tagen schon einmal hier begegnet. Aber Sie sind so schnell verschwunden. Kommen Sie aus dem Senegal?«

Bahdi nickte.

Wieder lächelte Karla. »Ihr Wolof hat Sie verraten. Eine schöne Sprache, finde ich. Sie hat so einen melodischen Klang.«

»Sie sprechen akzentfrei. Wo haben Sie das so gut gelernt?«, wollte ihr Gesprächspartner wissen.

»In Dakar. Ich bin dort aufgewachsen.«

»Wir stammen aus der Gegend von Tambacounda.«

Mittlerweile hatte sich auch Ben zu ihnen gesetzt. Er zeigte auf die leeren Flaschen der beiden jungen Männer und fragte auf Englisch, ob er ihnen ein Bier ausgeben dürfe. Nachdem Bahdi und Djibi zugestimmt hatten, winkte er dem Barkeeper zu.

»Mein Kollege Ben Sender«, stellte Karla ihn vor und dann sich selbst. »Wir sind Journalisten aus Deutschland und arbeiten für den *Herold.* Das ist ein Nachrichtenmagazin aus Hamburg. Ich war einmal in Tambacounda, als Kind. Wohnen Sie nahe der Stadt?«

»Nein, westlich davon.«

»In einem Dorf auf dem Land also?«

»Ja.«

»Warum sind Sie von zu Hause fortgegangen?«

Bahdi schwieg.

»Sie sind doch fortgegangen, oder?«

Djibi warf seinem Freund einen schnellen, unsicheren Blick zu, den Karla natürlich bemerkte.

»Sie müssen sich keine Sorgen machen. Sind Sie deshalb vor drei Tagen so schnell verschwunden?«

Der Senegalese nickte nur.

»Wir sind Reporter, keine Polizisten«, setzte Karla fort. »Wären Sie bereit, uns einige Fragen zu beantworten?«

Jetzt war es Djibi, der wissen wollte: »Was für Fragen sind das?«

»Über Ihre Beweggründe, das Dorf zu verlassen, die bisherige Reise, ihre Kosten, wie Sie von hier weiterkommen, was Ihr Ziel ist ...«

Der Barkeeper brachte die Getränke und warf den beiden Deutschen finstere Blicke zu.

Als er gegangen war, meinte Djibi fast verlegen: »Ich habe

gehört, man bekommt Geld, wenn man mit Reportern spricht.«

»Das kommt darauf an, was Sie zu erzählen haben.« Karla fingerte zehn Euro aus der Tasche und schob sie zu den beiden hin. »Eine Anzahlung.«

Djibi steckte den Schein schnell ein. »Wir wollen fünfzig.«

»Die bekommen Sie, wenn Ihre Aussagen das wert sind.«

»Für jeden.«

»Einverstanden. Aber wir reden nicht hier, sondern in unserem Hotel. Und mein Kollege darf Bilder von Ihnen machen.«

»Keine Bilder«, wehrte Djibi ab.

Karla machte Anstalten aufzustehen. »Dann auch kein Honorar.«

Djibi überlegte nur kurz. »Aber es muss morgen sein.«

»Kein Problem. Zwölf Uhr?«

12

Amir Kowa wohnte mit seiner Familie in einem kleinen Haus an der Nationalstraße 25, die zur algerischen Grenze im Norden führte.

Er freute sich, dass die beiden Journalisten am Flughafen ausgerechnet sein Taxi genommen hatten. Sie zahlten ihm am Tag mehr, als er sonst in einer Woche verdiente. Und er musste nicht so viel fahren, sparte also obendrein Benzin.

Er saß am Tisch in der Küche, sah seiner Frau beim Kochen zu und amüsierte sich über die unbeholfenen Versuche ihrer vierjährigen Tochter, der Mutter zu helfen.

Sein Mobiltelefon klingelte. Ein entfernter Bekannter bat ihn um einen Gefallen. Amir möge ihn zum Flughafen bringen, er habe dort etwas zu erledigen. Es solle Amirs Schaden nicht sein. Er würde ihm zweitausend Francs bezahlen. Knapp drei Euro je Fahrt, recht ordentlich. Schnell kalkulierte Amir, wie viel Zeit er benötigte, und kam zu dem Ergebnis, dass er zurück wäre, bevor seine Frau das Abendessen zubereitet hatte. Also sagte er zu.

Am vereinbarten Ort warteten statt einem drei Fahrgäste auf ihn. Amir ließ die Männer, die alle in seinem Alter waren, einsteigen und steuerte den Wagen Richtung Flughafen.

Aber einer der ihm unbekannten Fahrgäste, die auf dem Rücksitz saßen, korrigierte ihn: »Wir müssen zunächst noch woanders vorbei. Fahr nach Osten. Ich sage dir, welchen Weg du nehmen musst.«

Amir nickte. »Das kostet aber extra.«

»Kein Problem.«

Nach etwa zehn Minuten hieß ihn der Fahrgast an einer der einsamsten Stellen der Stadt anhalten. Hier standen nur einige unbeleuchtete Lehmhütten. Ansonsten war alles kahle, dunkle Ödnis. Amir wunderte sich, bremste den Mercedes aber trotzdem.

Kaum hatte der Wagen gestoppt, schlang der hinter ihm Sitzende einen Arm um seinen Kopf und zog ihn nach hinten. Dann spürte Amir eine Klinge an seinem Hals. Vor Angst standen ihm die Nackenhaare zu Berge.

»Bleib ruhig«, sagte der Unbekannte. »Wir brauchen nur dein Taxi.«

Amir warf einen Hilfe suchenden Blick zu seinem Bekannten, der auf dem Beifahrersitz so tat, als ob ihn das alles nichts anginge.

»Du bekommst deinen Wagen bald zurück. Wir bezahlen dich auch. Zehntausend Francs pro Tag. Das ist mehr, als du sonst verdienst.«

»Das geht nicht«, stotterte Amir.

»Wie du meinst. Dann werden wir wohl deiner Familie einen Besuch abstatten müssen.«

»Bitte, nein.«

»Es wäre uns sehr unangenehm, wenn du nicht kooperierst, das kannst du uns glauben. Du hast keine Wahl. Vermiete uns dein Fahrzeug für einige Tage. Bleib im Haus und lass dich nicht auf der Straße sehen. Dann passiert dir nichts und auch deine Familie bleibt unversehrt.«

Der Sprecher beugte sich vor und legte ein Bündel Geldscheine auf die Mittelkonsole. »Zwanzigtausend als Anzahlung. Selbstverständlich kommen wir für alle etwaigen Schäden auf. Und deine Karre bekommst du vollgetankt zurück.«

»Wofür braucht ihr den Wagen?«

»Das geht dich nichts an. In spätestens einer Woche steht dein Taxi wieder vor der Tür.«

»Aber ich habe anderen Kunden eine Zusage gegeben. Sie werden sich bestimmt wundern, wenn ich die Vereinbarung breche«, versuchte Amir, die Unbekannten zu überzeugen.

»Lass sie sich wundern. Das ist nicht dein Problem. Du bleibst in deinem Haus, spielst mit deiner Tochter und wartest einfach nur ab. Sprich mit niemandem über unser Geschäft und alles ist in Ordnung. Hältst du dich allerdings nicht an unsere Vereinbarung …«

Der Fremde drückte das Messer etwas fester an Amirs Kehle.

»Ich habe verstanden«, stieß dieser schnell hervor.

»Ich wusste doch, dass wir uns einigen. Und jetzt erzähl mir noch ein wenig von deinen europäischen Kunden. Was sind das für Leute? Was genau wollen sie hier?«

Der Taxifahrer gehorchte und berichtete, was er über die beiden Reporter wusste. Viel war das nicht.

Aber es schien den anderen Mann zu befriedigen. »Wir bringen dich jetzt zurück. Und vergiss nicht: Deine Lippen sind versiegelt.«

Amir nickte eingeschüchtert.

13

Das Hotel lag am Rand des Naturparks Märkische Schweiz östlich von Berlin. Klas Grinter nutzte es für diskrete Treffen – mal mit attraktiven Frauen, mal für vertrauliche Gespräche. Es war schnell von der Hauptstadt aus zu erreichen, hatte nur wenige Zimmer, dafür aber mehrere kleine Konferenzräume. Und das Personal vergaß nach einem üppigen Trinkgeld sofort, mit wem sich der Staatssekretär dort traf.

Seinen heutigen Gesprächspartner kannte Grinter seit der Jugend. Walter Hagenau hatte mit ihm die Schulbank gedrückt, Abitur gemacht, studiert und erfolgreich eine entscheidende Juraklausur für ihn geschrieben. Sie sahen sich ähnlich und da Hagenau sich einen Bart wie Grinter hatte wachsen lassen und eine identische Brille auf der Nase sitzen hatte, war nicht aufgefallen, dass er Grinters Personalausweis zur Identifikation vorlegte. Hagenau hatte die Klausur mit Bravour bestanden und seinem Kumpel das erste Staatsexamen gerettet. So etwas verband fürs Leben.

Sie hatten sich den Rehbraten in einem der Konferenzzimmer servieren lassen. Beim Espresso kam der Staatssekretär auf den Grund seiner Einladung zu sprechen. »In neun Monaten sind Wahlen. Die Abgeordneten meiner Partei werden langsam nervös – und ich auch. Wenn die Rechtspopulisten weiter mit der Angst vor einer erneuten Flüchtlingsschwemme punkten können, verlieren wir Mandate. Das bedeutet für viele unserer Kollegen möglicherweise das Aus. Sollten die Rechten sogar in die Regierung eintreten, werden sie mit Sicherheit das Innenministerium für sich beanspruchen. Dann bin ich meinen Job los. Walter, du weißt, was das heißt: Du musst liefern. Und zwar schnell.«

Hagenau nickte. »Ich habe eine Arbeitsgruppe eingesetzt, die Vorschläge dazu erarbeiten soll, wie wir den Zaun undurchdringlich machen können. Wenn ich ihre Ergebnisse geprüft habe und sie praktikabel erscheinen, rufe ich dich an. Du kannst uns dann öffentlich auffordern, mehr für die Sicherheit am Zaun zu tun. Wir übergeben dir ein paar Tage später die Ergebnisse der Arbeitsgruppe und du kannst damit in einer Pressekonferenz punkten. Dann seid ihr es gewesen, die Deutschland und Zentraleuropa vor erneuter Migration geschützt haben. Und die Rechtspopulisten gucken in die Röhre.«

»Hoffentlich. Aber schick mir die Ergebnisse nicht per Mail oder ins Büro. Das ist mir zu unsicher. Niemand darf von unserer Kooperation wissen.«

»Dann an deine Privatadresse?«

»Auch nicht. Vor meiner Tür stehen Tag und Nacht Beamte. Was, wenn einer zufällig den Überbringer kennt oder irgendein anderer unglücklicher Umstand Rückschlüsse auf den Absender zulässt? Am besten treffen wir uns und du bringst die Unterlagen mit.«

»Ich teile zwar deine Bedenken nicht …«

»Wenn du so lange im politischen Geschäft wärest wie ich, würdest du auch Anflüge von Paranoia entwickeln, glaube mir. Selbst wenn dir meine Vorsichtsmaßnahmen übertrieben vorkommen – lass es uns so machen. Dann schlafe ich besser.«

»Wie du meinst.«

»Wer leitet diese Gruppe?«

»Der Mann heißt Nielsen. Er arbeitet seit einigen Jahren bei uns. Zuverlässig, korrekt, ehrgeizig. Stellt keine dummen Fragen.«

»Wo steht er politisch?«

»Nirgends, hat es den Anschein. Er ist nicht in der Gewerkschaft, hat noch niemals den Betriebsrat um Unterstützung gebeten, beteiligt sich nicht an politischen Diskussionen im Betrieb, schreibt keine Leserbriefe, nutzt die sozialen Medien nicht und ist polizeilich noch nie aufgefallen.«

»Woher wisst ihr das?«

»Klas, wir sind ein sicherheitssensibles Unternehmen. Unsere Mitarbeiter werden bei der Einstellung einer entsprechenden Untersuchung unterzogen. Und wir beobachten sie auch während ihrer Anstellung in unserem Haus sehr genau. Glaub mir, dieser Nielsen ist ein unbeschriebenes Blatt. Er wird sich eher die Zunge abbeißen, als etwas zu sagen, was seinen arbeitsvertraglichen Verpflichtungen widerspricht oder der *GoFeCo* schaden könnte. Nielsen ist ein loyaler, etwas unbedarfter Mitarbeiter, guckt manchmal etwas zu tief ins Glas. Trotzdem genau der Richtige für diese Aufgabe.«

»Familie?«

»Nein. Er war mit einer Hamburger Journalistin liiert, aber das ist Geschichte.«

»Gut. Weißt du, woran genau dieser Braintrust arbeitet?«

»Natürlich. Eines ihrer Mitglieder erstattet mir täglich Bericht. Die Überlegungen gehen dahin, psychologischen Druck auf potenzielle Grenzverletzer auszuüben.«

»Wodurch?«

»So weit sind sie noch nicht. Alles bisher Diskutierte ist nicht konsequent genug.«

»Wie soll ich das verstehen?«

»Ein Flüchtling muss wissen, dass er in jedem Fall stirbt, wenn er versucht, den Zaun zu durchdringen.«

Grinter zog eine Augenbraue hoch. »Wie wollt ihr das denn bewerkstelligen?«

»Egal was der Grenzverletzer auch unternimmt – jeder Durchbruchsversuch muss mit seinem Tod enden. In jedem nur denkbaren Fall.«

»Das wird den Gutmenschen aber nicht gefallen.«

»Ich weiß. Deshalb muss ein Flüchtling auch sehr viel kriminelle Energie entwickeln, um durch die vorgelagerten Sperren bis zum tödlichen Abwehrmechanismus zu gelangen. Erreicht er diesen, hat er sich bereits mehrmals strafbar gemacht: illegaler Grenzübergang, Visavergehen, Sachbeschädigung ...«

»Du meinst, er trägt quasi selbst die Schuld für seinen Tod?«

»So ist es.«

Grinter schüttelte nachdenklich den Kopf. »Das können wir nicht machen. Unser Koalitionspartner wird Zeter und Mordio schreien.«

Hagenau lächelte. »Deshalb kannst du im Innenausschuss in vertraulicher Runde auch verkünden, dass wir natürlich nicht im Entferntesten daran denken, tatsächlich Menschen zu gefährden.«

Der Staatssekretär dachte einen Moment nach. »Ah, ich verstehe. Ihr droht nur.«

»Genau.«

»Leider ist eine Sitzung des Innenausschusses nicht so vertraulich, wie sie sein sollte.«

»Das ist mir klar.«

»Wenn die Linken davon Wind bekommen, stecken die das sofort an die Presse durch.«

»Die Linken scheinen mir nicht wirklich das Problem zu sein, die haben momentan genug mit sich selbst zu tun. Das Verbotsverfahren vor dem Bundesverfassungsgericht macht ihnen zu schaffen.«

»Ein angeschossenes Tier ist gefährlich«, gab Grinter zu bedenken.

»Was sollen sie denn schon machen? Sie sind bei den letzten Wahlen krachend aus dem Bundestag geflogen, zerstritten und kämpfen mit Geldproblemen. Die sind kein ernst zu nehmender Gegner mehr für euch. Der Großteil der Presse wird euch hingegen für eure mutige Tat feiern. Die Mehrheit der Bevölkerung sowieso. Und selbst die Rechtspopulisten werden euch loben müssen, auch wenn sie sich dabei vor Wut in den Arsch beißen. Kritik wird es geben, sicher. Aber dieser Sturm im Wasserglas legt sich schnell wieder.«

»Es wird durchsickern, dass ihr Potemkinsche Dörfer baut. Und dann war es das mit der abschreckenden Wirkung.«

»Das ist in der Tat ein Problem«, räumte Hagenau ein. »Aber ich arbeite daran.«

»An was denkst du?«

»Ich glaube, das solltest du besser nicht wissen.«

14

Die Kneipe im Ostteil der Stadt grenzte direkt an die Überreste der alten Stadtmauer, die die Jahrhunderte überdauert hatten. Hier hockten an glatt geschliffenen, speckigen Eichentischen Neu- und Alt-Berliner und zahlreiche Touristen, Letztere in erster Linie, um einen Blick auf die Bundespolitiker werfen zu können, von denen einige ihren Frust regelmäßig in dem Lokal ertränkten.

Kevin Baader kam gerne her. Hier gab es nach seiner Meinung die besten Buletten Berlins und die Enge der Räume und die Menschenmassen brachten es fast zwangsläufig mit sich, dass man nicht allein an einem der Tische hockte, sondern gemeinsam mit Fremden. Schon häufiger hatten sich so interessante Gespräche ergeben. Ein willkommener Gegensatz zu den durchgestylten Schuppen am Potsdamer Platz, in denen man beim Essen meistens allein blieb und die Portionen klein, die Rechnung dafür umso größer war.

Heute Abend würde ihm mit Sicherheit kein Anruf seines Chefs die Nachtruhe rauben. Grinter hatte einen privaten Termin und ihm den morgigen Donnerstag freigegeben. Überstunden abfeiern, nannte der Staatssekretär das.

Wie erwartet fand sich nur noch an dem ersten Tisch rechts des Eingangs ein Platz. Baader grüßte, zeigte fragend auf den freien Stuhl an einer Ecke und setzte sich, als niemand von ihm Notiz nahm. Zwei Männer und zwei Frauen seines Alters, vor denen halb volle Biergläser standen, debattierten über die neuesten Hollywoodfilme, ein asiatisch aussehendes Paar prüfte die Rechnung. Irgendetwas schien sein Missfallen zu erregen, denn der Mann zeigte immer wieder auf seinen Teller, dann auf den Rechnungsbon und machte ein fragendes Gesicht. Als er sich in schlecht verständlichem Englisch an Baader wandte, zuckte dieser nur mit den Schultern, schwieg und lächelte entschuldigend. Er hatte keine Lust, zwischen Bedienung und Gästen zu dolmetschen oder gar zu vermitteln.

Endlich näherte sich der Kellner. Das asiatische Paar wagte einen letzten Vorstoß, den der Ober mit der für die Hauptstadt typischen Schnoddrigkeit parierte. »Ick versteh kein Wort. Zweiundzwanzigfuffzig.« Er zeigte auf die Rechnung und zückte demonstrativ seine Geldbörse.

Die Asiaten resignierten, zahlten und gingen.

Kevin Baader bestellte wie geplant Buletten mit Kartoffelsalat und eine Molle.

»Jebongt«, meinte der Kellner und zog ab.

Das Gespräch der anderen Gäste am Tisch drehte sich mittlerweile um die Wohnungssituation in Berlin. Zwei berichteten von ihrer Suche nach einer bezahlbaren Unterkunft am Prenzlauer Berg, da sie ja nun, wo Jasmin endlich schwanger sei, eine größere Bleibe brauchten. Aber die Angebote seien entweder völlig überteuert oder schlichtweg unzumutbar. Zu nahe an den Hauptverkehrsstraßen oder zu weit von den Parks gelegen, völlig verwohnt – »Da müssten wir ein Vermögen für die Renovierung ausgeben.« – oder schlicht zu teuer. »Wer kann denn schon fünfundzwanzig Euro kalt pro Quadratmeter bezahlen?«

»Zieht doch weiter raus«, schlug die andere Frau, eine langhaarige Schöne mit melodischer Stimme, vor. »Da ist es doch sicher billiger.«

»Um dann mit Bus und Bahn zum Arbeiten ins Zentrum zu fahren?« Der Mann, von dem Baader vermutete, dass es sich um Jasmins Partner handelte, schüttelte den Kopf. »Da bin ich ja eine Stunde unterwegs. Die nächste Kita ist meilenweit entfernt und Jasmin sitzt als grüne Witwe in einer Etagenwohnung in irgendeinem Wohnsilo und versauert. Nein, danke.«

»Vielleicht hättet ihr euch das vorher überlegen sollen?«, meinte der andere Mann, den sie Marcel nannten.

»Wie meinst du das?«

»Genau so, wie ich es sage. Man setzt doch Kinder nicht einfach in die Welt, nur weil einem gerade der Sinn danach steht.«

Baader bemerkte, dass sich die Stimmung rapide verschlechterte. Anscheinend hatte Marcel mit seiner Bemerkung einen Nerv getroffen.

»Das musst du gerade sagen«, giftete Jasmin. »Bumst mit jeder, die nicht rechtzeitig auf den Bäumen ist, und machst hier einen auf Besserwisser.«

»Das muss ich mir von dir nicht sagen lassen. Du hast es doch geradezu darauf angelegt, schwanger zu werden.«

Die Langhaarige versuchte zu vermitteln: »Nun lasst doch den Streit. Ich dachte, das hättet ihr alles hinter euch.«

»Marcel ist immer noch sauer, dass Jasmin ihm damals den Laufpass gegeben hat«, meldete ihr Partner sich wieder zu Wort.

Marcel lachte gekünstelt. »Sie hat *mir* den Laufpass gegeben?« Er wurde laut. »Sie hat mir ständig in den Ohren gelegen, wie sehr sie sich nach einer Familie sehnen würde. Als ich meine Bedenken äußerte, hat Jasmin mir eine Szene nach der anderen gemacht, bis ich die Nase voll hatte und mich getrennt habe.«

»Ich glaube, ich höre nicht richtig«, blaffte Jasmin. »Du bist doch ständig zu mir gekrochen gekommen, nachdem ich ausgezogen bin, und hast mich auf den Knien angefleht, zu dir zurückzukehren.«

»Du leidest ja unter selektiver Wahrnehmung.« Marcel stand auf und knallte einen Zehner auf den Tisch. »Das dürfte für meine zwei Bier reichen. Das hör ich mir nicht länger an!« Mit diesen Worten drängte er sich an Baader vorbei und verschwand.

»Wir gehen jetzt auch«, meinte Jasmin und legte einen weiteren Zehner auf das Holz. »Zahlst du?«

Sie zog ihren Partner hinter sich her Richtung Kleiderhaken, wo sie sich ihren Mantel schnappte und über den Arm legte. Ungeduldig forderte sie ihren Begleiter auf, sich zu beeilen. Dann verließen beide grußlos das Lokal.

Die Langhaarige warf Baader einen verlegenen Blick zu. »Tut mir leid, wenn wir Ihnen den Abend verdorben haben.«

Baader grinste. »Haben Sie nicht. War doch sehr amüsant.«

»Ich kenne die drei erst seit einigen Wochen«, entschuldigte die Frau sich erneut. »Bei denen scheint vieles unausgesprochen zu sein.«

»Sieht so aus. Nach dem Auftritt heute dürften die Chancen auf eine verständnisvolle Aussprache allerdings nicht gerade gestiegen sein.«

»Glaube ich auch.« Sie hob ihr Glas, stellte aber schnell fest, dass es leer war.

»Darf ich Sie zu einem weiteren Bier einladen?«, nutzte Baader die Situation. Die Unbekannte war ihm sympathisch und er wollte sich noch etwas mit ihr unterhalten.

»Gerne«, meinte sie und schenkte ihm ein erneutes Lächeln.

Zwei Stunden später, sie hatten sich blendend amüsiert und waren mittlerweile per Du, meinte Julia, dass es jetzt Zeit für sie würde. Enttäuscht winkte Baader den Kellner an ihren Tisch, um zu zahlen.

Als sie sich verabschiedete, glaubte Baader, ein leichtes Zögern zu bemerken, so als ob sie auf eine Reaktion seinerseits wartete. Er aber verpasste den Moment.

Erst als Julia die Kneipentür hinter sich zuzog, erwachte er aus seiner Lethargie, schnappte sich seine Jacke, spurtete los und erwischte sie an der nächsten Ecke.

»Sehen wir uns wieder?«, platzte er heraus.

»Warum nicht?«, erwiderte sie und sein Herz machte einen Sprung.

»Wie kann ich dich erreichen?«

Julia kramte in ihrer Handtasche und drückte ihm eine Visitenkarte in die Hand. »Ruf mich an. Aber jetzt muss ich wirklich los. Dahinten kommt mein Bus.«

Baader sah ihr nach, als sie zur Haltestelle eilte. Dann schaute er auf die Karte in seiner Hand. *Julia Nielsen*, las er da. *Hauptkommissarin*.

15

Die beiden jungen Senegalesen waren pünktlich. Karla und Ben zogen sich mit ihnen in die hinterste Ecke der Bar zurück, misstrauisch beäugt vom Barkeeper.

Karla deponierte ihr digitales Aufnahmegerät auf dem Tisch und fragte auf Wolof: »Es stört Sie doch nicht, wenn ich unser Gespräch aufzeichne? Ich versichere Ihnen, das Band dient mir nur als Gedächtnisstütze. Keine offizielle Stelle wird es jemals zu hören bekommen, so wie ich auch nicht Ihre Namen nenne, wenn Sie das nicht möchten.«

Bahdi und Djibi schüttelten den Kopf. »Keine Namen.«

»Mir müssen Sie allerdings schon sagen, wie Sie heißen. Sie müssen sich wirklich keine Gedanken machen. Journalisten haben in Deutschland ein Zeugnisverweigerungsrecht. Wir brauchen die Namen unserer Informanten nicht preiszugeben. Das nennt man Informantenschutz.«

»In Deutschland vielleicht«, wandte Bahdi ein. »Aber was ist hier?«

»Wir sind offiziell akkreditierte Journalisten und verfügen über eine Arbeitsgenehmigung der zuständigen nigrischen Behörden. Sie müssen sich wirklich keine Sorgen machen.« Karla nickte den jungen Männern aufmunternd zu.

»Na gut.« Die beiden stellten sich vor. »Aber in Ihrer Zeitung ändern Sie unsere Namen?«

»Darauf gebe ich Ihnen mein Wort.«

Das schien den beiden zu reichen.

Also stellte Karla ihnen ihre erste Frage: »Warum haben Sie den Senegal verlassen?«

Und die beiden begannen zu erzählen. Sie sprachen über die zunehmende Trockenheit, die ausgelöst wurde, weil der sonst übliche Regen ausgeblieben oder geringer ausgefallen war. Sie erzählten von den versiegten Brunnen, den verdörrten Pflanzen, dem Hunger und einigen Kindern, die bereits gestorben waren. Sie berichteten, dass immer mehr Menschen die Dörfer verließen und in die Städte abwanderten, wo sie sich unter erbärmlichsten Bedingungen durchzuschlagen versuchten. Und dann schilderten sie, wie der Fremde in ihr Dorf gekommen war, ihnen vom reichen Europa vorschwärmte und alle zusammengelegt hatten, um wenigstens zwei von ihnen die Reise zu ermöglichen. Sie berichteten von der Ehre, die sie empfanden, ausgewählt worden zu sein, aber auch von der Verpflichtung, die wie eine schwere Last auf ihren Schultern lag. Würden sie scheitern, starb das Dorf, ihre Heimat, ihr Zuhause. Und womöglich stürben auch ihre Eltern und Geschwister. Deshalb mussten sie nach Europa, um Geld zu verdienen und damit das Überleben des Dorfes zu garantieren.

Je länger die Senegalesen sprachen, desto nachdenklicher wurde Karla. Als sie geendet hatten, fragte sie: »Wie hieß dieser Fremde?«

»Moussa Mané.«

»Haben Sie den Mann in Agadez wiedergetroffen?«

»Nein.«

»Aber Sie wissen, wie er aussieht?«

»Ja.«

»Wenn Sie ihn morgen bei der Abfahrt sehen, würden Sie ihn uns zeigen?«

»Warum nicht?«
»Sie reisen jetzt weiter nach Libyen?«
»Ja.«
»Und dann mit dem Boot nach Italien?«
»Liegt das in Europa?«
»Das tut es.«
»Dann fahren wir dorthin.«

Karla zog das Foto Mbayes hervor. »Haben Sie diesen Mann schon einmal gesehen? Er stammt wie wir aus dem Senegal.«

Die beiden schauten sich das Bild lange an und schüttelten dann den Kopf.

Karla nickte. Eigentlich hatte sie nichts anderes erwartet. Der letzte Kontakt zu ihrem Jugendfreund lag fast vier Wochen zurück. Selbst wenn Mbaye auch die Route über Agadez gewählt hatte, dürfte er schon längst nicht mehr hier sein.

Sie gab Ben, der die beiden Flüchtlinge und seine Kollegin während des Gesprächs fotografiert hatte, ein Zeichen. Er senkte die Kamera und trat an ihren Tisch.

»Wir sind fertig. Kannst du sie bezahlen?«

Ben nickte.

»Gib Ihnen einhundertfünfzig.« Karla stand auf und zauberte ein einfaches Handy aus der Tasche. Sie hatte es am Morgen bei einem fliegenden Händler in der Innenstadt erworben. Sie gab es Bahdi. »Rufen Sie mich an, wenn Sie Hilfe brauchen oder den Mann, dessen Bild ich Ihnen gezeigt habe, treffen sollten. Meine Nummer ist bereits eingespeichert. Wissen Sie, wie ein Handy funktioniert?« Bahdi schüttelte den Kopf und Karla erklärte es ihm kurz. Dann reichte sie den beiden die Hand. »Ich wünsche Ihnen schon jetzt viel Glück. Passen Sie auf sich auf. Wir sehen uns morgen. Und vielleicht in Tripolis.«

Ben warf seiner Kollegin einen erstaunten Blick zu. Sie schien einiges geplant zu haben, von dem er nichts wusste.

Karla begleitete die jungen Männer bis zum Tor und sah ihnen nach, als sie das Hotel verließen. Sie war im selben Land wie sie aufgewachsen, hatte dieselbe Sprache gelernt, mit ihrem Kindermädchen dieselben Lieder gesungen. Aber die beiden hatten nie eine wirkliche Chance gehabt und setzten nun ihr Leben aufs Spiel, um ihrem Dorf zu helfen. Selbst wenn sie es schafften, nach Italien und bis zum Zaun zu gelangen, würden sie doch scheitern. Denn der Zaun war undurchdringlich. Sie würden in einem der Transitzentren landen und am Ende des Tages wieder in ihrem Heimatland sein – ohne Geld und, was vielleicht noch schlimmer war, ohne Zukunft und Hoffnung. In ihr Dorf jedenfalls könnten sie nicht zurückkehren, die Schande wäre zu groß. Also würden sie sich irgendwann dem namenlosen Heer der Entwurzelten anschließen, die die Elendsquartiere der Städte Afrikas bevölkerten. Karla fröstelte.

Sie gab sich einen Ruck und kehrte zu Ben zurück. »Ein Scheißspiel«, meinte sie und ließ sich in den Sessel fallen. »Bestellst du mir bitte einen Drink?«

»Was möchtest du?«

»Egal, nur hochprozentig sollte es sein.«

Eine halbe Stunde später meinte Ben: »Ich habe unseren Fahrer bestellt. Du wolltest dir doch den Markt ansehen.«

»Schick ihn weg. Mir steht heute nicht der Sinn nach Zerstreuung.«

»Nun lass dich nicht hängen. Du wusstest doch, mit welchen Schicksalen du konfrontiert werden würdest.«

»Schon. Aber es ist etwas anderes, diesen Menschen gegenüberzusitzen, die voller Hoffnung sind, während du genau weißt, dass sie scheitern werden. Und du nichts dagegen tun kannst. Selbst wenn ich ihnen gesagt hätte, was sie erwartet, hätten sie nicht auf mich gehört. Wie auch? Das Schicksal ihres Dorfes liegt in ihren Händen.«

Ben legte einen Arm um Karlas Schulter. »Nun komm

schon, etwas Abwechslung bringt dich auf andere Gedanken. Es ist gleich vier Uhr. Der Wagen müsste jeden Moment hier sein.«

Und tatsächlich hörten sie die quietschenden Bremsen des Mercedes und mehrmaliges Hupen. Ihr Taxi war da.

Widerstrebend folgte Karla ihrem Kollegen nach draußen. Ein ihnen fremder Mann stand neben dem Wagen.

»Amir ist leider verhindert«, begrüßte er sie in fließendem Französisch. »Ich bin sein Schwager und für ihn eingesprungen. Ich heiße Koffi. Wohin kann ich Sie bringen?«

Karla musterte den Unbekannten. Ihr neuer Fahrer war älter als Amir, von Bens Größe, drahtig, mit einem kleinen Bauchansatz. Seine Züge waren die eines Tuaregs, seine Haut ein wenig heller. Er trug Jeans, ein weites weißes Leinenhemd bester Qualität und Lederschuhe.

»Sie sehen nicht nach einem Taxifahrer aus«, bemerkte sie.

Koffi lachte auf. »Ich bin auch keiner. Ich arbeite in der Kommunalverwaltung, habe aber zurzeit ein paar Tage Urlaub. Deshalb konnte ich für Amir einspringen, denn er kann auf das Geld, das Sie ihm zahlen, nicht verzichten. Und ich möchte schließlich nicht, dass meine Schwester putzen gehen muss, weil ihr Mann nicht genug verdient.« Er zeigte wieder seine weißen Zähne. »Also, wohin soll's gehen?«

Ben sagte es ihm. Als Koffi zum Wagen ging, schoss der Journalist noch einige Fotos, was der Fahrer mit sichtlicher Missbilligung registrierte. Aber er beschwerte sich nicht.

Ben setzte sich zu Karla in den Fonds.

»Du hättest ihn fragen sollen, bevor du ihn fotografierst«, kritisierte die Journalistin auf Deutsch. »Es schien ihm nicht recht zu sein.«

Ihr Partner grinste schief. »Sein Schwager hatte nichts dagegen und er ist in dessen Vertrag eingetreten. Also gelten die mit Amir vereinbarten Konditionen auch für ihn.«

»Formalist«, schalt ihn Karla.

Der Markt lag ganz in der Nähe der Moschee und bestand aus einer Ansammlung von Lehmhäusern, zwischen die, zum Schutz vor der Sonne, bunte Tücher gespannt waren.

Auf den unbefestigten Wegen darunter lagerten vor den jeweiligen Hauseingängen Stoffballen, Tüten, Taschen, Säcke voller Mehl, Zwiebeln und Getreide, Töpfe und Pfannen unterschiedlicher Größe, Kleidung, Schuhe – kurz: alles, was für den täglichen Bedarf benötigt wurde.

Überall wurde lautstark Ware angepriesen und um den besten Preis gefeilscht. Halb oder vollverschleierte Frauen hielten ein Schwätzchen, Männer mit Turbanen hockten auf niedrigen Schemeln, rauchten, tranken Tee oder warteten regungslos auf Kunden.

Über allem hing der Geruch exotischer Gewürze und der Speisen, die in fliegenden Garküchen auf der Straße zubereitet und verkauft wurden.

Nach einer Stunde hatte sich Karla sattgesehen und kehrte mit Ben, einem Seidenschal in der Hand, zum Wagen zurück.

Auf der Rückfahrt hingen sie ihren Gedanken nach, bis die Journalistin vorschlug: »Wenn uns Bahdi und Djibi diesen Schlepper morgen nicht zeigen können, sollten wir weitere Erkundigungen über ihn einholen.«

»Und wo?«

»Bei der Polizei zum Beispiel. Wenn dieser Moussa Mané wirklich eine so große Nummer ist, wie ich vermute, wird er dort bekannt sein, oder?«

»Vermutlich. Was hast du eigentlich damit gemeint, als du den beiden Flüchtlingen sagtest, sie würden dich möglicherweise in Tripolis wiedersehen?«

»Wonach hat es sich denn angehört?«

»Du willst nach Tripolis? Bist du von allen guten Geistern verlassen?«, echauffierte sich Ben. »Das Land ist gespalten und immer noch ohne Zentralregierung. Da bekriegen sich Warlords, Glaubenskrieger und was weiß ich noch.«

»Die Hauptstadt ist aber relativ sicher, heißt es.«

»Was man so als relativ bezeichnet. Im Vergleich zu den Kriegen in Zentralafrika oder Syrien mag das stimmen.«

»Du musst ja nicht mitkommen.«

Ben seufzte. »Ich lasse dich doch nicht allein fahren.«

»Prima. Dann nehmen wir uns einen Mietwagen und folgen den Flüchtlingsbussen.«

»Jetzt bist du völlig übergeschnappt. Uns trennen mehr als dreitausend Kilometer von Tripolis, der größte Teil der Strecke führt quer durch die Sahara. Da gibt es viele Möglichkeiten, ums Leben zu kommen. Auf gar keinen Fall. Wenn du unbedingt in die libysche Hauptstadt willst, meinetwegen. Aber wir fliegen. Sonst knebele und fessele ich dich und schleppe dich wie einen Sack zurück nach Deutschland.«

Karla musste lachen. »Meinetwegen. Dann mit dem Flieger.«

16

Sie hatten bis in den Morgen hinein diskutiert, gestritten und schließlich um Formulierungen gefeilscht. Schließlich lag das Ergebnis ihrer Arbeit vor: Ein lediglich knapp zwei Seiten umfassender Vorschlag, wie der Zaun zukünftig weiter gesichert werden könnte.

Peter Nielsen hatte zu seiner Überraschung sofort einen Termin bei Hagenau bekommen. Das Thema schien ihrem Chef also wirklich wichtig zu sein. Heute um zwölf Uhr sollte er in dessen Büro ihr Arbeitsergebnis vorstellen.

Nielsen war zunächst nach Hause gefahren, hatte geduscht und sich in Schale geschmissen. Als er im Radio hörte, dass sich der Verkehr staute, war er früher losgefahren als nötig, um sich ja nicht zu verspäten.

Der Stau hatte sich jedoch bereits aufgelöst, als Nielsen das Nadelöhr unter der Elbe passierte. So traf er fast eine Stunde vor seiner Verabredung wieder im Verwaltungsgebäude der *GoFeCo* ein.

Es hatte zu regnen begonnen. Er suchte sich einen Parkplatz auf dem firmeneigenen Gelände und entschied sich, den näher gelegenen Hintereingang zu nehmen, den er üblicherweise mied, musste er so doch innerhalb des Gebäudes erst die Cafeteria umrunden, die von diesem Eingang aus den direkten Weg zum Fahrstuhl versperrte.

Natürlich hatte er den Regenschirm wieder in seiner Wohnung liegen lassen. Nielsen fluchte, schob das Ergebnispapier unter seine Jacke, schlug den Kragen hoch und lief los.

Als er den Eingang fast erreicht hatte, kam ihm zu seiner Überraschung die Psychologin Sabine Mickel aus dem Gebäude entgegen. Sie trug dieselbe Kleidung wie noch am Morgen, was Nielsen verwunderte, hatte seine Kollegin doch vor einigen Stunden dringend nach Hause gewollt, um sich den restlichen Tag freizunehmen. Sie hatte noch vor ihm den Sitzungsraum verlassen, nachdem Nielsen mit Hagenaus' Sekretärin telefoniert und seinen Termin bekannt gegeben hatte. Was machte die Psychologin also in der Firma?

Er sprach sie an. Unter ihrem Regenschirm begraben, schreckte sie hoch, als sie seine Stimme hörte.

»Ich dachte, Sie wären völlig übermüdet und wollten dringend ins Bett?«

»Das hatte ich auch vor. Aber dann fiel mir ein, dass ich noch etwas erledigen musste. Unaufschiebbar, Sie verstehen? Und jetzt«, sie streckte die Spitze des Regenschirms kurz in die Höhe, »sollten Sie machen, dass Sie ins Trockene kommen. Der Regen wird stärker.« Mit diesen Worten ließ sie ihn stehen.

Nielsen wunderte sich zwar über Mickels knappe Reaktion, befolgte aber ihren Rat. Da er noch reichlich Zeit hatte, suchte er die Cafeteria auf, um einen Kaffee zu trinken und sich für das kommende Gespräch zu wappnen.

Eine Stunde später saß er seinem Vorgesetzten gegenüber, der ihn dieses Mal nicht hatte warten lassen.

Hagenau legte das Papier, auf das sie so viel Mühe verwendet hatten, ungelesen zur Seite. »Ich werde es mir später anschauen. Fassen Sie die Ergebnisse der Arbeitsgruppe kurz zusammen.«

»Wir sind zu dem Schluss gekommen, dass keine technische Lösung weitere Durchbruchsversuche verhindern kann. Jeder Mensch hofft, dass gerade er es ist, dem eine Überwindung des Zauns gelingen könnte. Deshalb werden es die Grenzverletzer immer wieder versuchen. Das Einzige, was wichtiger ist, als nach Europa zu gelangen, ist das eigene Leben. Daher müssen wir sie glauben machen, dass sie bei einem Durchbruchsversuch ohne Wenn und Aber sterben werden.«

»Also Abschreckung.«

»Genau.«

»Und wie wollen Sie diese Überzeugung in den Köpfen der Menschen platzieren?«

»Mit Werbekampagnen, entsprechenden Hinweisen auf großen Schildern an den Zufahrtsstraßen zum Zaun, Informationsblättern in allen denkbaren Sprachen, die wir in den Heimatländern verteilen lassen, und …«

»Was ist, wenn jemand nicht lesen kann?«

»Wir beauftragen Grafiker, unsere Botschaft in Bilder zu übersetzen. Die versteht jeder.«

»Und wie, theoretisch gesprochen, sollen die Grenzverletzer ums Leben kommen?«

»Durch Strom. Wir behaupten, die schon jetzt vorhandenen, aber weitgehend ungefährlichen Schutzzäune würden ab sofort mit Starkstrom geladen. Wer sich ihnen nur auf einen Meter nähert, wird durch einen Lichtbogen getötet.«

»Was, wenn durchsickert, dass das natürlich nicht wirklich der Fall ist?«

»Das darf nicht passieren. Der Kreis der Eingeweihten muss so klein wie möglich gehalten werden. Wir stellen uns vor, dass diese Information ausschließlich dem parlamentarischen Kontrollgremium, welches die Geheimdienste überprüft, und den Mitgliedern der Bundesregierung vorbehalten bleibt. So sind alle Parteien einbezogen.«

»Und an welche Bilder hatten Sie gedacht?«

»Die von gegrillten Schweinen, das heißt, von deren Torsos. Wenn wir die Tiere solchen Spannungsbögen aussetzen – natürlich erst, nachdem wir sie betäubt und auf die übliche Weise getötet haben –, erkennt niemand mehr, was da verschmort wurde.«

»Schweine?« Hagenau musste grinsen. »In der Tat originell. Soweit ich weiß, hat es bisher niemand durch die vorgelagerten Absperrungen bis zum letzten Abwehrzaun geschafft?«

»Das ist richtig. Der Zaun selbst wurde bisher nie überwunden. Einige konnten die Grenzübergänge passieren, wenige gelangten über das Meer nach Frankreich oder Groß-Tirol.«

Hagenau dachte laut. »Wenn das auch zukünftig so bleibt, wovon ich ausgehe, könnte kein Grenzverletzer aus eigener Erfahrung berichten, dass wir nur bluffen. Unser Trick könnte funktionieren, sodass wirklich weniger Menschen versuchen, den Zaun zu überwinden. Der Weg über das Meer ist teuer. Viele können sich die Bootspassagen nicht leisten. Und Schiffe sind durch unsere Satellitenaufklärung leichter auszumachen als einzelne Menschen. Das Risiko, aufgegriffen zu werden, ist sehr hoch. Da erwarte ich keinen nennenswerten Anstieg der Flüchtlingszahlen.«

Nielsen antwortete nicht.

Hagenau machte ein zufriedenes Gesicht und griff nun doch zum Arbeitspapier. »Danke. Ich werde mir Ihre Vorschläge durch den Kopf gehen lassen.«

Die Audienz war beendet.

17

Schon um elf trafen die beiden Reporter am Busbahnhof ein. Sie hießen Koffi in einer Nebenstraße anhalten und legten die restlichen Meter zu Fuß zurück. Das Terminal lag in der gleißenden Mittagssonne. Nur direkt vor dem Ticketshop bot eine auf Ständern angebrachte, verblichene Plane etwas Schatten. Sie bewegte sich leise im Wind, der nur wenig Kühlung brachte.

Etwas abseits stand ein altersschwacher Mercedes-Bus, an dessen Windschutzscheibe ein großes Stück weißer Pappe befestigt war. *Tripolis* stand darauf. Mindestens drei Dutzend Menschen standen um das Fahrzeug herum und unterhielten sich leise. Minütlich kamen weitere hinzu.

Ben hatte zwei seiner Kameras um den Hals hängen und fotografierte quasi im Sekundentakt. Karla hielt Ausschau nach den Senegalesen, konnte sie jedoch nicht entdecken. Sie versuchte, mit anderen Flüchtlingen ins Gespräch zu kommen, aber entweder verstanden diese nicht oder wollten sie nicht verstehen. Auf jeden Fall blieben ihre Bemühungen erfolglos.

Einige Minuten vor der Abfahrt trafen auch Bahdi und Djibi ein.

Karla fragte sie, ob sich Moussa Mané unter den Wartenden befand.

Die beiden Senegalesen schauten sich prüfend um und meinten dann, dass der Schlepper nicht anwesend sei.

Ein greller Pfiff ertönte. Der stämmige Barkeeper des *Le petit étranger* stand in der mittlerweile geöffneten Bustür, winkte die Flüchtlinge zu dem Gefährt und fungierte als Platzanweiser.

Auch die Senegalesen machten Anstalten, dem Aufbruchsignal zu folgen.

Karla lächelte beide aufmunternd an. »Viel Glück«, meinte sie zum Abschied.

Bahdi nickte zum Dank. Dann ging er seinem Freund hinterher, der schon einige Meter vorausgeeilt war. Kurz vor dem Bus drehte er sich noch einmal um und hob zögernd die Hand zum Gruß.

Auch Karla winkte. »Hoffentlich kommen sie gut an«, meinte sie zu Ben, der den Einstieg der Flüchtlinge mit seinen Kameras festhielt.

Der Barkeeper sammelte die Tickets ein und forderte die Menschen zur Eile auf, wenn sie nicht schnell genug einstiegen.

Karla zählte mit. »Das müssen mindestens sechzig, wenn nicht sogar siebzig sein, die sich in den Wagen hineinquetschen. Wie viele Plätze hat denn so ein Bus?«

»Maximal fünfzig.«

»Das dürfte eng werden. Wie lang fahren sie bis Tripolis?«

»Vermutlich drei bis vier Tage.«

»Scheiße!«

Um Punkt zwölf Uhr setzte sich der Bus Richtung Norden in Bewegung. Die beiden Reporter sahen ihm nach.

»Über dreitausend Kilometer durch die Sahara in so einer Klapperkiste. Mut jedenfalls haben sie«, meinte Ben.

»Den Mut der Verzweiflung«, erwiderte Karla.

Der Platz hatte sich schnell geleert. Nur der Barmann des *Le petit étranger* stand noch mit drei jungen Männern vor einem Auto und rauchte. Dann und wann warfen sie den Reportern einen verstohlenen Blick zu.

»Und was machen wir jetzt?«, wollte Ben wissen.

Karla gab sich einen Ruck. »Die Polizei aufsuchen. Und nach Mané fragen.«

»Ob sie uns was erzählen?«

»Skeptisch bin ich auch. Aber wenn wir es nicht versuchen, erfahren wir auf keinen Fall etwas.«

Koffi stand neben dem Taxi und rauchte.

»Wir wollen zum Polizeipräsidium«, erklärte Karla. »Sie wissen doch, wo das liegt?«

»Sicher. Möchten Sie zu jemand Bestimmtem? Ich kenne die meisten der Beamten persönlich.«

»Zum Chef.«

Koffi zeigte seine Zähne. »Der Polizeipräsident wird nicht ohne Weiteres zu sprechen sein, auch nicht für deutsche

Journalisten. Wie wäre es mit seinem Stellvertreter? Der ist zufällig ein guter Freund von mir. Wenn Sie möchten, rufe ich ihn an.«

»Das wäre großartig.«

Koffi griff zum Handy, entfernte sich einige Meter und telefonierte leise. Nach kurzer Unterhaltung steckte er das Handy wieder weg und kehrte zu ihnen zurück. »Er wird Sie empfangen.«

»Wann?«

»Jetzt gleich.«

Ben sagte auf Deutsch: »Ich möchte vorher gern noch ins Hotel, meine Kameras auf das Zimmer bringen. Ich denke nicht, dass uns ein Polizist gestattet, Fotos von ihm zu machen. Dann brauche ich die Apparate nicht weiter mit mir herumzuschleppen.«

»Warum lässt du sie nicht im Taxi?«

»Ungern. Nicht dass ich ihm nicht traue«, er machte eine Kopfbewegung zu ihrem Fahrer hin. »Aber ich fühle mich wohler, wenn die Kameras im Hotel liegen. Außerdem kann ich dann schon die ersten Akkus aufladen.«

»Und was, wenn der Polizist nun doch Fotos akzeptiert?«

»Fragen wir ihn. Stimmt er zu, kann ich die Bilder immer noch nachholen.«

»Wie du meinst.«

Ben sprach Koffi auf Französisch an. »Wir müssen vorher noch kurz ins Hotel.

»Was denken Sie, wie lange Ihre Unterredung im Präsidium dauern wird?«, wollte ihr Fahrer wissen.

»Keine Ahnung«, antwortete Karla. «Vielleicht eine Stunde? Warum?«

»Ich müsste noch etwas erledigen und könnte das gut in der Zwischenzeit tun, wenn Sie nichts dagegen haben.«

»Haben wir nicht. Oder, Ben?«

»Nein.«

Das Polizeipräsidium war eines der wenigen Gebäude der Stadt, das nicht aus Lehm bestand, sondern gemauert war. Der stellvertretende Polizeipräsident hatte sein Büro am Ende eines langen Flures im obersten Stockwerk.

Major Karim Alzouma war Ende vierzig und trug einen gewaltigen Bauch vor sich her. Seine Uniformjacke spannte, als er beim Eintreten der Journalisten aufstand und sie zuzuknöpfen versuchte. Schließlich ließ er es bleiben und begrüßte die beiden Deutschen überschwänglich.

Obwohl sich in dem karg eingerichteten Büro ein Ventilator unter der Decke drehte, war es stickig. Aber das schien Alzouma nichts auszumachen, denn trotz seines Übergewichts zeigte sich kein Schweißtropfen auf seiner Stirn.

»Bitte Platz nehmen«, radebrechte er. »Trinken?«

»Wenn es Ihnen nichts ausmacht, würden wir uns lieber auf Französisch unterhalten.« Karla lächelte herzlich. »Ich bin etwas aus der Übung und nichts trainiert den Wortschatz besser als ein Gespräch.«

Natürlich bemerkte der stellvertretende Polizeipräsident die freundliche Lüge, spielte das Spiel aber dankend mit. So konnte er sein Gesicht wahren. »Gerne, wenn ich Ihnen damit einen Gefallen tue. Leider kann ich Ihnen nur Wasser oder Eistee anbieten.«

»Kalter Tee wäre nicht schlecht. Aber bitte ohne Eis.«

Alzouma verzog beleidigt das Gesicht. »Die Wasserqualität hier in Agadez ist besser als ihr Ruf. Sie müssen sich keine Sorgen machen.«

Karla fühlte sich ertappt. Ein schlechter Start für ihr Gespräch. »Nein«, wehrte sie deshalb sofort ab. »Ich habe nur einen nervösen Magen.«

Der Polizist wandte sich an Ben. »Und Sie?«

»Tee. Mit Eis«, meinte der Reporter tapfer.

In den nächsten Minuten tröpfelte die Unterhaltung vor sich hin. Doch nachdem eine Angestellte die Getränke gebracht und das Zimmer wieder verlassen hatte, kam Alzouma ohne

Umschweife zur Sache. »Sie arbeiten an einer Reportage über Flüchtlinge?«

»Ja.« Karla führte das Gespräch. Sie legte ihr Aufnahmegerät auf den Tisch.

»Kein Mitschnitt, bitte. Ich betrachte dies als eine informelle Unterhaltung. Denn ansonsten müsste ich eine Gesprächserlaubnis meines Vorgesetzten einholen. Der ist aber auf einer Dienstreise und kehrt erst in einigen Tagen zurück. Wenn Sie so lange warten können?«

»Nein.« Karla packte das Gerät wieder ein.

»Danke für Ihr Verständnis. Was genau wollen Sie von mir?«

»Agadez ist eine Drehscheibe der Flüchtlingstrecks. Die sogenannte zentrale Mittelmeerroute beginnt im Grunde in Ihrer Stadt.«

Alzouma lehnte sich in seinem Holzstuhl zurück, der gefährlich knirschte. »Das ist mir neu.«

Die Journalistin glaubte, sich verhört zu haben. »Wie bitte?«

»Sicher kommen dann und wann Flüchtlinge auf dem Weg in den Norden durch Agadez, aber von einer Drehscheibe zu sprechen, ist wohl übertrieben.«

»Da haben wir anderes gehört. Erst heute Vormittag ist ein Bus voller Menschen nach Tripolis aufgebrochen.«

»Ich weiß von dem Transport. Allerdings waren das keine Flüchtlinge, sondern Wanderarbeiter auf der Suche nach einem Arbeitsplatz in Libyen.«

Karla schnappte nach Luft. »Arbeit in Libyen? Dieses Land ist durch Bürgerkrieg und Stammeskonflikte völlig zerrissen. Es gibt dort noch nicht einmal eine funktionierende Regierung oder reguläre Armee, sondern nur rivalisierende Gruppen, die sich bis aufs Blut bekämpfen. Und dorthin sollen Menschen fahren, um Arbeit zu finden?«

»In Libyen wird immer noch Öl gefördert«, dozierte der Polizist. »Wer Öl hat, hat Geld. Und wo Geld ist, ist Arbeit.«

»Von den Ölerlösen werden in erster Linie Waffen gekauft«, warf Ben ein. »Und nicht etwa Häuser oder Straßen gebaut.«

»Ich denke, da sind Sie falsch informiert«, meinte Alzouma. »Aber Deutschland ist ja auch weit weg, Sie können das nicht wissen. Wir hingegen haben eine gemeinsame Grenze mit Libyen, treiben Handel, kooperieren auf vielen Gebieten.«

»Gut, lassen wir das. So kommen wir nicht weiter. Kennen Sie einen Moussa Mané?«

»Nein. Wer soll das sein?«

»Ein Schlepper, der Flüchtlinge ans Mittelmeer bringt.«

»Fangen Sie schon wieder mit diesem Thema an? Ich sagte Ihnen doch gerade …«

»Ich habe verstanden. Sie kennen diesen Mann also nicht?«

»Nein. Aber das heißt natürlich nicht, dass es ihn nicht gibt. Allerdings klingt Moussa Mané wie ein senegalesischer Name. Stammt dieser Mann von dort?«

Karla blieb ehrlich. »Ich weiß es nicht.«

»Aus dem Niger kommt er sicher nicht. Und in Agadez befindet sich diese Person nicht. Das wüssten wir. Jeder Ausländer benötigt ein Visum, wird registriert und unterliegt polizeilicher Kontrolle. Beim geringsten Verdacht ungesetzlicher Aktivitäten wird er ohne Zögern ausgewiesen. Niger ist ein Rechtsstaat wie Deutschland. Wir dulden hier keine kriminellen Ausländer. Haben Sie sonst noch Fragen?«

Karla zog ihr Foto hervor. »Wir suchen außerdem diesen Mann.«

Alzouma warf nur einen flüchtigen Blick darauf. »Wer ist das?«

»Ein Bekannter. Er soll sich in Agadez aufhalten oder aufgehalten haben.«

Der Beamte lachte gekünstelt. »Diese Stadt hat über einhunderttausend Einwohner. Hinzu kommen die Wanderarbeiter. Denken Sie, ich kenne jeden Menschen persönlich? Wie heißt ihr Bekannter?«

Karla sagte es ihm.

»Ich werde mich umhören.« Alzoumas Tonfall ließ erahnen, dass er keinen Finger krumm machen würde. »Kann ich sonst noch etwas für Sie tun?«

»Nein.« Karla hatte resigniert.

Der stellvertretende Polizeipräsident schraubte sich aus seinem Sessel. »Es hat mich gefreut, Sie kennengelernt zu haben.«

Die Reporter schauten sich an. Die Frage nach einer Fotoerlaubnis dürfte sich erledigt haben.

»Das stinkt doch zum Himmel«, schnaubte Karla, als sie kurz darauf vor dem Gebäude standen. »Der Kerl lügt wie gedruckt.«

»Sicher. Und nun?«

»Jetzt fahren wir ins Hotel. Ich brauche einen Drink. Wo ist das verdammte Taxi?«

Ben schaute auf die Uhr. »Kommt in etwa einer halben Stunde. So lange müssen wir uns in Geduld üben.«

»Auch das noch. Heute ist nicht mein Tag«, meinte seine Kollegin und seufzte.

18

Am Morgen hatte Baader seinen Chef nach der Arbeitsgruppe gefragt, die angeblich im Innenministerium angesiedelt sein sollte.

Grinter hatte zunächst geschwiegen, dann aber erwidert, dass es in seinem Haus nichts derartiges gebe, und wissen wollen, woher Baader diese Information hätte.

Der Jurist sagte es ihm.

Der Staatssekretär hatte erwidert, dass sich Baaders Stäbchenfreund irre. Bei der *GoFeCo* beschäftigte sich ein Team mit der Frage, wie der Zaun noch sicherer gestaltet werden könnte. Aber das sei nun wirklich keine Sensation, schließlich gehöre es zu den ständigen Aufgaben eines Unternehmens, sein Produkt – und im Grunde handele es sich bei dem Zaun um nichts anderes – zu verbessern. Besonders ein staatliches Unternehmen wie die *GoFeCo* tue gut daran, so zu verfahren. Denn nichts käme in der Öffentlichkeit schlechter an als staatseigene Firmen, die nicht sorgsam mit Steuergeldern umgingen. Und staatseigen sei die *GoFeCo* nun mal, auch wenn sie von der Europäischen Union finanziert werde. Baader solle dies klarstellen, damit nicht länger irgendwelche Gerüchte umherschwirrten.

Den persönlichen Referenten befriedigten diese Erläuterungen. Insbesondere freute er sich, dass Schilling nicht recht behalten hatte. Beim nächsten Treffen der Stäbchenfreunde würde er diese Information natürlich weitergeben, allerdings verschweigen, dass ihn Grinter ausdrücklich dazu aufgefordert hatte. So konnte er den Nimbus der Unabhängigkeit wahren.

Zurück in seinem Büro griff Baader zum Telefon und wählte Julia Nielsens Nummer. Sie schien sich wirklich zu freuen, von ihm zu hören. Das ermutigte ihn, um ein Treffen zu bitten.

»Gute Idee«, erwiderte sie. »Nur kann ich in den nächsten Tagen nicht. Schichtdienst bis Sonntagabend.«

»Und nächste Woche?«

»Kein Problem. Wann?«

Sie verabredeten sich für den Samstag.

Baader hatte gerade aufgelegt, als Grinter ihn zu sich bestellte. Der Referent wunderte sich, hatte er doch vor weniger als zehn Minuten das Büro seines Chefs verlassen. Aber der Staatssekretär war sprunghaft, verkündete manche Entscheidung aus einer Laune heraus. Seine Mitarbeiter hatten dann später alle Hände voll zu tun, ihren Chef und seine einsamen Entschlüsse wieder einzufangen – sofern er sich einfangen ließ.

»Bringen Sie das Papier mit, um das ich Sie vor einigen Tagen gebeten habe.«

Im Auftrag des Staatssekretärs sollte Baader die Schwachpunkte benennen, die es aus seiner Sicht am Zaun gebe. Der Referent hatte daraufhin ein dreiseitiges Memo verfasst und es Grinter zukommen lassen. Der aber schien es bis jetzt nicht gelesen zu haben.

Der Staatssekretär warf nur einen flüchtigen Blick auf das Papier, strich hier lange Passagen, fügte dort etwas ein und kürzte das Memo auf eine halbe Seite. »Das reicht.« Er gab Baader das korrigierte Exemplar zurück. »Schauen sie bitte darüber. Können wir es so an die Presse geben?«

Der Referent überflog das Schriftstück. Eines musste man Grinter lassen, der Kerl hatte wirklich ein Gespür für das Wesentliche. Der Text war nun eine geschickt formulierte Bitte an die Verantwortlichen der *GoFeCo,* Abschreckung weiterer Grenzverletzter endlich ernsthaft zu betreiben, um so die Belegung der Transitzentren zu minimieren, und gleichzeitig eine bissige Aufforderung an die Oppositionsparteien, sich den notwendigen politischen Maßnahmen nicht länger zu verschließen.

Baader nickte. »Ich denke schon.«

»Gut. Lassen Sie es schreiben und als meine offizielle Stellungnahme verbreiten.«

»Sofort.«

»Ich habe noch eine Bitte: Können Sie einen Brief für mich abholen? Es eilt und ich habe gleich einen Termin beim Minister.«

»Sicher. Wo?«

»Die Angelegenheit ist vertraulich. Es handelt sich um Unterlagen privater Art – ein lukratives Immobiliengeschäft. Deshalb möchte ich nicht, dass der Makler ins Ministerium kommt. Sie werden ihn in einer Gaststätte in Pankow treffen. Er wird Ihnen einen Briefumschlag übergeben, den Sie dann zu mir bringen.« Grinter schob Baader eine handschriftliche Notiz zu. »Die Adresse.«

»Und wie erkenne ich den Boten?«

»Setzen Sie Ihren Cowboyhut auf. Damit sind Sie unverwechselbar«, meinte der Staatssekretär grinsend.

Sein Vorgesetzter spielte auf einen sandfarbenen Stetson an, den sich Baader von einem Besuch in Denver mitgebracht hatte. Er liebte den Hut mit der breiten Krempe und trug ihn häufig. Heute aber lag die Kopfbedeckung in seiner Wohnung in Köpenick. Das lag quasi am anderen Ende Berlins.

»Der Hut ist zu Hause.«

»Dann fahren Sie eben dort vorbei, verdammt noch mal«, schnaubte Grinter. »Muss ich in diesem Ministerium eigentlich für alle mitdenken?«

Baader ging innerlich in Deckung. Es drohte einer der Wutausbrüche, für die sein Chef gefürchtet war.

Aber zu seiner Überraschung beruhigte sich Grinter sofort wieder. »Sollte ich noch in der Besprechung mit dem Minister sein, wenn Sie zurückkommen, warten Sie auf mich. Sie übergeben nur mir den Brief, niemandem sonst. Haben Sie verstanden?«

»Natürlich.«

»Ich verlasse mich auf Sie.«

Während der Fahrt nach Pankow hatte Baader genug Zeit, sich über das Verhalten seines Chefs zu wundern. Was konnte bei einem Immobiliendeal so vertraulich sein, um ein solches Versteckspiel zu rechtfertigen?

Andererseits arbeitete Baader lange genug im Innenministerium, um das Ränkespiel im Berliner Regierungsapparat zu kennen. Politiker bekämpften sich in der Öffentlichkeit bis aufs Messer, waren aber privat die besten Freunde. ›Schaulaufen‹, nannten sie das.

Ständig wurden auch vertrauliche Informationen an die Hauptstadtpresse durchgestochen, Gerüchte kolportiert, Vermutungen breitgetreten. So wurden Karrieren gemacht oder zerstört, Entscheidungen vorbereitet, Mehrheiten gesichert. Das übliche Geschäft eben. Grinter war übervorsichtig. Nur deshalb hatte er sich überhaupt so lange halten können – ohne Skandale.

In der Pankower Kiezkneipe schien die Zeit seit *Zille* stehen geblieben zu sein: nur wenige Tische, dafür eine lange Theke, an die sich Baader setzte; der schale Geruch abgestandenen Bieres; einige Kneipengänger, die so aussahen, als hätten sie die Nacht hier verbracht; und ein Wirt mit speckiger Lederschürze, der Baader, als dieser ein stilles Mineralwasser bestellte, ansah, als ob ihm Hörner aus der Stirn wachsen würden.

»Wir haben nur Klassik. Also mit Kohlensäure.«

Baader nickte.

Der Wirt musterte den Stetson. »Den Hut können Sie dahinten an den Haken hängen. Hier kommt nichts weg.«

»Nein, ich lasse ihn auf, wenn Sie nichts dagegen haben.«

Der Wirt hatte nicht.

Kurze Zeit später hörte Baader, wie sich hinter ihm die Tür öffnete. Ein Mann mittleren Alters in einem beigen Trenchcoat stellte sich neben ihn, musterte ihn kurz und fragte dann: »Doktor Baader?«

»Ja.«

»Post.« Er drückte dem Juristen einen braunen Umschlag in die Hand.

Und noch bevor der erstaunte Wirt eine Bestellung entgegennehmen konnte, war der Bote schon wieder verschwunden.

»Bekannter?«, fragte er Baader.

»So ähnlich.«

»Ging aber schnell, Ihr Treffen.«

»Genau.« Baader nahm einen großen Schluck. Das Wasser war zu warm. »Ich möchte zahlen.«

Der Umschlag war an den Rändern und den Laschen auf der Rückseite mit weißem Klebeband verstärkt. Darauf befand sich an mehreren Stellen eine nicht zu identifizierende Unterschrift. Riss jemand den Brief auf, zerstörte er die Signatur. Aber einen solchen Vertrauensbruch würde Baader im Leben nicht begehen. Außerdem war es ihm ziemlich egal, wer seinem Chef schrieb. Er wog den Umschlag in der Hand. Er war recht leicht für seine Größe.

Dafür der ganze Aufwand? Aber das konnte ihm egal sein. Grinter dürfte seine Gründe gehabt haben, einen solchen Zinnober zu veranstalten.

19

Ben überraschte Karla beim Frühstück mit der Nachricht, dass in sein Hotelzimmer eingebrochen worden war.

»Bist du dir sicher?«, fragte sie.

»Vollkommen.«

»Was wurde gestohlen?«

»Nichts.«

Sie schaute ihn verblüfft an. »Woher willst du dann wissen, dass eingebrochen wurde? War das Türschloss defekt?«

»Nein, alles in Ordnung. Keine Spuren. Zumindest keine, die ich erkennen konnte.«

»Jetzt verstehe ich gar nichts mehr.«

»Lass es mich dir erklären. Aber dazu muss ich ein wenig weiter ausholen. Vor Jahren fotografierte ich auf dem Platz des himmlischen Friedens in Peking, als zufällig Demonstranten Transparente ausrollten. Sie wurden in weniger als einer Minute von der allgegenwärtigen Polizei verhaftet. Natürlich habe ich die Aktion festgehalten. Dummerweise haben die Beamten das bemerkt und mich gezwungen, ihnen die Speicherkarten meiner Kameras auszuhändigen. Ich habe sie später zurückbekommen – allerdings ohne meine Fotos. Die Polizisten hatten die Karten formatiert. Alle Bilder, die ich während meines Aufenthalts in China geschossen hatte, waren verloren. Als ich heute Morgen die Akkuladungen der Kameras überprüfte, habe ich auch die Speicherkarten gecheckt. Das tue ich schon allein, um sicherzustellen, dass auf ihnen noch genügend Platz für weitere Aufnahmen ist. Sie waren leer. Nicht ein Bild war mehr darauf.«

Fassungslos fragte Karla nach: »Keine Fotos?«

»Nein. Auf keiner Karte.«

»Du irrst dich auch nicht?«

»Willst du nachsehen?«, erwiderte Ben leicht indigniert.

»Natürlich nicht. Und jetzt?«

»Was meinst du?«

»Die Fotos der beiden senegalesischen Flüchtlinge, von der Abfahrt des Busses, aus der Bar – alle verloren?«

»Nein.«

»Aber du sagtest gerade ...«

»Ich sagte, die Karten sind leer. Aber seit dem Vorfall in China habe ich mir angewöhnt, mindestens einmal täglich den Inhalt der Speicherkarten zu sichern. Und zwar nicht nur auf meinem Laptop, sondern auch in der Cloud. So kann man mir im schlimmsten Fall die Bilder eines Tages entwenden. Dazu aber muss man mich durchsuchen, denn ich tausche die Speicherkarten auch zwischen den täglichen Sicherungen aus. Natürlich brauche ich für mein Mobiltelefon eine gute GSM-Verbindung, damit das klappt.« Er grinste. »Man kann ja von Agadez halten, was man will – ein schnelles Funknetz haben sie.« Ben griff in die Seitentasche seiner Cargohose und zog einige Speicherkarten hervor. »Hier. Das sind die Dubletten von gestern.«

Karla atmete erleichtert aus. »Dann sind die Bilder noch da?«

Ben grinste. »Alle.«

»Gott sei Dank.« Sie machte eine Pause. »Nur warum haben die Einbrecher nicht gleich die Kameras und den Computer gestohlen? Oder wenigstens die Bilder vom Laptop gelöscht?«

»Ich nehme an, dass sie Letzteres versucht haben. Mein Rechner ist jedoch nicht nur durch ein Passwort, sondern auch durch meinen Fingerabdruck geschützt. Sie haben keinen Zugang bekommen. Und den Computer und die Kameras einfach stehlen, wollten sie wohl nicht. Denn das wäre der

Beweis eines Einbruchs gewesen. So aber könnte es sich bei den gelöschten Speicherkarten auch um ein Versehen meinerseits gehandelt haben. Die Polizei ermittelt nicht, solange nichts gestohlen wurde, und die Einbrecher können sich absolut sicher fühlen.«

»Hm. Du willst also keine Anzeige erstatten?«

Ben schüttelte den Kopf. »Bringt nichts.«

»Was glaubst du, wann wurde eingebrochen?«

»Ich habe die Karten vor unserem Besuch bei Alzouma ausgetauscht. Danach sind wir zurück ins Hotel gefahren. Also muss es während unseres Aufenthalts bei der Polizei passiert sein.«

Karla sah sich um. »Vom Restaurant und der Bar aus kann man fast den ganzen Innenhof übersehen. Die Zimmer sind nur von dort aus zu erreichen. Der oder die Einbrecher müssten doch vom Hotelpersonal wahrgenommen worden sein. Und die Einfahrt ist verschlossen und wird nur Gästen und Lieferanten geöffnet. Wie konnte da jemand unentdeckt in dein Zimmer gelangen?«

»Genau das ist die Eine-Million-Euro-Frage. Ich habe mich beim Personal umgehört und auch den Hotelmanager befragt. Ohne Erfolg. Ich vermute, einer von denen hat für sein Schweigen die Hand aufgehalten.«

»Nicht gerade beruhigend«, meinte Karla. »Eigentlich habe ich mich hier sicher gefühlt.«

»Mich beschäftigt mehr die Frage, welche meiner Bilder das Risiko eines Einbruchs rechtfertigen. Was ist darauf Besonderes zu sehen?«

»Hast du eine Idee?«

»Nein. Klar, die jungen Männer vor der Bar waren nicht gerade erbaut, als ich sie fotografiert habe. Aber bricht man deshalb in ein Hotel ein?« Ben schüttelte den Kopf. »Ich bin in Gedanken noch einmal die Orte, an denen wir in den letzten Tagen waren, durchgegangen. Aber mir ist nichts Außergewöhnliches aufgefallen.«

»Wir sollten uns die Bilder in Ruhe anschauen«, schlug Karla vor. »Vielleicht finden wir gemeinsam einen Anhaltspunkt.«

»Ich denke, wir sollten das verschieben und unseren Aufenthalt hier beenden.«

»Also auf nach Tripolis?«

»Auf nach Tripolis.«

20

Am Anfang ihrer Reise hatten sich Bahdi und Djibi noch unterhalten, aber schon bald machte sie das monotone Brummen des Motors und das Schaukeln des Busses schläfrig. Immer wieder waren sie eingenickt und nur aufgewacht, wenn der Fahrer einen der wenigen Tankstopps einlegte. Während er aus den mitgebrachten Benzinkanistern Treibstoff nachfüllte, konnten sich die Reisenden die eingeschlafenen Beine vertreten, frisches Wasser oder Nahrung aus ihren auf dem Dach gelagerten Gepäckstücken kramen oder sich schlicht auf dem steinigen Boden ausstrecken.

Sie waren jetzt seit zwei Tagen unterwegs. Waren sie gestern noch dann und wann an einer Siedlung vorbeigekommen, hatten sie heute seit Stunden nichts anderes gesehen als eine sich bis zum Horizont erstreckende Steinwüste. Die Piste, auf der sie unterwegs waren, unterschied sich von der sie umgebenden Landschaft nur darin, dass auf ihr die größten Brocken beiseitegeräumt worden waren und ihr Verlauf in Abständen von einigen Hundert Metern entweder durch verrostete, mit Sand gefüllte Fässer oder in den Boden getriebene, armdicke Äste markiert wurde.

Sie waren die Nacht durchgefahren. Der Fahrer hielt sich mit einem weißen Pulver wach, welches er stündlich konsumierte. Erst nachdem sie in den Morgenstunden die algerische Oasenstadt In Salah erreicht hatten, nahm er eine Auszeit. Für etwa drei Stunden schliefen alle in der Sicherheit eines Wüstenflughafens, dann ging es weiter durch das öde Einerlei der Sahara.

Bahdi und Djibi fanden, dass sie es gut getroffen hatten. Sie saßen relativ komfortabel in einem Bus. Andere Flüchtlinge, hatten sie gehört, mussten sich auf die Ladeflächen von Lastwagen quetschen, konnten nur stehen und waren der Sonne und dem Staub ungeschützt ausgesetzt.

Als der Bus langsamer wurde und schließlich ganz zum Stehen kam, schreckte Bahdi, der vor sich hin gedöst hatte, hoch und warf einen Blick aus dem Fenster. Dort stand das Wrack eines Pick-up-Transporters, darum verteilt lagen einige regungslose Körper.

Der Fahrer öffnete die Bustüren und seine zwei Begleiter sprangen hinaus. Bahdi sah überrascht, dass sie Pistolen in den Händen hielten.

Zögernd folgten die Flüchtlinge ihnen, blieben aber in der Nähe des Busses. Mütter hielten ihren Kindern angesichts der herumliegenden Leichen die Hände vor die Augen, andere, vornehmlich jüngere Männer, blickten entsetzt auf die Toten. Bahdi wandte sich ab. Hatte der Marabout doch recht gehabt mit seinen Warnungen?

»Diesen Überfall haben räuberische Tuaregs begangen«, erklärte einer der Bewaffneten, den alle James nannten. Bahdi bezweifelte, dass es sich dabei um seinen richtigen Namen handelte. Wie der andere hieß, wusste er nicht.

»Der Wagen gehört einem unserer Konkurrenten. Er ist vor drei Tagen in Agadez losgefahren. Die Räuber könnten noch in der Nähe sein. Wir müssen uns beeilen.«

Die Bewaffneten trennten sich und schlichen von zwei Seiten um den Pick-up herum. Für einen kurzen Moment verschwanden sie aus Bahdis Gesichtsfeld, tauchten dann aber, sichtlich entspannter, wieder auf.

»Du und du«, wiesen sie zwei der Flüchtlinge an. »Durchsucht das Gepäck links von uns.«

Erst jetzt bemerkte Bahdi, dass zwischen den Toten Rucksäcke, Tüten und Taschen im Staub lagen.

»Wenn ihr etwas Wertvolles findet, bringt es zu uns. Und ihr zwei«, James zeigte auf die beiden Freunde, »nehmt euch den Bereich hinter dem Wagen vor.«

»Was ist mit den Toten?«, fragte einer der Flüchtlinge. »Müssen wir sie nicht begraben?«

»Mitten in der Wüste?« James schüttelte entgeistert den Kopf. »Schon bald wirst du hier nichts mehr sehen außer dem Dach des Fahrzeugs, das ein Stück aus dem Sand ragt. Für Beerdigungen haben wir keine Zeit. Also los jetzt.«

Bahdi und Djibi gehorchten.

Der andere Bewaffnete wies den Fahrer an: »Starte den Motor und lass ihn laufen. Vielleicht müssen wir schnell weg.«

James kletterte auf das Dach des Reisebusses und schaute suchend in alle Richtungen.

Hinter dem Transporter fanden sie weitere Tote. Sie konnten noch nicht lange hier liegen, denn es waren keine äußerlichen Anzeichen beginnender Verwesung zu erkennen. Auch sie waren erschossen worden.

»Sieh dir das an«, murmelte Djibi. »Alles voller Blut, die Körper liegen teilweise übereinander. Sie sind regelrecht niedergemäht worden.«

Vorsichtig, fast so, als ob sie ihre Ruhe nicht stören wollten, durchsuchten die Freunde die Taschen der Toten.

Plötzlich erstarrte Bahdi. Er winkte Djibi zu sich. Als dieser neben ihm stand, zeigte er auf den Leichnam im Sand. »Ist das nicht der Mann, dessen Bild uns die Journalistin gezeigt hat?«

Djibi beugte sich vor, um besser sehen zu können, hielt sich aber ob des Verwesungsgeruchs die Hand vor Mund und Nase. Dann wandte er sich wieder seinem Freund zu und nickte. »Ja.«

»Keine Zweifel?«

Djibi schüttelte den Kopf.

Bahdi griff zum Handy, aber James, der vom Dach des Busses auf sie aufmerksam geworden war, schnauzte: »Ihr sollt die Taschen durchsuchen und keine Schwätzchen halten.« Als er das Telefon in Bahdis Hand bemerkte, rief er: »Du hast hier ohnehin keinen Empfang. Nicht mehr bis Libyen und da vermutlich auch nicht. Tut eure Arbeit.«

Bahdi schwieg und gehorchte. Die meisten der Gepäckstücke waren aufgerissen worden, ihr Inhalt lag verstreut auf dem Boden. Er nahm sich Tasche für Tasche vor, ahnte aber, dass er nichts finden würde, was ihre Führer gebrauchen könnten. Die Räuber hatten bestimmt nichts übersehen.

Plötzlich schrie Djibi auf. »Hier lebt noch jemand.«

Schnell stand einer der Bewaffneten an seiner Seite. »Wo?«, fragte er überrascht.

Djibi zeigte auf die übereinanderliegenden Leichen eines Mannes und einer Frau. »Da hat sich etwas bewegt«, behauptete er mit zitternder Stimme.

»Zieht die Toten zur Seite«, befahl der Mann. »Schnell.«

Und tatsächlich lag unter den beiden Körpern ein Mädchen im Sand. Die Jugendliche war kaum älter als fünfzehn, hatte eine Bauchwunde und stöhnte, als Bahdi sie vollständig unter den Toten hervorzog. Er kniete nieder, legte den Arm um ihre Schultern. Sie sagte kein Wort, aber ihre großen dunklen Augen schauten Hilfe suchend und voller Hoffnung auf die drei Männer.

»Wir müssen sie zu einem Doktor bringen.«

»Mitten in der Wüste?« Ihr Führer lachte auf. Es klang wie das Bellen eines Hundes. »Hier gibt es keinen Arzt im Umkreis von eintausend Kilometern.« Er drehte sich um.

Bahdi wandte sich an seinen Freund. »Komm, hilf mir. Wir bringen sie zum Bus.«

Der Bewaffnete fuhr herum. »Nichts tut ihr, verstanden?«

»Aber wir können sie doch nicht allein hier liegen lassen.«

»Du kannst ihr ja Gesellschaft leisten, wenn du möchtest.«

»Sie stirbt.«

»Sie ist schon tot«, erwiderte der andere ungerührt, hob die Pistole und schoss der Kleinen in den Kopf.

Blut spritzte auf die Hosen der Männer. Fassungslos schaute Bahdi auf den schlaffen Körper, den er im Arm hielt. »Was hast du gemacht?«, schluchzte er. »Du hast sie umgebracht!«

»Ich habe sie erlöst.«

Voller Wut wollte sich Djibi auf den Mann stürzen, wurde aber durch James daran gehindert, der mit der Pistole in der Hand herübergekommen war.

»Gebt Ruhe«, ordnete er an. »Sonst könnt ihr euch gleich zu den Toten legen. Es ist nicht mehr zu ändern. Und jetzt ab zum Bus. Wir müssen sofort hier weg. Sofort!« Dann wandte er sich an seinen Partner: »Du bist ein Idiot. Den Schuss konnte man meilenweit hören. Hättest du keinen Stein nehmen können?«

In diesem Moment begann Bahdi, die Männer zu hassen, die sie nach Europa bringen sollten.

Nachdem sie wieder losgefahren waren, stand James auf und drängte sich durch die im Gang Kauernden in die Mitte des Busses. Dort erhob er seine Stimme, sodass ihn jeder hören konnte. »Sicher fragen sich die meisten von euch, warum wir das verletzte Mädchen nicht mitgenommen haben. Dafür gibt es mehrere Gründe. Seht euch um. Der Bus ist überfüllt. Viele sitzen bereits im Gang. Wo hätten wir sie hinlegen sollen?«

Dieses Argument schien die Flüchtlinge nicht zu überzeugen, denn James blickte in skeptische Gesichter.

»Sie war schwer verletzt. Ohne ärztliche Hilfe wäre sie in den nächsten Stunden ohnehin gestorben.«

»Gibt euch das das Recht, sie einfach zu erschießen?«, hörte Bahdi seinen Freund rufen.

Ohne auf Djibis Frage einzugehen, setzte James fort: »Wenn sie bis zur libyschen Grenze durchgekommen wäre, hätte es womöglich Schwierigkeiten beim Grenzübertritt gegeben. Die Polizei hätte jedem von uns unangenehme Fragen gestellt. Woher wir kommen und wohin wir wollen. Wäre das in eurem Interesse gewesen?«

Einige der Männer schüttelten schweigend den Kopf.

»Sie und ihre Eltern wussten wie wir alle, dass die Reise gefährlich werden kann. Sie haben es trotzdem gewagt. Allerdings ohne Begleitschutz wie ihr ihn durch uns habt. Sie waren auf eigene Faust unterwegs. Seid froh, dass die Banditen sie und nicht euch erwischt haben.« Damit war das Thema für James erledigt. Er ging wieder nach vorn zum Fahrer.

Djibi flüsterte Bahdi zu: »Ich glaube nicht, dass die Mörder Tuaregs waren.«

»Warum nicht?«

»Hast du die Radspuren im Sand bemerkt? Das sah aus, als ob viele Autos unterwegs waren. Untypisch für Tuaregs, oder?«

»Keine Ahnung«, erwiderte Bahdi.

»Ich glaube, dass die Mörder Schlepper waren. Vielleicht sogar Männer Moussa Manés.«

»Wie kommst du darauf?«

»James sagte doch gerade, sie seien allein unterwegs gewesen. Ich weiß nicht, ob das stimmt. Auf jeden Fall aber haben jetzt alle hier im Bus Angst, dass uns dasselbe passieren könnte. Schaffen wir es unbehelligt bis zum Meer, führen sie das auf den Schutz Moussa Manés zurück. Das spricht sich herum: Wer Mané bezahlt, reist sicher.«

In der folgenden Nacht passierten sie die libysche Grenze. Auch hier reichten einige Dollarscheine, um ohne Kontrollen passieren zu können. Das galt auch für die Straßensperren, die von den Truppen der verfeindeten Warlords zwischen ihren jeweiligen Hoheitsgebieten angelegt worden waren. Geld öffnete alle Schlagbäume. Manchmal erschien es Bahdi sogar, dass ihre Begleiter mit den Wache stehenden Soldaten gut bekannt waren.

Ohne weitere Zwischenfälle trafen sie am nächsten Morgen in Tripolis ein. Zwischen ihnen und Europa lag nun nur noch das Meer. Insofern hatte Moussa Mané nicht gelogen.

21

Vor genau einer Woche hatte Kevin Baader die Presseerklärung seines Chefs, die auf seinem Memo basierte, herausgegeben. Passiert war seitdem wenig. Nur einige der überregionalen Tageszeitungen und Nachrichtenmagazine hatten die Meldung überhaupt zur Kenntnis genommen und sie, noch weiter gekürzt, als knappen Einspalter irgendwo im Blattinneren vergraben. So wäre sie bald vergessen worden, wären nicht die Rechtspopulisten als größte Oppositionspartei auf den Zug aufgesprungen. Sie richteten im Bundestag eine Kleine Anfrage zu diesem Thema an die Bundesregierung.

Baader saß im Büro seines Vorgesetzten zum Befehlsempfang, als die Sekretärin mit der Nachricht hereinplatzte.

»Sieh mal einer an«, meinte Grinter mit zufriedenem Gesichtsausdruck. »Was genau wollen sie denn wissen?«

Die Sekretärin schaute auf die Meldung, die aus dem Bundeskanzleramt gekommen war. »Sie erkundigen sich nach den detaillierten Kosten, die die Transitzentren verursachen.«

Grinter warf seinem Referenten einen schnellen Blick zu. ›Habe ich es nicht gesagt‹, schien er zu bedeuten, ›dieser Sachverhalt wird zunehmend wichtig.‹

»Weiter fragen sie, welche Maßnahmen die Bundesregierung ergreifen will, um Flüchtlinge davon abzuhalten, nach Europa zu kommen. Außerdem fordern sie Auskunft darüber, wie viele radikale Islamisten sich in den Transitzentren aufhalten beziehungsweise bereits in der Bundesrepublik sind und was die Regierung gegen diese Bedrohung zu unternehmen gedenke.«

Grinter schüttelte den Kopf. »Idioten allesamt. Als ob islamistische Extremisten ein Schild vor sich hertragen, auf dem steht: *Bin Terrorist. Bitte verhaften Sie mich.*« Er wandte sich an Baader: »Ich bin sicher, dass auf die Kleine Anfrage eine Fragestunde folgt, in der wir Rede und Antwort stehen müssen. Stellen Sie mir alle notwendigen Unterlagen zusammen. Ich sehe sie durch, bevor die Materialien an das Kanzleramt gehen. Danke, das wäre alles.«

Baader stand auf. Die Sekretärin folgte ihm aus dem Büro. Als beide verschwunden waren, griff Grinter zum Hörer und rief Walter Hagenau an.

»Die Rechtsopposition hat das Thema aufgegriffen«, meinte er, nachdem er zu seinem Freund durchgestellt wurde. »Sie werden erneut fordern, mehr für den Grenzschutz zu tun.«

»Ganz in unserem Sinne.«

»Ich werde versuchen, in der Fragestunde für die Bundesregierung zu antworten. In meiner Stellungnahme werde ich erneut betonen, dass es die Bundesregierung war, die deine Firma aufgefordert hat, endlich zu handeln. Gibt es weitere Ergebnisse der von dir eingerichteten Arbeitsgruppe? Mich beschäftigt die Frage, wie wir deine Abschreckungsidee glaubhaft verkaufen.«

»Ja, du wirst in Kürze von mir hören.«

»Das ist mir zu unkonkret. Wir können die Kleine Anfrage nicht wochenlang unbeantwortet lassen.«

»Gib mir eine Woche.«

»Einverstanden. Aber nicht länger.«

Sie beendeten das Gespräch. Grinter dachte nach. Die Rechtspopulisten konnten gar nicht anders. Um sich nicht von der Bundesregierung rechts überholen zu lassen, würden sie weitere Mittel zum Ausbau des Zauns fordern, die diese in absehbarer Zukunft zähneknirschend freigeben würde. Die *GoFeCo* erhielte zusätzliche Finanzspritzen, staatliche Aufträge an andere Unternehmen waren wahrscheinlich. Wenn Hagenaus Vorschläge funktionierten, versuchten weniger Flüchtlinge einen Durchbruch. Die Zahl der Grenzverletzer sänke und damit hoffentlich auch die Belegungszahlen und Kosten der Transitzentren. Und Grinter selbst war es, der all diese Maßnahmen durch seine geschickte Politik eingeleitet hatte. Zufrieden lehnte sich der Staatssekretär in seinem Sessel zurück.

22

Ihre Abreise nach Tripolis hatte sich um einige Tage verzögert. Ben hatte darauf bestanden, nicht ohne Visum in das zerrissene Land einzureisen. Es dauerte, bis die Verwaltungsmitarbeiter des *Herolds* aus Hamburg Vollzug melden konnten. Und es war auch nicht nur eine, sondern gleich zwei Einreisegenehmigungen waren an das Hotel gefaxt worden, ausgestellt von jeder der zwei Gruppierungen, die für sich in Anspruch nahmen, die legitime Regierung des Landes zu bilden. Ihr Ressortleiter hatte dringend von Karlas Plan abgeraten, er sei zu gefährlich. Aber sie hatten sich nicht umstimmen lassen. Am morgigen Nachmittag sollte ihr Flieger starten.

Ben betrat den Frühstücksraum des Hotels. Seine Kollegin saß schon am Tisch und tippte etwas in ihr Smartphone.

»Guten Morgen.«

»Morgen.«

»Gut geschlafen?«

Karla sah kaum hoch. »Ja, danke. Entschuldige bitte, ich bin gleich fertig.«

Ben schenkte sich Kaffee ein und griff zum Brotkorb.

Kurz darauf legte Karla ihr Smartphone beiseite. »Ich habe das gerade ausgerechnet: In den Transitzentren sitzen rund zweihundertsechzigtausend Menschen fest. Etwa eine Viertelmillion – so wird geschätzt – leben derzeit illegal in den südlichen Anrainerstaaten Zentraleuropas. Und kein Mensch weiß, wie viele Flüchtlinge auf ihrem Weg nach Norden ihr

Leben lassen, sei es durch Ertrinken, Verdursten oder Gewalt. Sagen wir, es sind etwa fünfzigtausend gewesen in den letzten drei Jahren. Dann kommen noch die hinzu, die es trotz des Zauns irgendwie nach Zentraleuropa schaffen, einige Hundert vielleicht. In diesen Zahlen sind die in ihre Heimatländer Abgeschobenen noch nicht berücksichtigt. Wer weiß, wie viele das sind. Alles in allem macht das bestimmt mehr als fünfhunderttausend Flüchtlinge. Und wenn jeder von ihnen in etwa das bezahlt hat, was uns die Senegalesen erzählt haben, sind das, wenn ich die vielen Nullen richtig gezählt habe, knapp eineinhalb Milliarden Euro Einnahmen in nur drei Jahren! Bei sehr geringen Kosten: etwas Sprit, ein wenig Schmiergeld und die Ausgaben für die abwrackbereiten Schiffe, auf die sie die Flüchtlinge pressen. Da bleibt einiges übrig. Die Schmuggler dürften daher ein massives Interesse an der Aufrechterhaltung des Status quo haben.«

»Wie meinst du das?«, wollte Ben wissen.

»Je weniger Menschen offiziell nach Zentraleuropa einreisen dürfen, das heißt, je restriktiver die Asylpolitik gehandhabt wird, umso mehr Flüchtlinge nehmen die sogenannte Hilfe der Schlepper in Anspruch. Stell dir vor, Europa würde sich endlich zu dem bekennen, was es eigentlich schon seit Jahrzehnten ist: eine Einwanderungsregion. Wenn die einzelnen Staaten nach festgelegten Quoten Menschen völlig legal einreisen lassen würden, wer nähme dann den gefahrvollen und teuren Weg durch die Wüste und über das Meer noch in Kauf? Sicher, der eine oder andere trotzdem. Aber das Gros der Menschen würde doch hoffen, irgendwann legal einreisen zu können, oder nicht?«

»Vermutlich.«

»Und wenn das passiert, ist das Geschäftsmodell von Moussa Mané und Konsorten im Eimer. Wahrscheinlich schlagen die sich lachend auf die Oberschenkel, wenn wieder irgendwo in Europa die Rechtspopulisten gestärkt aus einer Wahl hervorgehen. Das sichert das Einkommen der Schlepper auf Jahre hinaus.«

»Da ist was dran. Darf ich deine Berechnungen sehen?«

»Klar.«

Sie schob ihm den Zettel über den Tisch. Dabei berührten sich ihre Hände. Ein angenehmes Kribbeln durchzuckte Karla und ihre Nackenhärchen richteten sich auf. Sie beobachtete Ben. Eigentlich sah er wirklich gut aus. Sein muskulöser Körper, das volle Haar, der Dreitagebart. Und wenn er lachte, wirkte er wie ein großer Junge. Ein warmes Gefühl durchströmte sie.

Mein Gott, schoss es Karla durch den Kopf, ich bin dabei, mich in ihn zu verlieben. In einen Kollegen auf Recherchereise. Wie unprofessionell.

Sie sah auf. Ein Fremder war an ihren Tisch getreten. Er trug einen eleganten Zweireiher. Der oberste Knopf des blütenweißen Hemdes stand offen.

»Entschuldigen Sie, wenn ich störe«, sprach er die beiden Journalisten in akzentfreiem Französisch an. »Ich habe gehört, Sie suchen Informationen über Moussa Mané?« Er blickte fragend auf den freien Stuhl.

Karla nickte. »Bitte.« Nachdem der Fremde Platz genommen hatte, erkundigte sie sich: »Wer sind Sie? Und woher wissen Sie von unserem Interesse?«

»Lassen Sie mich die zweite Frage zuerst beantworten. Westliche Journalisten sind nicht gerade häufig in Agadez. Und wenn sie dann noch wie Sie unbequeme Fragen stellen, die falschen – oder richtigen – Lokale aufsuchen, ganz nach Betrachtungsweise, und bei der Polizei vorstellig werden, spricht sich das wie ein Lauffeuer herum. Und zur ersten Frage: Nennen Sie mich einfach Pierre.«

»Ich vermute, das ist nicht Ihr richtiger Name?«

Der Fremde antwortete nicht.

Ben schaltete sich ein. »Und für wen arbeiten Sie?«

»Ich unterstütze dann und wann meine Regierung.«

»Französischer Geheimdienst?«, vermutete Ben.

Pierre lächelte nur.

»Volltreffer.« Der Journalist grinste sein Gegenüber an.

Nun ergriff wieder Karla das Wort: »Was können Sie uns über Moussa Mané erzählen?«

»Was wollen Sie wissen?«

»Ist er eine so große Nummer im Schleppergeschäft, wie alle vermuten?«

»Ja.«

»Und wo finden wir ihn?«

»Nicht mehr in Agadez, habe ich gehört.«

»Wo dann?«

Pierre zuckte nur mit den Schultern.

»Wie sieht er aus? Ist er Senegalese?«

»Vermutlich. Es gibt keine brauchbaren Fotos von ihm. Er ist wie ein Phantom.«

»Wie kommen wir dann an ihn ran?«

»Das weiß ich nicht genau. Vielleicht hält er sich in Tripolis auf.«

Ben und Karla warfen sich einen schnellen Blick zu, den Pierre bemerkte. »Sollten Sie dorthin fahren wollen, seien Sie vorsichtig. Mané hat viele Freunde. Und noch mehr Leute stehen auf seiner Gehaltsliste.«

»Wie der stellvertretende Polizeichef in Agadez?«, warf Ben ein.

Wieder zeigte Pierre sein feines Lächeln. »Ein Weg zu ihm führt möglicherweise über seine Frau Awa. Sie lebt seit Jahren in Hamburg.«

»In Hamburg?«, echote Ben entgeistert.

»Ja. Wenn meine Informationen stimmen, verwaltet sie das Geld ihres Mannes.«

Der Journalist kratzte sich am Kopf. »Wenn das richtig ist, wissen vermutlich auch die deutschen Sicherheitsbehörden, dass seine Frau die Finanzen für Mané regelt.«

Pierre schwieg und schaute Ben nur aufmerksam an.

Der dachte laut weiter. »Warum gehen die deutschen Staatsanwaltschaften dann nicht gegen sie vor? Es ist doch sicher nicht zulässig, Geld zu verwalten, welches aus illegalen Geschäften stammt.«

»In Frankreich ist es das nicht«, bestätigte Pierre.

»Dann …«

Karla fiel ihrem Kollegen ins Wort. »Sie vermuten Bestechung?«

»Ich vermute gar nichts. Es ist nur naheliegend, dass Awa Mané mit ihrem Mann unter einer Decke steckt. Und warum die deutsche Polizei nichts unternimmt – tja.« Pierre zuckte mit den Schultern.

»Warum erzählen Sie uns das?« Karla nippte am Kaffee.

»Ich bin Franzose. Und Europäer. Vor allem bin ich nicht mit der Politik meiner Regierung einverstanden. Zwar will sie nicht, dass noch mehr Menschen in den Transitzentren landen …«

»Wegen der Kosten?«, unterbrach ihn Ben.

»Genau. Das ist unpopulär. Aber solange die Regierung das Bild von der Flüchtlingsschwemme malen kann, die Europa und Frankreich überflutet und vor der nur der Zaun schützt, gewinnen sie Wahlen. Nur darum geht es: um Machterhalt. Deswegen ist öffentliche Aufklärung so wichtig. Es gilt, die Zusammenhänge aufzuzeigen. Schreiben Sie, wer die Gewinner dieses üblen Spiels sind.«

»Wie meinen Sie das?«

»Wer profitiert vom Flüchtlingselend?«

»Mein Kollege und ich sprachen gerade darüber. Die Schleuser natürlich.«

»So ist es. Ihr Profit ist gigantisch. Und wer noch?«

»Sie sagten es bereits: die Rechtspopulisten.«

»Auch richtig. Aber ich denke noch an jemand anderen.«

»Die Rüstungsindustrie?«

»Sehen Sie, da haben Sie Ihre Antwort. In meinem Land gibt es wie in Ihrem große Unternehmen, die eine Menge

Geld damit verdienen, Überwachungseinrichtungen für den Zaun zu verkaufen. Die würden ihre Absatzmärkte verlieren, gäbe es die Flüchtlingsabwehr nicht mehr.«

»Und warum erzählen Sie das nicht französischen Journalisten?«, erkundigte sich Karla.

»Das habe ich. Aber die Nachrichtenmagazine in meinem Land haben sich mit der Regierung arrangiert. Sie sind nicht mehr wirklich unabhängig. Das ist in Deutschland noch anders, hoffe ich. Vielleicht bin ich ein Idealist. Aber ich glaube immer noch an die Überzeugungskraft von Worten. Sprechen Sie für Ihre französischen Kollegen. Vielleicht können ja Sie diese Barrieren aus Lügen und Halbwahrheiten, mit denen leider Wahlen gewonnen werden, durchbrechen. Ich bin persönlich davon überzeugt, dass uns die Rechtspopulisten, die immer strammere Nationalisten werden, in Europa über kurz oder lang in einen neuen Krieg hetzen. Deshalb möchte ich, dass diese Leute Wahlen verlieren, nicht gewinnen.« Pierre stand auf. »Eines noch: Erinnern Sie sich an Giovanni Falcone?«

»Das war der Richter, der Anfang der Neunzigerjahre des letzten Jahrhunderts von der Mafia getötet wurde, oder?«

»Genau. Er hat den viel zitierten Satz geprägt: ›Folgt der Spur des Geldes.‹ Hören Sie auf den Rat.«

Mit diesen Worten stand er auf und ließ ziemlich perplexe Journalisten zurück.

23

»Sind Sie eigentlich alle völlig übergeschnappt?«, schrie Walter Hagenau den ihm direkt unterstellten Leiter des gesamten Sicherheitsdienstes der *GoFeCo* an.

Dietrich Schmidt hockte in sich zusammengefallen auf dem Stuhl vor Hagenaus Schreibtisch und suchte nach dem berühmten Mauseloch.

Der Geschäftsführer war aufgesprungen und stolzierte wie aufgezogen hinter Schmidt hin und her, sodass dieser seinen Kopf mal nach links, mal nach rechts strecken musste, wollte er seinen Chef im Auge behalten.

»Ihr solltet ein Schwein grillen, keinen Menschen umbringen«, brüllte Hagenau weiter. »Zu blöd, um einen klar formulierten Auftrag auszuführen!«

»Diesen Ricci hatten wir nicht auf der Agenda«, versuchte Schmidt eine Rechtfertigung. »Er tauchte plötzlich auf und …«

»Nichts und. Sie hatten die Verantwortung und haben die Nerven verloren. Hätten Sie besonnener gehandelt und vor allem nachgedacht, wäre es nie zu dieser Scheißsituation gekommen. Was soll ich meinen Vorstandskollegen sagen? ›Tut mir leid. Ein kleines Versehen. Ricci sollte eigentlich ein Schwein sein? Da ist uns etwas dazwischengekommen?‹ Stellen Sie sich das in dieser Art vor?« Hagenaus Gesichtsfarbe war mittlerweile dunkelrot. »Wenn Sie Idiot einfach stehen geblieben wären und mit diesem Ricci gesprochen hätten, wäre nichts, aber auch gar nichts passiert. Aber Sie mussten ja das Kommando erteilen, Fersengeld zu geben. Und haben dann auch noch zugelassen, dass ein Schwein in der Schubkarre zurückbleibt.« Er schlug sich mehrmals mit der flachen Hand vor den Kopf. »Anstatt wenigstens das zu beseitigen. Aber nein, die Herren vom Sicherheitsdienst machen sich dünne und lassen sich später von der örtlichen Polizei aus den Hotelbetten holen. Grandios, einfach grandios. Sie hauen sich Rotwein in den Kopf und der örtliche Leiter muss sich den unangenehmen Fragen der Polizei stellen, kaum dass sie ihn in seiner Wohnung abgeholt hatten. ›Sagen Sie, was macht eigentlich ein Schwein in einer Schubkarre hinter dem Zaun?‹ Der arme Kerl wusste nicht, wie ihm geschah. Ein Schwein in einer Karre! Kein Wunder, dass er jetzt in psychologischer Behandlung ist.«

»Wir haben nicht …«

»Halten Sie den Mund, verdammt noch mal!« Der Geschäftsführer lief zurück zum Schreibtisch und zeigte auf einen Zeitungsstapel. »Die wichtigsten Presseerzeugnisse Europas. Jedes, aber wirklich jedes dieser Blätter macht mit der Frage nach dem verfluchten Schwein auf. Ist ja auch eine tolle Schlagzeile. Ich hätte nicht wenig Lust, Sie diesen Reportern zum Fraß vorzuwerfen.«

»Was hätten wir denn machen sollen, als Ricci auf uns aufmerksam wurde? Sie hatten angeordnet, dass die Aktion unter absoluter Geheimhaltung stattfinden sollte.«

Das stimmte. Hagenau wollte der Öffentlichkeit realistische Bilder eines verkohlten Torsos präsentieren, um den Abschreckungseffekt zu erhöhen. Aber er wusste nicht, ob sein Vorhaben technisch realisierbar war. Bei der Errichtung des Zauns hatten die Ingenieure darauf hingewiesen, dass dieser nur für Schwachstrom ausgelegt war. Höhere Spannungen könnten zu einem Kurzschluss und damit Ausfall der Anlage führen. Außerdem wäre es möglich, dass die Isolatoren und Kabel einfach schmelzen würden. In einem solchen Fall würde die Instandsetzung Monate dauern und Millionen kosten. Trotzdem war Hagenau bereit gewesen, das Risiko einzugehen. Nur benötigte er jemanden, der im Falle eines Scheiterns der Aktion als Sündenbock herhalten konnte.

»Ach, bin ich jetzt etwa verantwortlich? Haben Sie das gerade gemeint?« Hagenaus Stimme klang gefährlich leise.

»Nein, natürlich nicht«, ruderte Schmidt zurück. »Aber was hätten wir ihm sagen sollen?«

»Scheißegal, was. Und wenn Sie ihm erzählt hätten, Sie würden einen Betriebsausflug machen und wollten grillen.« Hagenau konnte ein Grinsen nicht unterdrücken, als er diesen Gedanken aussprach. Aber sofort wurde er wieder ernst. »Selbst wenn Sie die Klappe gehalten und nur Ihre Ausweise gezeigt hätten, wäre das besser gewesen, als in einer Kurzschlussreaktion wegzurennen. Was haben Sie eigentlich der Polizei in der Vernehmung erzählt? Davon steht nichts in Ihrem Bericht.«

»Eigentlich kaum etwas. Jedenfalls nichts von dem Schwein. Wir haben erklärt, uns aufgrund einer Überprüfung innerhalb des Zaunbereichs aufgehalten zu haben. Das hatten wir im Hotel so abgesprochen.«

»Das erklärt wenigstens, warum sich Ihre Fußspuren im Sand fanden. Handschuhe hatten Sie an?«

»Ja, alle.«

»Dann hoffen wir, dass sich keine DNA-Spuren an der Karre, dem Schieber oder dem verdammten Schwein finden lassen.« Hagenau dachte einen Moment nach. »Was ist mit den Überwachungskameras? Oder den filmenden Drohnen? Auf den Aufzeichnungen müssten Sie doch zu sehen sein?«

»Daran habe ich sofort gedacht. Wir haben die kompromittierenden Passagen gelöscht und durch unverfängliche ersetzt.«

»Wenigstens etwas. Aber werden auf den Videos nicht das Datum und die Uhrzeit angezeigt?«

»Nicht mehr. Das System wurde vor zwei Jahren aktualisiert. Da wir ursprünglich vorhatten, die Aufnahmen täglich zu löschen, hielten wir das damals nicht für erforderlich. Wir haben Bilder des vergangenen Jahres eingespielt.«

»Was zeigen die?«

»Unser Sicherheitsteam am Zaun. Wie wir den Sicherheitsbereich wieder verlassen. Dann Ricci, wie er rennt. Es sieht so aus, als ob er flüchtet. Seinen Tod. Und natürlich die Schubkarre mit dem Schwein.«

»Gut. Sind die Vernehmungen abgeschlossen?«

»Ich glaube nicht. Die Behörden Groß-Tirols haben die Angelegenheit an die deutsche Staatsanwaltschaft übergeben. Soweit ich weiß, kümmert man sich hier in Hamburg darum.«

»Klar.«

Der Zaun war durch einen Beschluss der Europäischen

Kommission überall in Zentraleuropa aus der Zuständigkeit der lokalen Behörden herausgelöst worden. Er galt sozusagen als exterritoriales Gebiet, einer diplomatischen Vertretung ähnlich. Eventuelle Straftaten von Bürgern Zentraleuropas auf dem Gebiet des Zauns wurden von den Ländern verfolgt, aus denen die möglichen Täter stammten. Das war in diesem Fall Deutschland.

»Mir kommt da ein Gedanke. Natürlich müssen Sie bei Ihrer bisherigen Aussage bleiben. Aber Sie können sie ja ergänzen. Sagen Sie aus, dass Sie einen anonymen Hinweis erhalten haben, dass die technischen Einrichtungen des Zauns manipuliert worden seien. Dem wollten Sie nachgehen. Auch der Name Paolo Ricci sei in diesem Zusammenhang gefallen.«

»Aber ...«

»Wollen Sie sich einen neuen Job suchen?«, blaffte Hagenau. »Sie tun, was ich Ihnen sage, verstanden? Sind Sie schon zu einem Termin geladen worden?«

Schmidt schüttelte den Kopf.

»Dann rufen Sie sofort nach unserem Gespräch die Staatsanwaltschaft an. Erzählen Sie denen, was ich Ihnen gesagt habe. Instruieren Sie Ihre Leute entsprechend. Keinen weiteren Fehler, Schmidt. Und jetzt sehen Sie zu, dass sie verschwinden.«

Hagenau sah seinem Mitarbeiter hinterher, als dieser wie ein begossener Pudel aus dem Büro schlich. Kaum hatte Schmidt die Tür hinter sich geschlossen, rief der Geschäftsführer seine Sekretärin zu sich.

»Finden Sie heraus, welcher Staatsanwalt mit den Ermittlungen am Zaun betraut ist. Und dann lassen Sie zusammenstellen, was wir über den Kontakt zwischen diesem Ricci und Peter Nielsen wissen. Außerdem möchte ich mit jedem Mitglied der neu gegründeten Arbeitsgruppe ein Gespräch führen. Allein. So schnell als möglich.«

»Auch mit Herrn Nielsen?«

Hagenau schaute seine Sekretärin erstaunt an. »Wie kommen Sie denn darauf?«

Als er wieder allein war, kam ihm eine Idee. Warum eigentlich sollten sie, nachdem es nun dummerweise einen Toten gegeben hatte, den Zaun nicht tatsächlich unter Starkstrom setzen? Mehr Abschreckung konnte es doch kaum geben. Das Rauschen im Pressewald deswegen würde bald aufhören. Er könnte doch behaupten, dass die *GoFeCo* seit Längerem an entsprechenden Planungen arbeitete. Nur wären sie noch nicht so weit abgeschlossen gewesen, um mit ihnen an die Öffentlichkeit zu gehen. Insbesondere die Sicherheitseinrichtungen zum Schutz der Mitarbeiter hätten noch aufgebaut und überprüft werden müssen. Ein formeller Beschluss der Unternehmensleitung zur Einführung des neuen Sicherheitssystems stehe noch aus. Nur deshalb habe es auch zu diesem bedauerlichen Unfall kommen können. Die *GoFeCo* prüfe derzeit, wer dafür die Verantwortung trage.

Ja, so könnte es gehen.

24

Seit einigen Tagen schon hausten Bahdi und Djibi in einer stillgelegten Fabrikhalle am Stadtrand von Tripolis. Mit ihnen warteten einige Hundert andere Flüchtlinge auf den Transport über das Meer. Die Verpflegung war karg: etwas Brot oder Reis, lauwarmes, abgestandenes Wasser und manchmal ein verschrumpeltes Stück Obst. Nur wer über Geld verfügte, konnte dann und wann den Wachen bessere Nahrungsmittel abkaufen. Tagsüber durften die Flüchtlinge sich auf einem staubigen, eingezäunten Platz vor der Halle aufhalten, an dessen Eingang Bewaffnete wachten. Nachts wurden sie in der Halle eingeschlossen.

Einige der jungen Frauen wurden, besonders wenn sie ohne Begleiter unterwegs waren, jeden Abend von den Wachen nach draußen geschleppt. Bahdi und sein Freund hörten ihre Schreie. Schnell sprach sich herum, dass sie von den Männern Manés vergewaltigt wurden. Ihre Tortur hörte erst auf, wenn sie von irgendwoher Geld besorgen konnten, um sich freizukaufen.

Meistens waren es Verwandte, die das Lösegeld schickten – mittels eines Geldtransfers über das Transaktionssystem *Hawala.* Irgendwo in den Heimatländern der Flüchtlinge gab es eine Kontaktperson, die als Anlaufstelle diente und das Vertrauen des Einzahlenden genoss. Diese nahm das Geld entgegen und informierte einen weiteren, ihm gut bekannten Hawaladar am Empfangsort über den Eingang, der dann die Auszahlung vor Ort übernahm.

Nachdem einige Männer nach einem Fluchtversuch wieder eingefangen und von den Wächtern brutal zusammengeschlagen worden waren, ergaben sich die anderen Flüchtlinge in ihr Schicksal. Und da auch die Mobiltelefone mangels fehlenden Empfangs nicht zu gebrauchen waren, gab es für die Inhaftierten keine Möglichkeit, Kontakt mit der Außenwelt aufzunehmen.

Jeden zweiten Tag wählten die Schlepper eine Gruppe Flüchtlinge aus und stellten sie vor die Alternative: zahlen oder bleiben. Die meisten übergaben zusätzlich zur vereinbarten letzten Rate zähneknirschend den geforderten Aufpreis und wurden in der nächsten Nacht auf einen Pick-up geladen und zum Strand gefahren, um von dort die Reise ins gelobte Land anzutreten.

Einer der Wächter war Senegalese. Er behandelte Bahdi und Djibi freundlicher als die anderen Schlepper, unterhielt sich manchmal mit ihnen auf Wolof und gab nützliche Informationen an sie weiter. Sie sollten sich wasserdichte Plastiktüten besorgen – für das Geld und Bahdis Handy. Er könne ihnen welche verkaufen. Alles, was auf ihr Herkunftsland hindeutete, sollten sie wegwerfen. Den Anweisungen der Wächter sollten sie unter allen Umständen gehorchen.

Wer sich gegen ihre Befehle auflehne oder gar weigere, sie zu befolgen, spiele mit seinem Leben. Das Harmloseste, was diesen Leuten passiere, sei, dass sie an eine andere Schlepperbande weiterverkauft würden und möglicherweise für Monate oder gar Jahre in Hallen wie dieser begraben wurden.

Plötzliche Unruhe ließ die beiden Freunde aufmerken. Auf Französisch wurden Nummern aufgerufen. Bei ihrer Ankunft in der Halle hatten die Wächter ihre Namen und die Uhrzeit notiert und ihnen abgegriffene Pappzettel mit einer daraufgedruckten Zahl ausgehändigt. Diese dürften sie weder verlieren noch weitergeben. Wer dies tue, habe das Recht verwirkt, jemals auf ein Boot zu gelangen.

Auch Bahdis und Djibis Nummern wurden genannt. Schnell liefen die beiden zum Hallenausgang, wo schon eine größere Gruppe Flüchtlinge schweigend wartete.

»Hundert Euro von jedem«, forderte ein grobschlächtiger Zwei-Meter-Kerl. »Oder ihr bleibt hier.«

Die beiden Freunde hatten schon vor Tagen verabredet zu zahlen. Sie hatten insgesamt drei Plastiktüten von dem senegalesischen Wächter erworben. Jeder von ihnen hatte einhundertzwanzig Euro in die Tasche gesteckt. Das restliche Geld teilten sie und verstauten es in je einer Tüte, die sie in die Unterhose schoben. Das Handy kam in die dritte Tüte, die Bahdi innen am Gürtel befestigte. Mit den restlichen zwanzig Euro in ihren Taschen hofften sie, mögliche zusätzliche Geldforderungen unbeschadet befriedigen zu können.

Die beiden blätterten schweigend die Scheine auf den Tisch, sorgsam beäugt von dem Fleischberg, der sehr wohl registrierte, dass jeder der zwei noch zwanzig Euro zurückbehielt. Aber es wurde nichts nachgefordert und die beiden Senegalesen durften sich zu den anderen Glücklichen stellen, die heute nach Europa gebracht werden sollten.

Als sie auf die Ladefläche des Pick-ups kletterten, achteten sie darauf, beieinanderzubleiben. Das war nicht weiter schwierig, denn sie standen dicht gedrängt wie Heringe.

Das Eisentor wurde aufgeschoben und mit einem Ruck setzte sich das Fahrzeug in Bewegung. Bahdi, der an der Seitenwand des Pick-ups stand, streckte seinen Kopf in den Fahrtwind. Es war gut, endlich wieder frische, kühle Luft zu atmen. Am Horizont zeigte sich ein erster heller Streifen. Die Sonne ging auf. Bald würde es dämmern.

Sie fuhren Richtung Westen, bogen dann in nördliche Richtung ab. Ein seltsamer, ungewohnter Geruch stieg in Bahdis Nase, irgendwie salzig.

Sie durchquerten ein Industriegebiet, dessen Fabriken und Hallen größtenteils in Trümmern lagen. Hier lebte oder arbeitete niemand mehr. In der Ferne bellte ein Hund.

Der Pick-up holperte eine sandige Anhöhe hoch, dann ging es wieder bergab. Ein kühler Wind blies ihnen entgegen und der fremdartige Geruch wurde intensiver. Vor ihnen rauschte es in der Dunkelheit. Abrupt bremste der Wagen.

»Alle runter«, befahl einer ihrer Wächter. »Folgt mir.«

Gehorsam trotteten die Reisenden hinter dem Mann her, bis sie zu einem Boot kamen, welches am Strand lag. Dort warteten bereits andere Flüchtlinge, die Bahdi nicht kannte.

Der Kahn, welcher sie nach Europa bringen sollte, maß etwa zwanzig Schritte in der Länge und vielleicht zehn in der Breite. Am Heck befand sich ein Führerstand ohne Dach, das Steuerrad war gebrochen. Zwischen der abblätternden Farbe an der Schiffswand konnte Bahdi Rostlöcher ausmachen.

Der Fleischberg, der die Gruppe nach hinten abgesichert hatte, schloss zu ihnen auf. »Schiebt das Boot ins Wasser«, ordnete er an. »Und dann einsteigen.«

Djibi gehörte zu den Ersten, die ins hineinklettern sollten. Er schaute über die Bordwand, entdeckte die kleinen Löcher, durch die in dünnen Fontänen langsam Wasser ins Innere tröpfelte, und die zahllosen Blechdosen, die auf dem Boden lagen.

Er drehte sich zu dem Fleischberg um. »Das Boot hat ein Leck. Wir werden alle ertrinken.«

»Einen Scheiß werdet ihr«, meinte der Schlepper. »Es dringt nur wenig Wasser ein. Ihr könnt es mit den Dosen leicht rausschöpfen. Glaub mir, dieses Schiff ist seetüchtig. Wir machen die Fahrt schließlich nicht zum ersten Mal.«

Djibi zeigte auf ein kleines Schlauchboot mit einem Außenborder, das hinter dem Seelenverkäufer angebunden war. »Das ist viel zu klein für uns alle.«

Ein anderer Wächter zog seine Pistole. »Du steigst jetzt in den verdammten Kahn oder du kannst dir hier am Strand dein Grab schaufeln. Das gilt für euch alle. Und jetzt rein da, verflucht. In einer Stunde ist es Tag. Bis dahin müssen wir in internationalen Gewässern sein.«

Widerstrebend gehorchte Djibi. Die anderen folgten ihm. An Bord drängten sie sich dicht an dicht. Das Boot schaukelte gefährlich und lag tief im Wasser. Immer wieder schwappten kleinere Wellen über die Reling.

»Und jetzt schöpfen«, ordnete einer der Schlepper an, der am Steuer stand, flankiert von zwei Bewaffneten.

Er startete den Motor, der nach einigen Versuchen mit einem lauten Knall ansprang. Dann tuckerte der Diesel leise vor sich hin. Die am Strand verbliebenen Männer schoben das Boot ein Stück tiefer ins Wasser. Dann nahm es Fahrt auf. Schon nach kurzer Zeit war Afrika nur noch ein dunkler Streifen in der Dämmerung.

Als es hell wurde, standen die Flüchtlinge trotz ihrer Bemühungen bis zu den Knöcheln im Wasser. Bahdi schaute sich um. Sie befanden sich auf dem offenen Meer. Kein Land war in Sicht. Einige der Menschen beteten leise. Andere schauten ängstlich nach vorn. Irgendwo dort musste Europa liegen, der Kontinent ihrer Träume.

Plötzlich erstarb mit einem Stottern der Motor und konnte auch nicht wieder gestartet werden. Die Flüchtlinge schauten sich voller Furcht an. Einige Frauen weinten oder hielten sich vor Entsetzen die Hand vor den Mund. Väter drückten ihre Kinder eng an sich.

»Bleibt ruhig«, rief einer der Bewaffneten. »Wir holen das Werkzeug aus dem Beiboot, dann geht es gleich weiter.«

Der Steuermann zog das Schlauchboot zu dem größeren Schiff und sprang hinein. Dort warf er den Außenborder an.

Djibi ahnte Böses. »Von wegen Werkzeug«, raunte er. »Die wollen abhauen.«

Er drängte sich durch die Reihen. Mittlerweile war auch der zweite Wächter umgestiegen und der dritte machte Anstalten, ihm zu folgen.

»He«, brüllte Djibi. »Ihr könnt uns doch nicht hier zurücklassen.«

Er griff nach dem Arm des letzten Schleppers, der schon mit einem Bein im Schlauchboot stand. Der geriet ins Straucheln. Im letzten Moment fand er sein Gleichgewicht wieder und sprang zurück auf das Schiff.

»Verschwinde«, knurrte er und hob seine Pistole.

»Das werde ich nicht.« Djibi fasste den Mann fester. »Ihr müsst uns helfen. Bitte.«

Ein Schuss fiel. Djibi stürzte rückwärts über die Reling. Fassungslos musste Bahdi mitansehen, wie sein Freund regungslos im Wasser trieb und dann langsam versank.

Frauen schrien, einige Männer fluchten. Das Boot bekam gefährliche Schlagseite, als sich viele auf eine Seite drängten, möglichst weit entfernt von dem Todesschützen.

Der Schlepper sprang ins Schlauchboot. Ein anderer durchtrennte mit einem schnellen Messerschnitt die Sicherungsleine, der Außenborder brüllte auf und das Schlauchboot drehte ab. Nach nur wenigen Augenblicken war es schon Dutzende Meter entfernt. Ihre vermeintlichen Helfer flohen in das Licht der aufgehenden Sonne.

Keiner an Bord hatte daran gedacht, weiter Wasser zu schöpfen. Inzwischen stand es bedrohlich hoch. Ein älterer Mann fasste sich als Erster.

»Schöpft, wenn ihr nicht ertrinken wollt«, übertönte er mit kräftiger Stimme die Unruhe. »Schöpft um euer Leben.«

Und die Menschen gehorchten. Sie tauchten die Blechdosen ins Wasser, kippten den Inhalt ins Meer, tauchten sie wieder ein, kippten, tauchten ... Manche benutzten ihre Hände, andere zerrissen ihre Hemden, versuchten damit erfolglos, die Löcher abzudichten, oder ließen sie einfach in das eindringende Wasser fallen, um sie anschließend über der Bordwand auszuwringen. Einige versuchten, mit ihren Mobiltelefonen Hilfe herbeizurufen. Die Geräte blieben jedoch stumm.

Bahdi schöpfte, bis er seine Arme nicht mehr heben konnte. Aber alle Anstrengungen blieben erfolglos. Sie wurden des eindringenden Wassers nicht Herr. Es war nur eine Frage der Zeit, bis das Boot sank. Natürlich konnte Bahdi nicht schwimmen, was vermutlich auf die Mehrheit der Flüchtlinge zutraf.

»Dahinten«, rief plötzlich jemand und zeigte nach Norden. »Da kommt ein Schiff.«

Tatsächlich. Bahdi konnte die Aufbauten erkennen. Und die Flagge, die im Wind flatterte.

»Italiener«, rief ein anderer.

Rettung nahte.

Dankgebete erklangen und die Menschen drängten dem Motorboot entgegen.

Ein Mann warnte: »Halt, zurück. Bleibt stehen. Nicht alle auf eine Seite.«

Aber es war bereits zu spät. Die nahende Rettung vor Augen, vergaßen die Flüchtlinge jede Vorsicht. Ein Schwall Wasser schwappte über die Bordwand, vergrößerte die Schieflage. Einige Menschen stürzten über Bord, darunter auch Bahdi.

Das Meer war eiskalt. Ein heftiger Schlag traf seinen Kopf. Für einen Moment wurde ihm schwarz vor Augen.

Dann kam er wieder zu sich, schluckte Salzwasser, schlug panisch um sich, strampelte verzweifelt, bekam irgendetwas zu fassen, gelangte zurück an die Oberfläche, sah weitere schreiende Leidensgenossen ins Wasser stürzen und eine dunkle Wand vor sich aufragen, die größer und größer wurde. Das gekenterte Fluchtboot hatte sich aufgerichtet, drohte auf ihn zu fallen. Dann aber hörte es auf zu wachsen, legte sich wie zum Schlaf auf die Seite und versank mit einem Gurgeln in der Tiefe. Mit ihm gingen weitere Unglückliche unter.

Seltsamerweise wurde es schlagartig ruhig. Kein Schreien war mehr zu hören. Kein Beten. Kein Jammern. Nur das Plätschern der Wellen.

Bahdi fiel der Name des untergegangenen Bootes wieder ein. Er hatte in verblichener weißer Farbe an der Bordwand gestanden. Eigenartig, dass er sich gerade jetzt daran erinnerte. *Espoir,* Hoffnung.

Er klammerte sich an das Holzbrett, auf dem noch vor wenigen Minuten Menschen gehockt hatten, und schloss die Augen.

25

Kevin Baader musterte den Zeitungsstapel, der sich auf seinem Schreibtisch fast einen Meter hoch türmte. Zu seinen Aufgaben gehörte es, einen Pressespiegel für Grinter zu erstellen, der auf dessen spezielle Bedürfnisse ausgerichtet war. Die Pressestelle des Ministeriums hatte zwar schon eine Vorauswahl getroffen und die wichtigsten Artikel in einer Übersicht zusammengetragen, aber der Staatssekretär bestand darauf, dass sein Referent alles noch einmal durchging. Also kennzeichnete der Jurist die infrage kommenden Berichte mit einem Marker, seine Sekretärin schnitt sie aus, stellte sie, nach Themen sortiert, zusammen und fotokopierte sie schließlich.

Eigentlich war das eine Arbeit, die Baader recht gerne erledigte. Er bekam auf diese Weise einen schnellen Überblick über alle wichtigen Ereignisse in Deutschland und der Welt, wobei sein Hauptinteresse natürlich auf den innerdeutschen Themen lag.

Heute aber war er nicht recht bei der Sache. Er ärgerte sich maßlos über seinen Chef. Der musste sich, seit am Zaun ein Mensch gestorben war, ständiger Interviewanfragen der Presse erwehren. Fragen nach den Hintergründen der Affäre wurden aufgeworfen und darüber spekuliert, welche Rolle eigentlich das tote Schwein spielte. Grinter stand mächtig unter Druck, für den er ein Ventil suchte und in Baader gefunden hatte. Egal wie sich dieser auch anstrengte, Grinter hatte immer etwas zu kritisieren und stauchte ihn wegen jeder Kleinigkeit zusammen. Der Referent kochte.

Deshalb hätte er den Artikel auf der Seite *Aus aller Welt* einer großen deutschen Tageszeitung fast übersehen. *Toter am Zaun*, las er da. *Todesursache noch unklar*. Grinter interessierte sich besonders jetzt für alles, was mit dem Zaun zusammenhing. Also markierte Baader den Artikel und griff zur nächsten Zeitung.

Eine Stunde später war er fertig. Er übergab die Presseerzeugnisse seiner Mitarbeiterin und wollte das Büro verlassen, als sein Handy klingelte. Sein Stäbchenfreund Burmester rief an.

»Ja?«, meldete Baader sich knapp. Er konnte den Kerl einfach nicht ausstehen.

»Hast du heute schon die Zeitungen gelesen?«

»Natürlich. Warum?«

»Am Zaun in Groß-Tirol hat es einen tödlichen Unfall gegeben.«

»Da sagst du mir nichts Neues.«

»Ein Mitarbeiter der *GoFeCo* soll darin verwickelt sein.«

»Na und?« Baader spielte den Wissenden. Tatsächlich aber war er gespannt, was ihm Burmester mitzuteilen hatte.

»In unserem Haus heißt es, es hätte Manipulationen an Zaunvorrichtungen gegeben. Weißt du etwas darüber?«

»Nein«, antwortete Baader wahrheitsgemäß.

»Aber dein Chef vielleicht?«, bohrte Burmester weiter. »Der soll doch einen ganz heißen Draht zur *GoFeCo* haben.«

»Sagt wer?«

»Sage ich.«

»Da musst du dich irren. Wenn Grinter Details aus dem Laden wissen will, lässt er mich anrufen. Das ist aber noch nicht oft vorgekommen.«

»Wenn ich dir eine Information gebe, rufst du mich dann an, wenn du etwas über den Unfall hörst?«

»Meinetwegen.«

»Du kennst Walter Hagenau?«

»Kennen? Nein. Von ihm gehört habe ich.«

»Er ist einer der drei Vorstandsmitglieder der *GoFeCo* und …«

»Das weiß ich. Du willst mir das doch nicht wirklich als brandheiße Info verkaufen?«

»Nein. Aber das hier: Hagenau ist Jahrgang 1970. Er ging in einem Kaff in Norddeutschland zur Schule und hat in Münster studiert.«

»Du stiehlst mir meine Zeit, Siggi.«

Burmester ließ sein nervendes Kichern hören. »Er wird im Juni sechzig Jahre alt und feiert ganz groß. Eingeladen ist auch der Bundeskanzler. Der wird aber nicht hingehen und hat stattdessen seinen Bürochef damit beauftragt, in seinem Namen einige lobende Worte über Hagenau zu verlieren. Du weißt schon: verdienstvoller Manager, dem Deutschland viel zu verdanken hat und ähnliches Geblubbere. Mir wurde die zweifelhafte Ehre zuteil, dafür einen Redeentwurf zu verfassen. Also habe ich etwas recherchiert und bin auf die Seite der Schule gestoßen, die Hagenau besucht hat. Dankenswerterweise sind dort die Abgangsklassen aufgeführt, manche sogar mit einem Foto. Da ist mir etwas aufgefallen.«

»Und was?«

»Dein Chef und Hagenau waren Klassenkameraden. Da bist du baff, oder?«

Das war wirklich eine Nachricht. Baader erinnerte sich an ein Gespräch, das er vor etwa einem Jahr mit Grinter geführt hatte. Damals hatte die Vertragsverlängerung Hagenaus angestanden. Der Staatssekretär erzählte, dass es im Bundeskanzleramt Ärger gegeben habe, da der mit der Angelegenheit befasste Ministerialdirigent im selben Klub wie Hagenau Golf spielte. Der Beamte war intern gemaßregelt worden und ein Kollege hatte den Beschlussvorschlag für das Kabinett verfasst. Grinter hatte in diesem Zusammenhang Baader darüber belehrt, wie wichtig es sei, seine Unabhängigkeit zu wahren. Nur wer unabhängig sei, hatte er nicht ohne Theatralik erklärt, sei objektiv. Baader erinnerte sich, dass er seinen Chef gefragt hatte, ob dieser Hagenau kenne. Wie er auf einen solchen Unsinn käme, hatte Grinter erwidert. Natürlich sei er dem Manager bei offiziellen Anlässen immer wieder begegnet. Aber kennen? Völliger Unsinn.

»Wieso glaubst du eigentlich, dass mich das interessieren könnte?«

»Du willst doch sonst alles wissen, was mit deinem Chef zu tun hat.«

Das stimmte allerdings. Grinters manchmal praktizierte Paranoia hatte auf Baader abgefärbt. Auch er sammelte alle möglichen Details über andere Mitarbeiter seines Ministeriums, um auf entsprechende Fragen seines Chefs antworten zu können. Dabei war natürlich auch der Staatssekretär selbst in den Fokus von Baaders Interesse geraten.

»Okay, du hast gewonnen. Wie heißt die Schule?«

»Gymnasium Süderborn. Liegt bei Bremen.«

»Und die Webseite?«

Wieder kicherte Burmester. »Das wirst du doch wohl selbst können. Rufst du mich an?«

»Versprochen.«

Baader verzichtete darauf, sofort am Bürorechner ins Netz zu gehen. Die Zugriffe der einzelnen Computer auf das Internet und die dort aufgerufenen Adressen wurden gespeichert und erst nach einem Vierteljahr gelöscht. Es musste niemand wissen, dass er seinem Chef hinterherrecherchierte.

Kurz darauf in seiner Wohnung angekommen, holte er sich ein Bier aus dem Kühlschrank und startete seine Nachforschung. Grinter war derselbe Jahrgang wie Hagenau. Das passte. Und sein Geburtsort lag nicht weit entfernt von diesem Süderborn. Die Schule fand Baader schnell. Und auch das Bild des Abschlussjahrgangs und die entsprechende Liste der Abiturienten. Tatsächlich! Zweite Reihe Mitte. Das war ohne jeden Zweifel sein Chef im blühenden Alter von achtzehn Jahren. Und der Kerl neben ihm, der ihm einen Arm um die Schulter gelegt hatte, war Walter Hagenau, wie Baader der Bildunterzeile entnahm. Die beiden kannten sich tatsächlich.

Er suchte weiter und wurde erneut fündig. Hagenau hatte in Münster 1988 sein Jurastudium aufgenommen – Grinter auch. Und sie hatten, wenn die Eintragungen in ihren Lebensläufen stimmten, im selben Jahr ihr erstes Staatsexamen abgelegt. Beide mit Prädikat. Das galt auch für das zweite. So wie es schien, hatten sich ihre Lebenslinien nicht nur gekreuzt, sondern waren lange parallel verlaufen. Warum dann hatte Grinter geleugnet, Hagenau zu kennen?

26

Peter Nielsen wachte erst gegen Mittag mit einem gewaltigen Kater auf. Er hatte sich gestern Abend in seiner Eppendorfer Stammkneipe regelrecht volllaufen lassen. Auslöser für das Besäufnis war die Nachricht vom Tod Paolos gewesen, die ihm ein Kollege aus Mailand telefonisch übermittelt hatte. Natürlich hatte Nielsen von dem Vorfall gelesen, aber ihn nicht mit seinem Bekannten in Verbindung gebracht. So versetzte ihm die Nachricht einen Schock.

Allerdings wusste der Informant nicht mehr zu berichten, als ohnehin in den Zeitungen gestanden hatte: Paolo sei im Sicherheitsbereich des Zauns tot aufgefunden worden. Es sei unklar, woran er gestorben war. Die Polizei ermittle. Das spreche dafür, dass es sich nicht um einen natürlichen Tod handele. Die tollsten Gerüchte über das Schwein seien im Umlauf. Aber er gebe nichts auf dieses Geschwätz. Man wisse ja, was davon zu halten sei. Die *GoFeCo* in Mailand habe eine nichtssagende Presseerklärung herausgegeben und dann allen Mitarbeitern jeden Kontakt mit Medien strikt untersagt. Er wisse nur, dass Paolos Leiche von Sicherheitsleuten entdeckt worden war, die sich an dem Abend auf dem Gelände aufgehalten hatten. Warum sie aus Deutschland angereist waren und wie sie hießen, wisse er nicht. Chiara Ricci sei erst Stunden nach dem Vorfall informiert worden. Die *GoFeCo* habe ihr aber einen Psychologen zur Seite gestellt.

Natürlich hatte Nielsen sofort Paolos Frau angerufen, sie war aber nicht ans Telefon gegangen. Nachdem er mehrmals erfolglos versucht hatte, sie zu erreichen, hatte er sich seine geringen Italienischkenntnisse ins Gedächtnis gerufen und einige Sätze auf ihren Anrufbeantworter geradebrecht. Er hoffte, dass sie seine gestammelte Beileidsbekundung verstand.

Ihn beschlich ein mulmiges Gefühl, wenn er an das tote Schwein dachte. Was, zum Teufel, war in Viadana vorgegangen? Bestand zwischen dem Tod seines Freundes und dem Vorschlag der Arbeitsgruppe womöglich ein Zusammenhang? Erste Nachfragen Nielsens waren gestern Abend daran gescheitert, dass er niemanden mehr ans Telefon bekommen hatte. Was nicht überraschte, es war Freitagabend. Da verbrachte keiner mehr Zeit im Büro als unbedingt erforderlich.

Nielsen warf eine Kopfschmerztablette in ein Glas Wasser, wartete gedankenverloren, bis sie sich aufgelöst hatte, und trank das Gebräu in einem Zug aus. Dann nahm er eine Dusche. Danach fühlte er sich etwas besser.

Das Frühstück beschränkte er auf ein Glas Orangensaft und einen starken Kaffee, den er entgegen seiner sonstigen Gewohnheiten heute schwarz zu sich nahm.

Er griff zum Handy, um das gestern Versäumte nachzuholen. Und er hatte Glück. Der Kollege vom Sicherheitsdienst, den er seit Jahren kannte, ging ans Telefon.

Nach den üblichen Höflichkeitsfloskeln kam Nielsen auf sein Anliegen zu sprechen: »Ich habe gestern erfahren, dass der Tote am Zaun in Viadana ein Arbeitskollege war. Kannst du mir etwas darüber erzählen?«

Sein Gesprächspartner zögerte, fragte dann aber zurück: »Woher weißt du das?«

»Spielt das eine Rolle? Ich weiß es eben.«

»Wir wurden alle zu strengstem Stillschweigen verpflichtet.«

»Nun komm schon. Ich bin nicht von der Presse, sondern gehöre zur Familie. Außerdem bist du mir noch einen Gefallen schuldig.« Nielsen hatte seinen Kollegen vor einigen Wochen durch eine frisierte Aussage vor einer Abmahnung durch ihren Arbeitgeber bewahrt.

»Das ist nicht fair.«

»Sehe ich anders«, gab Nielsen unbeeindruckt zurück. »Also?«

»Viel weiß ich wirklich nicht. Im Sicherheitsbereich des Zauns ist jemand zu Tode gekommen.«

»Das steht in jeder Zeitung. Aber wie genau ist es passiert?«

»Keine Ahnung.«

»Es heißt, Leute aus eurer Abteilung seien dort im Einsatz gewesen. Stimmt das?«

»Ja. Schmidt selbst war mit von der Partie.«

»Was wollten sie in Viadana?«

»Da muss ich passen.«

»Ist Schmidt heute im Dienst?«

»Nein. Er ist seit dem Vorfall beurlaubt.«

»Und wer war im Einsatz?«

»Zwei weitere Kollegen. Du kennst sie nicht, sie kommen aus Frankreich. Aber sie sind wohl schon wieder zu ihren Heimatstandorten zurückbeordert worden.«

»In den Zeitungen steht etwas von einem Schwein, das auf dem Gelände gefunden wurde.«

»Das habe ich auch gelesen, halte das aber für eine Zeitungsente. Wie soll denn ein Schwein in den Sicherheitsbereich gelangt sein?«

»Ein totes, wohlgemerkt.«

Nielsens Kollege gluckste leise. »Eben. Noch absurder.«

»Und sonst?«

»Nichts sonst.«

»Rufst du mich an, wenn du etwas Neues erfährst?«

»Mach ich. Aber wir sind jetzt quitt.«

Nielsen ahnte, dass er auf den versprochenen Rückruf bis zum Sankt-Nimmerleins-Tag würde warten können.

»Ja.«

Er beendete das Gespräch und dachte nach. Wenn der europäische Leiter des Sicherheitsdienstes persönlich an den Zaun fuhr, musste es wichtig gewesen sein. Denn sonst hätte die *GoFeCo* jemand anderes nach Italien geschickt. Was war so bedeutsam, dass Schmidt die Angelegenheit persönlich in die Hand nahm? Und was war dran an dem Gerücht über das tote Schwein? Handelte es sich bei den Zeitungsberichten wirklich nur um Fake News? Ihm lief es eiskalt den Rücken hinunter. Hatte die *GoFeCo* den Vorschlag seiner Arbeitsgruppe direkt in die Tat umsetzen wollen? War dabei etwas schiefgegangen? Und hatte Paolos Tod damit zu tun? War das womöglich der Grund für die Beurlaubung Schmidts? Das mulmige Gefühl in Nielsens Magen entwickelte sich zu einem Rumoren.

27

Der Bürgerkrieg in Libyen war seit Jahren eingefroren. Von gelegentlichen Scharmützeln abgesehen, standen sich die beiden größten Gruppierungen hochgerüstet in einem kalten Krieg gegenüber: Den Westen des Landes beherrschten die Milizen eines abtrünnigen Armeegenerals, den Osten der Stabschef eben dieser Armee. Die zwar gewählte, dennoch machtlose Regierung balancierte zwischen den beiden Kontrahenten.

Gefahr drohte im Wesentlichen von den verschiedenen Warlords, die den Süden des Landes unter sich aufgeteilt hatten, sich mal auf die eine, dann auf die andere Seite schlugen und untereinander in ständige Auseinandersetzungen verstrickt waren. Und natürlich von den Selbstmordattentätern der radikalen sunnitischen Islamisten, die wahllos gegen alle und jeden losschlugen.

Der *Herold* hatte für Karla und Ben Zimmer im luxuriösen *Al Mahary Radisson Blu* in der Nähe der Strandpromenade gebucht. Sie bezogen zwei nebeneinanderliegende Zimmer im sechsten Stock mit traumhafter Aussicht auf das Meer.

»Ich werde den Artikel ›Die Spur des Geldes‹ betiteln«, erklärte Karla Ben, als sie die Strahlen der Mittagssonne für einen Aufenthalt auf der Hotelterrasse nutzten.

Hier am Mittelmeer war es spürbar kälter als südlich der Sahara. Selbst jetzt zur Mittagszeit stieg das Thermometer nicht über fünfzehn Grad. Dazu wehte ein böiger Wind vom Meer her. Karla war froh, einen warmen Pullover eingepackt zu haben.

»Ein erster Entwurf ist fertig. Es fehlt nur noch das Ende. Willst du ihn lesen?«, fragte sie Ben.

»Warum nicht?«

Karla schob den Laptop zu ihm hinüber. »Spiegelt der Bildschirm?«

»Es geht.« Ben nippte an seinem Drink, beugte sich vor und vertiefte sich in den Text. Nach einigen Minuten klappte er den Computer zu. »Wirklich gut.«

Karla strahlte ihn an. »Ehrlich?«

»Ja. Besonders die Passagen über unseren Besuch bei der Sondereinheit finde ich gelungen.«

Bereits kurz nach ihrer Ankunft in Tripolis hatten sie Kontakt zu der Polizeibehörde aufgenommen, die sich mit der Fahndung nach Menschenhändlern beschäftigte – einer Eliteeinheit, ausgebildet mit Unterstützung der EU-Kommission. Vom Kommandanten hatten sie erfahren, dass sich Moussa Mané – wenn er denn überhaupt in Libyen war – in einer Wohnung in Sabrata aufhielte, einer Küstenstadt westlich von Tripolis. Allerdings behauptete der Polizist, die genaue Adresse nicht zu kennen. Die beiden Journalisten glaubten ihm kein Wort und sagten das auch. Aber der Kommandant war bei seiner Aussage geblieben, womöglich, um die beiden Reporter vor unüberlegten Handlungen zu schützen. Er hatte jedoch bestätigt, dass Manés Frau in Hamburg lebte und so etwas wie die Schatzmeisterin der Organisation darstellte. Flüchtlinge, so der Kommandant weiter, blieben in der Regel nur kurz in der Obhut der Schlepper, um Platz für neue Menschen zu schaffen. Je schneller der Transport abgewickelt wurde, umso schneller floss frisches Geld in die Taschen. Auf einen Platz in einem der Boote, die nach Sizilien übersetzten, hofften auch Hunderte, die es ohne Hilfe durch die Sahara nach Tripolis geschafft hatten. Sie hockten jeden Tag zu Dutzenden am Strand und versuchten, sich einen der raren Plätze auf irgendeinem Fischerboot zu erkaufen.

Karla beschrieb die Sondereinheit in ihrem Artikel als effektiv und diszipliniert. Die Beamten seien nicht korrupt, gingen nach den üblichen polizeilichen Standards vor, wie sie an den Akademien Europas gelehrt würden, und jeder Einsatz sei genauestens dokumentiert – keine Selbstverständlichkeit in einem Land des Maghreb.

Karla strahlte ihn an. »Keine Lobhudelei?«

»Nein.«

»Danke. Der Artikel ist allerdings noch unvollständig. Wenn ich zurück in Deutschland bin, will ich versuchen, mit Awa Mané zu sprechen. Möglicherweise gibt sie mir ein Interview.«

»Das glaube ich nicht«, erwiderte Ben.

»Wir werden sehen.« Karla überlegte. »Vielleicht sollten wir uns einen Mietwagen nehmen und nach Sabrata fahren.«

»Besser nicht. Zum einen haben wir keine Idee, wo wir Mané suchen sollen, zum anderen dürfte es dort geradezu von schwer bewaffneten Schleppern und Milizen wimmeln, wobei die Ersteren wenig Verständnis für unser Anliegen aufbringen dürften und die Letzteren ständig Geld brauchen. Sie könnten der Auffassung sein, dass ein Magazin wie der *Herold* für die Freilassung seiner Journalisten tief in die Tasche greifen würde. Das war die vornehme Version meiner Ablehnung. Die andere lautet: Kommt nicht infrage.« Er sprach die letzten drei Worte langsam und gedehnt aus.

Karla zuckte mit den Achseln: »Dann eben nicht. Aber warum sind wir dann überhaupt gekommen?«

Ben lachte auf. »Das fragst du mich?«

»Glaubst du, Bahdi und Djibi sind noch hier? In Sabrata vielleicht?«

»Nein. Der Bus ist vor über einer Woche in Agadez aufgebrochen. Sie dürften etwa drei Tage durch die Sahara gebraucht haben. Wenn sie es bis hierhin geschafft haben, sind sie vermutlich schon in Sizilien.«

Nach kurzem Nachdenken schlug Karla vor: »Lass uns wenigstens an den Strand fahren, von dem der Polizist gesprochen hat.«

»Der liegt auch in Sabrata.«

»Nein, ich meine den, auf dem die warten, die kein Geld an eine der Schlepperorganisationen gezahlt haben.«

»Der ist in der Nähe des Flugplatzes, hat der Kommandant erklärt.«

Karla öffnete ihren Rechner. Kurz darauf meinte sie: »Der Strand befindet sich auf halber Strecke zum Flughafen, nicht mehr als zwei Kilometer entfernt.« Sie lachte. »Dieser verdammte Taxifahrer hat nicht den direkten Weg über die Strandstraße genommen, sondern ist mit uns durch die halbe Stadt gegondelt.«

»Deshalb hat er gefragt, ob es unser erster Besuch in Tripolis sei. Wir hätten ihn belügen sollen.«

»Egal. Wir könnten zu Fuß gehen.«

Ben schüttelte den Kopf. »Nie im Leben laufe ich ohne Ortskenntnis zwei Kilometer durch diese Stadt, in der hinter jeder Ecke Bewaffnete lauern können.«

»Dann nehmen wir eben ein Taxi.« Karla stand auf und ging energischen Schrittes zum Empfang. Kurz darauf kehrte sie zu Ben zurück. »Die Rezeptionistin meinte, dass der Flughafen und die Straßen dorthin relativ ungefährlich seien. Alle Seiten hätten ein Interesse an einem ungestörten Flugbetrieb. Nur manchmal käme es zu Anschlägen der Islamisten.«

»Das versteht eine libysche Frau also unter ›relativ ungefährlich‹.« Ben schüttelte entgeistert den Kopf. »So beschreiben wir Nebenstraßen in deutschen Wohnvierteln.«

»Es ist eben alles lediglich eine Frage des Blickwinkels.« Karla zeigte durch das Panoramafenster auf die Hoteleinfahrt. »Unser Taxi.«

Der Fahrer ließ sich im Voraus bezahlen und setzte sie Minuten später an einem kleinen Hafen ab, in dessen Becken Boote unterschiedlicher Größe schaukelten.

»Warten Sie bitte«, meinte Ben und drückte ihm einen weiteren Geldschein in die Hand.

Der Libyer nickte.

Aber kaum hatten sich die zwei Reporter einige Meter von dem Wagen entfernt, gab der Mann Gas und verschwand.

»Na toll«, stieß Ben zwischen zusammengepressten Zähnen hervor. »Das scheint eine wirklich vertrauenswürdige Gegend zu sein. Du trägst kein Kopftuch, ich bin mit Kameras behängt. Das muss auf jeden anständigen Kriminellen, der seinen Job ernst nimmt, doch wie eine Einladung wirken.«

»Jetzt mal nicht gleich den Teufel an die Wand«, erwiderte Karla. »Es ist doch absolut ruhig hier.«

»Zu ruhig«, murmelte Ben, folgte dann aber seiner Kollegin, die einige Wellblechhütten am Hafenbecken ansteuerte. »Nicht so schnell, wir sollten vorsichtig sein.«

»Ich bin vorsichtig.«

»Hoffentlich.«

Die Hütten wirkten menschenleer.

»Das ist doch der Ort, den der Kommandant beschrieben hat, oder?«

»Sicher«, antwortete Ben und schaute sich besorgt um.

»Warum ist dann niemand hier?«

»Vermutlich verstecken sie sich.«

Ein metallisches Kratzen hinter ihnen ließ die Journalisten herumfahren. Aus einer der Baracken näherten sich drei junge Männer mit Knüppeln in der Hand.

Karla zückte ihren Presseausweis und rief ihnen auf Französisch zu: »Deutsche Presse. Wir möchten mit jemandem sprechen, der uns Auskunft darüber geben kann, wie man von Tripolis nach Sizilien kommt.«

»Ich befürchte, das war keine besonders gute Idee«, meinte Ben. »Wir sollten sehen, dass wir von hier verschwinden. Los!«

Sie rannten zurück Richtung Straße, aber ihre Verfolger holten auf. Ben bereitete sich innerlich auf einen Kampf vor. Wenn die Kerle nicht noch andere Waffen als Knüppel mit sich führten, hätte er womöglich eine Chance. Er wollte gerade stehen bleiben und sich den Angreifern stellen, als ihr

Taxi mit quietschenden Reifen vor ihnen hielt. Der Fahrer stieß die Türen auf. Hastig sprangen Karla und Ben in das Wageninnere.

Als sie die Strandstraße erreicht und die Verfolger hinter sich gelassen hatten, hielt der Libyer breit grinsend eine Packung Zigaretten hoch. »Ich musste mir etwas zu rauchen besorgen. Ich konnte ja nicht wissen, wie lange ich warten muss.«

»Zurück ins Hotel bitte«, sagte Karla mit zitternder Stimme.

Erleichtert ließen sich die beiden Journalisten in die Sessel der Hotelbar fallen.

»Mein Bedarf an dieser Stadt ist gedeckt«, bekannte Karla. »Du hattest recht mit deinen Bedenken. Wir sollten von hier verschwinden.«

Der Kellner trat an ihren Tisch und sie bestellten zwei neue Drinks. Dann hingen sie ihren Gedanken nach.

Karlas Mobiltelefon unterbrach das Schweigen. »Ja?«, meldete sie sich und riss die Augen auf, als sie hörte, wer sie da anrief. »Bahdi«, flüsterte sie Ben zu. Dann sprach sie laut auf Wolof weiter: »Wo stecken Sie?« Ihr Gesichtsausdruck zeigte Bestürzung. »Und du?«

Ohne es zu bemerken, hatte sie die vertraulichere Anrede gewählt.

»Da kannst du nicht bleiben. Sie werden dich in eines der Transitzentren stecken. Bist du erst dort, bleibst du auch. Du musst verschwinden. Und zwar sofort! Fühlst du dich dazu in der Lage?« Karla griff hektisch zu ihrem Drink. »Gut. Hast du Geld? – Das reicht erst mal. Bleib in Palermo, bis ich dich anrufe. Versteck dich.«

Sie beendete das Gespräch und schaute Ben an, Tränen in den Augen.

»Bahdi ist in einem Krankenhaus in Palermo. Sie haben ihn in letzter Minute aus dem Meer gefischt. Aber Djibi …«

»Ertrunken?«, vermutete der Reporter.

»Nein, die Schlepper haben ihn erschossen.« Sie erzählte ihm die Geschichte. »Bahdi wird derzeit wegen einer Kopfverletzung behandelt, ist aber auf dem Weg der Besserung. Ich habe ihm geraten ...«

»Das habe ich gehört.«

»Außerdem ...«

»Was?«

»Sie haben in der Sahara Tote entdeckt. Bahdi glaubt, unter ihnen sei auch Mbaye gewesen.«

Als Karla zu weinen begann, legte Ben seinen Arm um ihre Schultern, um sie zu trösten.

Schließlich straffte sich die Journalistin wieder und wischte mit dem Handrücken über ihre Augen. »Wir müssen nach Palermo. Sofort.«

Ben grinste schief. »Wieso dachte ich mir genau das? Dabei habe ich gerade angefangen, mich an die bleihaltige Luft hier zu gewöhnen.« Er wurde ernst. »Palermo ist allemal sicherer als Tripolis. Auf Sizilien und im restlichen Italien gibt es zwar die Mafia, aber die operiert eher im Verborgenen und kontrolliert nicht wie hier mit Maschinenpistolen jedes Taxi.« Er stand auf, um zur Rezeption zu gehen. »Lass uns schauen, ob wir einen Flieger bekommen.«

Obwohl Sizilien als Teil Italiens zur europäischen Assoziation gehörte, benötigten Bürger Zentraleuropas zur Einreise keine Visa, einfache Personalausweise reichten. Sobald die Journalisten freie Plätze in einem Flugzeug fanden, konnten sie deshalb problemlos abreisen.

28

Bahdis Bett stand am Fenster, durch das er das nahe Meer sehen konnte. Im selben Zimmer lagen noch drei weitere Flüchtlinge, die auf hoher See aus dem Wasser gefischt worden waren. Alle waren sie unterkühlt gewesen, einer von ihnen hatte sich den Arm gebrochen, als Teile des gekenterten Schiffes auf ihn gefallen waren. Auch Bahdi trug einen Kopfverband, ohne genau zu wissen, warum, denn die Verständigung mit dem Pflegepersonal war schwierig. Sie sprachen kein Französisch, er nicht genug Englisch. Sein Schädel brummte, wenn er ihn bewegte. Daraus schloss er, dass auch ihn irgendetwas getroffen hatte.

Von seiner Rettung wusste er nichts mehr. Das Letzte, woran er sich erinnern konnte, war die unheimliche Stille, die ihn umgeben hatte, als er im Wasser trieb. Danach war alles wie ausgelöscht. Erst auf dem Schiff war er wieder zu sich gekommen, eingehüllt in Warmhaltefolie. Nach der Ankunft in Palermo hatte man sie in Krankenwagen verladen und in die Klinik gefahren. Bahdi dankte Allah, dass er die Havarie überlebt hatte. Er war in Europa. Endlich. Wie schön wäre es, wenn auch sein Freund diesen Moment erlebt hätte.

Jetzt aber war keine Zeit für Sentimentalitäten. Er konnte später noch um Djibi trauern. Irgendwie musste er aus diesem Krankenhaus entkommen, einen sicheren Platz finden und dort auf die Ankunft der beiden Reporter warten.

Bahdi griff zur Plastiktüte, die in der Schublade des Nachtschränkchens lag, und zählte erneut das ihm verbliebene Geld. Es war immer noch so viel wie beim letzten Mal: knapp zweihundert Euro. Ein kleines Vermögen, aber wie lange die Summe in Europa reichen würde, konnte er nicht einschätzen.

Er kroch aus dem Bett und ging zum Schrank, in dem seine Kleider hingen. Bis auf seine Schuhe war alles weitgehend trocken. Sein Schädel schmerzte bei jeder Bewegung.

Bahdi streifte das seltsame weiße Kleidchen ab und schlüpfte in seine Sachen. Einer der Bettnachbarn schaute ihm mit großen Augen zu. Der Senegalese ignorierte den Flüchtling.

Als er fertig angezogen war, kehrte er zum Bett zurück

und nahm seine wenigen Habseligkeiten an sich: das Handy, sein Geld und ein kleines Amulett, welches er schon seit Kindesalter um den Hals trug. Sein Vater hatte es aus Holz geschnitzt, es galt in seiner Heimat als Glücksbringer.

Vorsichtig öffnete Bahdi die Tür des Krankenzimmers und lugte auf den Flur. An dessen Ende hockte ein gelangweilt aussehender Polizist und las in einer Zeitung. Vermutlich saß er da, um eine weitere Flucht der Afrikaner zu unterbinden. An dem Mann käme er niemals ungesehen vorbei. Bahdi zog sich in das Zimmer zurück. Seine Gedanken überschlugen sich. Was sollte er unternehmen?

Auf dem Flur hörte er scheppernde Geräusche. Erneut spähte er hinaus. Eine Krankenschwester manövrierte einen Wagen, auf dem sich Behälter aus Kunststoff stapelten, aus einem Zimmer ganz in seiner Nähe in Richtung des Polizisten. Der sah kaum hoch, als die Frau an ihm vorbeilief und weiter den Gang hinunter in einem Raum verschwand.

Bahdi war erst einmal in seinem Leben in einem Krankenhaus gewesen. Damals hatte er mit seiner Mutter einen Verwandten besucht. Dort waren auf solchen Wagen die Mahlzeiten transportiert worden, die in einer Zentralküche zubereitet wurden.

Sicher geschah die Essensvergabe in diesem Krankenhaus auf ähnliche Weise. Auf keinen Fall aber verbarg sich hinter der ersten Tür, durch die die Krankenschwester gekommen war, die Küche. Das hier war ein großes Krankenhaus mit vielen Patienten. Entsprechend groß musste auch die Küche sein. Und große Küchen lagen sicher nicht in einer oberen Etage.

Also musste es von diesem Zimmer irgendwie in die Küche gehen. Über eine Treppe vielleicht. Oder einen Aufzug. Mehrere Gebäude in Tambacounda verfügten über so ein Wunderding. Einmal war er mit klopfendem Herzen in einem gefahren. Man musste nur auf einen Knopf drücken und der seltsame Kasten aus Metall setzte sich in Bewegung. So ähnlich musste es hier auch funktionieren. Nur wie sollte er ungesehen in den Raum kommen?

Plötzlich stand der Polizist auf und kam näher. Panisch zog Bahdi die Tür zu. Hatte der Mann ihn gesehen?

Einige Atemzüge später wagte er es erneut. Er drückte die Tür auf, schaute vorsichtig um die Ecke – und sah einen leeren Flur. Ohne Zögern lief Bahdi los, erreichte die Tür, hinter der sich sein Weg ins Freie befinden musste, öffnete sie und huschte in den Raum. Gerade noch rechtzeitig, denn der Polizist kehrte just in diesem Moment vom Toilettengang auf seinen Wachplatz zurück.

In dem Zimmer standen einige Schränke, daneben mehrere der Metallwagen. Aber eine Treppe oder einen Aufzug konnte Bahdi nicht entdecken. Nur eine weiße Klappe in der Wand, etwa einen Meter hoch und breit. Daneben befanden sich drei Knöpfe. Dort musste es nach draußen gehen. Anders konnte es nicht sein.

Bahdi öffnete die Klappe. Dahinter verbarg sich tatsächlich etwas, was dem Aufzug in Tambacounda ähnelte, aber viel kleiner war. Sollte er es wirklich wagen?

Kurzentschlossen quetschte er sich in den Lastenaufzug, drückte dann den untersten Knopf und ließ die Tür zufallen. Sofort setzte sich der Kasten in Bewegung. Erst jetzt fiel Bahdi ein, was ihm alles passieren konnte. Was, wenn der Aufzug sein Gewicht nicht trug? Oder er die Tür von innen nicht mehr öffnen konnte? Aber noch bevor er in Panik verfiel, endete seine Fahrt. Mit klopfendem Herzen drückte er gegen die Klappe, die sofort aufschwang.

Bahdi kletterte hinaus in einen Raum, in dem ebenfalls diese Metallwagen standen, beladen mit Plastikbehältern, aus denen es verführerisch duftete. Sein Magen knurrte. Schnell steckte er sich zwei Äpfel in die Tasche und schaute sich um. Er befand sich tatsächlich in einer Küche. Links von ihm dampfte und brodelte es in großen Pfannen und Töpfen, in denen weiß gekleidete Frauen herumrührten. Niemand warf auch nur einen Blick in seine Richtung. Rechts von ihm stand eine Tür offen, durch die ein lauer Wind wehte. Dort musste der Ausgang sein.

Sofort spurtete Bahdi los, schaffte es ungesehen in einen Flur und bis zur nächsten Ecke. Als er diese hinter sich gelassen hatte, erkannte er, woher der Luftzug, den er eben gespürt hatte, kam: aus einem geöffneten Oberlicht, zu hoch, um es ohne Hilfe zu erreichen.

Er lief weiter. Vor ihm öffnete sich plötzlich wie von Geisterhand eine Tür und eine junge Frau kam ihm entgegen, einen Stapel Tücher auf dem Arm. Bahdi lief an ihr vorbei, überhörte ihre überraschten Rufe, erreichte nach einer weiteren Ecke ein offenes Fenster, das ins Freie führte, sprang hindurch, landete zwischen abgestellten Fahrrädern und rannte wie um sein Leben, die überraschten Blicke der Passanten ignorierend. Erst zwei Blocks weiter blieb er schwer atmend stehen.

Ihn fröstelte. Zwar trug er den dicken Pullover, den er bei seiner Überfahrt angehabt hatte, aber seine Jacke fehlte. Und seine Füße waren feucht. Er musste einen Platz finden, der trocken und warm war. Dort würde er auf den Anruf der Reporterin warten.

Jeder, der ihm begegnete, starrte ihn an. Bahdi vermutete zunächst, dass es seine Hautfarbe war, die die Blicke magisch anzog. Ihm ging es umgekehrt ähnlich – so viele Weiße hatte er noch nie gesehen.

Als ihm aber Menschen mit ebenfalls schwarzer Haut begegneten, die augenscheinlich kein Aufsehen erregten und im Gegenteil ihn anstarrten, fiel Bahdi der Turban ein, den er auf dem Kopf trug. Er nutzte eine Plakatwand als Deckung und wickelte sich den Verband ab. Vorsichtig betastete er die schmerzhafteste Stelle.

Ein Pflaster schützte die Wunde. Damit würde er sicher nicht auffallen. Er rollte den Verband zusammen, bemerkte das getrocknete Blut daran, steckte ihn aber trotzdem in seine Hosentasche. Dann setzte er seinen Weg ins Unbekannte fort.

Es dämmerte bereits, als er eine breite Treppe erreichte, die in die Tiefe führte. Auf ihr herrschte reger Verkehr. Menschen hasteten nach oben oder unten. Niemand beachtete ihn. Die Luft, die aus dem Dunkel kam, roch stickig, schien aber warm zu sein. Bahdi stieg in die Höhle hinab.

Unten war es tatsächlich wärmer. Dort standen Bänke, auf denen es sich andere Menschen bequem gemacht hatten. In Decken gehüllt und mit Plastiktüten als Kopfkissen bildeten einige kleine Gruppen, andere blieben allein. Weinflaschen kreisten, viele rauchten selbst gedrehte Zigaretten.

Weiter hinten war noch eine Bank frei. Die Leute schenkten dem Senegalesen keine große Beachtung, als er an ihnen vorbeischlich. Bahdi hatte seinen Platz für die Nacht gefunden.

Am nächsten Morgen besorgte er sich etwas zu essen, bevor er sich mit Brot und Wasser wieder in das vermeintlich sichere Versteck zurückzog. Hier gedachte er so lange zu bleiben, bis sich die beiden Reporter meldeten.

29

Hagenau hatte Peter Nielsen für den Nachmittag in sein Büro bestellt. Um drei Uhr solle er vorsprechen, hatte ihm die Chefsekretärin in einem Telefonat mitgeteilt. Dieses Mal jedoch musste er über eine halbe Stunde auf dem Flur warten, bis er endlich vorgelassen wurde.

Neben Hagenau saß ein leitender Angestellter der *GoFeCo* am Konferenztisch, den Nielsen vom Sehen kannte. Vor ihnen lagen Akten und ein digitales Abspielgerät.

Kaum hatte die Sekretärin die Tür geschlossen, zeigte Hagenau auf einen freien Stuhl am anderen Ende des Tisches. Nielsens Gruß erwiderten beide Männer knapp.

Der Geschäftsführer kam ohne Umschweife zur Sache.

»Unseren Chefjustiziar Herrn Krahwinkel kennen Sie ja. Er nimmt auf meinen Wunsch an dieser Unterredung teil. Frau Köhler stenografiert unser Gespräch mit.«

Erst jetzt sah Nielsen die zweite Sekretärin, die in einer Ecke des Büros saß. Wieder meldete sich das Rumoren in seiner Magengegend. Was, zum Teufel, ging hier vor?

»Sicher haben Sie davon gehört, dass einer unserer Mitarbeiter unter noch nicht vollständig geklärten Umständen am Zaun in Groß-Tirol ums Leben gekommen ist.«

Nielsen nickte.

»Was wissen Sie von diesem Vorfall?«

»Kaum etwas. Wie es heißt, ist es zu einem Unfall gekommen.«

»Das ist nur die halbe Wahrheit«, erklärte Hagenau. »Herr Ricci erlitt einen tödlichen Stromschlag.«

Nielsen schnappte nach Luft.

»Wir möchten wissen, ob Sie etwas damit zu tun haben.«

»Nein«, antwortete Nielsen entgeistert.

»Wann hatten Sie zuletzt Kontakt zu Paolo Ricci?«, wollte Krahwinkel wissen.

»Warten Sie, ich muss nachdenken. Mitte Januar, glaube ich. Da kam es bei Viadana zu einem Durchbruchsversuch.«

Krahwinkel blätterte in seinen Unterlagen. »Am Zehnten, um genau zu sein.«

»Mag sein.«

»Und danach haben Sie nicht mehr mit ihm gesprochen?«

»Nein.«

Der Justiziar machte sich eine Notiz. »Bitte überlegen Sie sich Ihre Antwort genau. Sie haben also nach dem zehnten Januar dieses Jahres nicht mehr mit Paolo Ricci gesprochen?«

»Das sagte ich Ihnen doch bereits.« Nielsen war gereizt. Dieses Gespräch nahm eine Richtung, die er nicht einschätzen konnte. Es ähnelte mehr einem Verhör. »Um was geht es hier eigentlich?«

»Das will ich Ihnen sagen, Herr Nielsen«, ergriff Hagenau

wieder das Wort. »Wir glauben, dass Sie Ihre Stellung ausgenutzt haben, um Ricci zu technischen Manipulationen am Zaun anzustiften. Wir wissen noch nicht, womit Sie ihn geködert haben, sind uns aber sicher, Ihr Fehlverhalten belegen zu können.«

Nielsen glaubte, sich verhört zu haben. »Wie bitte? Welches Fehlverhalten?«

»Ich habe Sie als Leiter einer Arbeitsgruppe eingesetzt, die sich mit technischen Optimierungen am Zaun beschäftigen sollte. Ist das richtig?«

»Ja, das stimmt.«

»Am sechsten Februar haben Sie mir das Ergebnis in diesem Büro präsentiert.«

»Ja.«

»Ihr Vorschlag lief darauf hinaus, Teile des Zauns unter Starkstrom zu setzen, um mögliche Durchbruchsversuche zu unterbinden.«

»Das stimmt nicht«, protestierte Nielsen. »Wir haben vorgeschlagen, lediglich zu behaupten, solche Maßnahmen zu ergreifen. Das Abschreckungspotenzial sollte erhöht werden.«

Hagenau schob einen schmalen Aktenordner über den Tisch. »Ist das die Präsentation, die Sie mir übergeben haben?«

Nielsen warf einen flüchtigen Blick auf das Dokument. Es trug seine Unterschrift. »Ja.«

Hagenau zeigte auf die Akte. »Darin steht genau das, was ich eben gesagt habe. Lesen Sie selbst.«

Nielsens Hände zitterten, als er den Text überflog. Tatsächlich, Hagenau hatte recht. Aber das bedeutete … »Das ist eine Fälschung«, stieß er hervor.

Nun ergriff wieder Krahwinkel das Wort. »Uns liegen Erklärungen von jedem Mitglied der Arbeitsgruppe vor. Demnach hat das Team tatsächlich den von Ihnen genannten Vorschlag erarbeitet.«

Nielsen spürte Erleichterung.

»Nur wollten Sie davon nichts wissen. Sie mussten überstimmt werden. Augenscheinlich haben Sie sich aber nicht an das Ergebnis dieser Abstimmung gehalten und Ihren Vorschlag als den gemeinsam erarbeiteten vorgestellt.«

»Das ist doch …«

»Erinnern Sie sich, Herr Nielsen«, warf Hagenau ein. »Ich habe diesen Vorschlag kategorisch zurückgewiesen und Sie aufgefordert, ein solches Vorhaben nicht weiter zu verfolgen.«

»Das … Das ist doch nicht wahr.«

Ungerührt bohrte Krahwinkel mit kalter Stimme weiter. »Sie haben trotz der klaren Anweisung Ihres Vorgesetzten Ihren Vorschlag in Zusammenarbeit mit Paolo Ricci umgesetzt. Ein Sicherheitsteam, das zufällig vor Ort war, hat gemeinsam mit der örtlichen Polizei die technischen Anlagen am Zaun kontrolliert und die Beweise für die Manipulation sichergestellt.«

Nielsen sprang auf. »Die müssen es gewesen sein, nicht Paolo. Fragen Sie doch Schmidt, was er dort getrieben hat.«

»Das haben wir bereits«, antwortete Hagenau kühl. »Setzen Sie sich bitte wieder. Herr Schmidt ist in meinem Auftrag Indizien nachgegangen, die auf eine Sabotageaktion hinwiesen.«

»›Sabotage‹?«, keuchte Nielsen.

»Ja, Sabotage. Eine Mitarbeiterin Ihres Teams hat sich Herrn Schmidt anvertraut. Sie hat ihm erzählt, dass Sie vor Wut völlig unbeherrscht gewesen seien, als Sie sich nicht mit Ihrem Vorschlag im Team durchsetzen konnten. Sie befürchtete, Sie könnten einen Alleingang planen. Deshalb hat sie Herrn Schmidt informiert.«

Nielsen konnte nur noch kraftlos den Kopf schütteln.

Hagenau griff zu dem Abspielgerät. »Hören Sie genau zu.« Er drückte einen Knopf.

Nielsens Stimme war zu hören. »Was hältst du von meinem Vorschlag?«

»Das könnte klappen«, antwortete Ricci.

»Und das Schwein?«

»Ich nehme eine Schubkarre.«

»Wann?«

»So schnell wie möglich.«

Hagenau schaltete das Gerät aus. »Ist das Ihre Stimme?«

»Das wissen Sie doch, verdammt noch mal. Aber ich habe das niemals so gesagt.« Er dachte fieberhaft nach. »Ja, wir haben von gegrilltem Schwein gesprochen, aber es ging um das Abendessen in einer Mailänder Trattoria. Diese Sätze sind völlig aus dem Zusammenhang gerissen und neu montiert worden.«

»Wie erklären Sie es sich dann, dass im Sicherheitsbereich des Zauns eine Schubkarre mit einem Schweinekadaver gefunden wurde?«

»Das kann ich mir nicht erklären«, erwiderte Nielsen leise und stützte den Kopf in beide Hände.

»Wir glauben«, fuhr Hagenau fort, »dass Ricci dieses Schwein in den unter Starkstrom stehenden Zaun werfen wollte, um so zu dokumentieren, wie effektiv Ihr Vorschlag, sollte er denn umgesetzt werden, funktionieren würde. Dabei hat sich der bedauerliche Unfall ereignet.«

»Sie wollen mich fertigmachen«, brüllte Nielsen unvermittelt los und sprang wieder auf.

Für einen Moment sah es so aus, als ob er sich auf Hagenau stürzen wollte. Der drückte schnell einen unter der Tischplatte angebrachten Notfallknopf und zwei stämmige Mitarbeiter des Sicherheitsdienstes marschierten in den Raum.

»Schon gut«, stieß Nielsen hervor und zwang sich zur Ruhe. »Schon gut. Sie können Ihre Gorillas wieder hinausschicken. Ich werde Ihnen schon nicht an die Gurgel gehen.«

Obwohl du es verdient hättest, du Hund, dachte er.

»Herr Nielsen«, setzte Krahwinkel das Verhör fort. »Wir glauben nicht, dass Sie der Gesellschaft schaden wollten. Es war Ihr krankhafter Ehrgeiz, der Sie zu Ihrer illegalen Aktion verleitet hat. Zu dieser Fehleinschätzung mag Ihre Erkrankung beigetragen haben.«

»Was soll das heißen?«

»Es ist mir unangenehm, darüber zu sprechen. Aber hat der Betriebsarzt bei Ihrer letzten Routineuntersuchung nicht auffallend schlechte Leberwerte festgestellt? Werte, die auf andauernden Alkoholmissbrauch hindeuten?«

Nielsen glaubte, seinen Ohren nicht zu trauen. »Wie kommen Sie an die Untersuchungsergebnisse? Unterliegt der Arzt nicht der Schweigepflicht?«

»Grundsätzlich schon. Sie haben aber bei Ihrer Einstellung eine entsprechende Entbindungserklärung unterzeichnet. Alle Erkrankungen, die in irgendeiner Weise negative Auswirkungen auf Ihre dienstlichen Verpflichtungen haben könnten, muss der Arzt weitergeben.«

Nielsen war wie vor den Kopf gestoßen. Dunkel erinnerte er sich an eine entsprechende Passage in seinem Arbeitsvertrag.

Krahwinkel zog ein Papier aus dem vor ihm liegenden Aktenstapel. »Dies ist eine Erklärung, die wir Sie bitten, zu unterzeichnen. Darin räumen Sie ein, sich mit Paolo Ricci verabredet zu haben, den Zaun unter Starkstrom zu setzen. Gleichzeitig sind Sie damit einverstanden, dass wir das Arbeitsverhältnis im gegenseitigen Einvernehmen mit sofortiger Wirkung auflösen. Sollte es zu einer Anklage wegen fahrlässiger Tötung oder einem zivilrechtlichen Schadensersatzverfahren, welches die Witwe Ricci gegen Sie anstrebt, kommen, sichern wir Ihnen rechtliche Unterstützung zu. Im Gegenzug verpflichten Sie sich, den Strafverfolgungsbehörden gegenüber keinerlei Aussagen zu machen, es sei denn, Sie sind rechtlich dazu verpflichtet. Und selbstverständlich dürfen Sie nicht mit Dritten, insbesondere der Presse, über den Fall sprechen. Verstoßen Sie gegen diese Vereinbarung, ist eine Konventionalstrafe in Höhe von fünfhunderttausend Euro fällig.«

Nielsen hockte wie ein Häuflein Elend auf seinem Stuhl. »Was ist, wenn ich nicht unterschreibe?«

»Dann werden wir Ihnen selbstverständlich fristlos kündigen. Und ein Schadensersatzverfahren gegen Sie anstrengen.«

»Schadensersatz?«, keuchte Nielsen. »Weshalb?«

»Da wären zum einen die Kosten für die Beseitigung der Manipulationen an der Anlage, aber die waren nicht wirklich gravierend. Anders sieht es bei dem Imageschaden aus. Der Aktienkurs der Gesellschaft ist seit Bekanntwerden des Todesfalls bereits gesunken. Wenn sich jedoch herumspricht, dass an den Sicherheitseinrichtungen des Zauns herumgepfuscht wurde, dürfte der Kurs deutlich nachgeben. Fällt er nur um ein Prozent, kostet das die *GoFeCo* mehrere Millionen. Die werden wir uns von Ihnen wiederholen.« Nielsen wollte widersprechen, aber Krahwinkel hob nur die Hand. »Wir wissen, dass Sie dieses Geld niemals werden aufbringen können. Aber wir sind verpflichtet, es wenigstens zu versuchen, sonst machen wir uns haftbar. Auf jeden Fall wären Sie ruiniert. Bis an Ihr Lebensende. Das sollte Ihnen bewusst sein.«

Nielsen streckte seine Linke aus. »Wo muss ich unterschreiben?«

»Auf der dritten Seite unten. Eine Ausführung ist für Sie.«

Der Jurist schob Erklärung und Füllfederhalter über den Tisch und warf Hagenau einen triumphierenden Blick zu. Der erwiderte das Lächeln.

Nielsen überflog den Text, zögerte, wollte dann doch unterschreiben, zögerte wieder. Dann aber brach es aus ihm heraus. Einer plötzlichen Eingebung folgend, knallte Nielsen den Füller mit solcher Wucht auf den Tisch, dass er zerbrach und die Tinte hinauslief.

»Sie können mich am Arsch lecken«, knurrte er, sprang auf, riss die Tür auf und stürmte aus dem Büro.

Überrascht sah ihm Hagenau nach. »Scheiße«, meinte er dann. »Verfluchte Scheiße.«

»Das protokolliere ich aber nicht, oder?«, fragte die Sekretärin aus der Tiefe des Raumes.

»Natürlich nicht, Sie taube Nuss«, schrie Hagenau. »Und jetzt verschwinden sie aus meinem Büro. Beide.«

30

Baader hatte als Treffpunkt das Promirestaurant *Borchardt* am Gendarmenmarkt in Mitte vorgeschlagen. Sein Chef, der in dem Laden Stammkunde war, hatte ihn mehrmals dort zum Essen eingeladen. Ein wenig von Grinters Status war dadurch auch auf ihn übergegangen. Zwei, drei Kellner begrüßten ihn seitdem mit Namen und auserwählter Höflichkeit. Damit wollte er Julia ein wenig beeindrucken.

Dumm nur, dass ausgerechnet heute diese Kellner dienstfrei hatten. Und die anderen behandelten sie mit der blasierten Herablassung, über die viele nicht prominente Gäste klagten.

Wenigstens war das Essen in Ordnung. Aber angesichts der Preise, die im *Borchardt* mittlerweile allein für die Getränke verlangt wurden, regte Julia an, den restlichen Abend in einer preiswerteren und gemütlicheren Kneipe zu verbringen.

Sie landeten in einem Schuppen direkt an der Spree und fanden einen freien Tisch am Fenster, von dem sie auf den Fluss schauen konnten.

Es hatte zu schneien begonnen. Der auffrischende Wind wirbelte die Schneeflocken durcheinander und schob sie auf dem Straßenpflaster vor sich her, bis sie sich an irgendeinem Hindernis zu kleineren Verwehungen zusammenballten. Baader freute sich, morgen nicht arbeiten zu müssen, denn wenn der Schneefall anhielt, würde der Berufsverkehr mit Sicherheit kollabieren.

Sie bestellten Espresso und spanischen Brandy, später Wein. Während sie sich angeregt unterhielten, waren ihre Hände über den Tisch gewandert, hatten sich wie zufällig berührt, leicht gestreichelt und schließlich umschlungen.

Baader schaute in die dunklen Augen seiner Begleiterin und versank darin. Julia war wirklich wunderschön. Ihre blonden Haare trug sie heute zu einem Pferdeschwanz gebunden, der ihrem Gesicht einen kecken Ausdruck verlieh.

»Ich habe auf deiner Visitenkarte gelesen, dass du bei der Polizei bist. Was machst du da?«, erkundigte sich Baader, der immer noch Julias Hände hielt. Sie fühlten sich weich an, warm.

»Staatsschutz«, erwiderte sie knapp. »Ich darf nicht darüber sprechen.«

»Auch nicht mit einem Referenten aus dem Innenministerium?«

Sie lächelte. »Auch mit dem nicht.«

Julia erzählte ihm dann doch ein wenig: dass sie nach dem Abitur an der Hochschule für Wirtschaft und Recht in Berlin studiert habe, seit einem Jahr Hauptkommissarin sei und im Dezember Geburtstag habe. Sie werde achtundzwanzig.

Der Kellner kam und brachte zwei neue Gläser Wein.

»Macht es dir etwas aus, meine Hände loszulassen?«, meinte Julia grinsend. »Ich würde gerne einen Schluck trinken.«

»Wie? Oh, Entschuldigung.« Baader befolgte ihre Bitte, obwohl es ihm leidtat, sie nicht mehr berühren zu dürfen.

»Und du? Was macht der Referent eines Staatssekretärs genau?«

»Eigentlich alles. Ich bin Redenschreiber, Stichwortgeber, Auskunftei, Memorandenverfasser, Laufbursche und Prügelknabe. Alles in einer Person.«

»Und dafür muss man promovierter Jurist sein?«

Baader grinste. »Vermutlich. Obwohl der Job bei Grinter nichts mit meiner juristischen Ausbildung zu tun hat. Glaube ich zumindest.«

»So was kann man doch nicht sein Leben lang machen, oder?«

»Nein, das hatte ich auch nicht vor. Ich betrachte meine Tätigkeit als Eintrittskarte in die Politik. Ich würde gern irgendwann in den wissenschaftlichen Dienst der EU-Kommission wechseln.«

»Brauchen die da Laufburschen?« Julia lachte.

Baader fand ihre Heiterkeit ansteckend. »Vermutlich nicht. Aber womöglich Prügelknaben. Und dafür qualifiziert der Job bei Grinter ungemein.«

In ihrem weiteren Gespräch amüsierten sie sich köstlich. Sie stellten fest, dass ihre Interessen in vielem übereinstimmten, sie dieselben Schriftsteller mochten, in dieselben Filme gegangen waren. Sie liebten beide Italien, hatten dort mehrfach ihre Urlaube verbracht und Baader erzählte von seinem Traum eines kleinen Landhauses an der Küste der Maremma. Nur Julias Musikgeschmack fand Baader etwas gewöhnungsbedürftig. Sie mochte Hip-Hop, während er ziemlich retro sein Herz an den Rock des letzten Jahrhunderts verloren hatte.

Irgendwann rückte Baader zu Julia, nahm seinen ganzen Mut zusammen und fragte, ob er sie küssen dürfe. Sie nickte lächelnd.

Eine halbe Stunde später, es war schon fast Mitternacht, standen sie unschlüssig vor der Tür des kleinen Lokals und küssten sich wieder.

Dieses Mal war es Julia, die den ersten Schritt machte: »Kommst du noch auf ein Glas mit zu mir? Ich habe zwar keine Briefmarkensammlung, dafür kann ich dir aber einige meiner Lieblingssongs vorspielen. Vielleicht bekehre ich dich?«

Natürlich schlug Baader diese Einladung nicht aus.

Julia wohnte ganz in der Nähe im zweiten Stock eines kernsanierten Jugendstilhauses. Ihre Wohnung war überraschend groß. Baader schätzte sie auf mindestens einhundertfünfzig Quadratmeter.

»Entschuldige, dass ich so direkt frage. Ein Domizil in dieser Lage und Größe, topsaniert, das Haus mit Fahrstuhl …«

»Und Terrasse«, ergänzte sie nicht ohne Stolz.
»Die Bude muss doch ein Vermögen kosten.«
»Wahrscheinlich so um die dreitausend Euro kalt.«
Baader schluckte. »›Wahrscheinlich‹?«
»Ja. Das haben mir die anderen Bewohner erzählt, die hier zur Miete wohnen. Das tue ich nämlich nicht. Die Wohnung gehört meinem Bruder und mir. Ein Onkel hat sie uns vererbt. Und da Peter in Hamburg arbeitet und von dort nicht fortwill, hat er sie mir überlassen. Sonst, da hast du recht, könnte ich mir eine solche Bleibe von meinem Beamtengehalt nicht leisten. Ich hoffe jeden Abend, dass mein Bruder noch möglichst lange in Hamburg bleibt und nicht auf den Gedanken kommt, unser Erbe zu Geld machen zu wollen«, setzte sie halb im Scherz, halb ernsthaft hinzu.
»Das kann ich verstehen.«
Julia legte eine Platte auf und ging in die Küche, aus der sie mit zwei vollen Weingläsern zurückkehrte. Dann setzte sie sich neben ihn auf die Couch. Sie prosteten sich zu, stellten die Gläser beiseite und Julia rutschte noch näher, fuhr mit einer Hand durch seine Haare, schaute ihn an und schloss dann die Augen. Baader verstand. Sie sank nach hinten und zog ihn mit sich. Ihre Hand rutschte unter sein Shirt, schob es samt Pullover hoch. Julia atmete heftiger. Baader küsste sie erneut, löste langsam die Knöpfe ihrer Bluse. Sie trug keinen BH. Julia lächelte und stöhnte vor Lust auf, als er mit seiner Zunge ihre Brustwarzen liebkoste. Sie schliefen noch auf der Couch miteinander. Als sie sich später verschwitzt und glücklich voneinander lösten, fand Baader, dass Hip-Hop doch keine so schlechte Musik sei.

31

Bahdi erwachte von einem schmerzhaften Schlag auf den Kopf. Als er die Augen öffnete und sich zu orientieren versuchte, wurde er von starken Armen unsanft hochgerissen. Jemand mit kahl rasiertem Schädel schrie ihn in einer fremden Sprache an. Die wattierte Jacke des Mannes stand offen. Darunter trug er ein Shirt, auf dessen einer Seite ein seltsames halbes Kreuz, auf der anderen ein Löwenkopf abgebildet war. Zwei weitere junge Männer, kaum älter als Bahdi, standen neben dem Glatzkopf, hämisch grinsend. Auch sie trugen dieses Abzeichen.

Bahdi versuchte zu lächeln. Aber das schien die Kerle nicht zu besänftigen, im Gegenteil. Einer von ihnen drängte sich näher und spuckte Bahdi an. Ehe der Senegalese sich versah, folgte ein Hieb mit der flachen Hand ins Gesicht, so heftig, dass seine Nase zu bluten begann.

Die Männer lachten höhnisch. Der Flüchtling wusste nicht, was die Angreifer von ihm wollten. Was hatte er ihnen getan? Welchen Fehler hatte er begangen? Er hob entschuldigend die Hände, sprach sie auf Französisch an, schaute in ihre Augen. Aber da war nichts außer Hass.

Ein weiterer Schlag traf Bahdi in den Magen. Er stöhnte und krümmte sich vor Schmerzen. Einer der Männer stieß ihn in den Rücken, sodass er stolperte und zu Boden fiel. Bahdi rief um Hilfe. Aber da war niemand mehr, der ihm helfen konnte. Alle Bänke in der Umgebung waren leer.

Ein Tritt gegen seinen Kopf ließ den Senegalesen kurz das Bewusstsein verlieren. Als er wieder zu sich kam, spürte er, wie suchende Hände ihn abtasteten. Sie fanden sein Handy, das sorgsam gehütete Geld.

»Nein«, bettelte er. »Nicht das Telefon. Ich brauche es, um …«

Wieder traf ihn der schwarze Lederstiefel. Bahdi rollte sich zusammen, schlang die Arme um den Kopf, um möglichst wenig Angriffsfläche zu bieten. Aber die Schläge fanden trotzdem ihr Ziel.

Er vernahm Schreie aus einiger Entfernung. Die Schläge und Tritte hörten unvermittelt auf. Er hob vorsichtig den

Kopf. Schwarz gekleidete Gestalten stürmten heran, stürzten sich auf die Schläger, hieben mit kurzen Stangen auf sie ein, verjagten sie schließlich.

Eine junge Frau beugte sich zu Bahdi herunter, fragte ihn etwas und half ihm schließlich aufzustehen.

»Merci«, stieß der Senegalese hervor und wischte sich mit dem Handrücken das Blut aus dem Gesicht. Jemand reichte ihm ein nicht ganz sauberes Taschentuch.

»Du bist Franzose?«, fragte die junge Frau, die ihn immer noch am Arm hielt.

Bahdi schüttelte den Kopf.

»Aber du sprichst Französisch?«

»Ein wenig.«

Sie lächelte ihn an. »Das reicht. Hast du Schmerzen?«

»Ja. Im Gesicht. Und am Rücken.«

Sie schaute prüfend zu ihm hoch und tastete sein Gesicht ab. »Es scheint nichts gebrochen zu sein, aber du solltest dich trotzdem im Krankenhaus untersuchen lassen. Die Polizei wird dich sicher dorthin bringen und zu dem Überfall der Skinheads befragen.« Sie machte Anstalten, ihren Freunden zu folgen, die bereits auf dem Weg zum Ausgang waren. »Mach es gut und viel Glück.«

Bahdi wusste nicht, was Skinheads waren, aber er verstand, dass Beamte kommen würden. Er schüttelte heftig den Kopf. »Bitte, keine Polizei.«

Ein junger Mann, der zurückgefallen war, trat an die Seite der Frau, sagte etwas zu ihr.

Sie antwortete, wandte sich dann wieder an Bahdi. »Woher kommst du?«

»Aus dem Senegal.«

»Bist du ein Flüchtling?«

Er nickte.

Sie übersetzte.

Der Mann antwortete, lächelte dann Bahdi aufmunternd an. »Also gut. Du kommst mit uns. In der U-Bahn Station kannst du nicht bleiben. Unsere Auseinandersetzung mit den Faschos dürfte nicht unbemerkt geblieben sein. Irgendjemand verständigt mit Sicherheit die Polizei.« Sie zog Bahdi mit sich. »Na los, wir haben nicht viel Zeit.«

Etwas später saß der junge Mann im Zimmer einer Altbauwohnung und trank heißen Kaffee. Die Frau, die sich ihm als Maria vorgestellt hatte, lief im Raum auf und ab und telefonierte ununterbrochen. Bahdi musterte sie verstohlen. Sie war deutlich kleiner als er, sportlich, etwa in seinem Alter. Immer wieder strich sie sich während der Telefonate durch ihr kurzes schwarzes Haar.

Schließlich legte sie ihr Handy zur Seite. »Es kommt jemand, der dich untersuchen wird. Er ist noch kein Arzt, studiert aber Medizin. Du hast eine übel aussehende Wunde am Kopf, Schwellungen im Gesicht und eine aufgeplatzte Lippe. Vermutlich auch Blutergüsse am ganzen Körper. Du bist über das Meer gekommen?«

»Ja.«

»War es schlimm?«, fragte sie mitfühlend.

Später wusste der junge Mann nicht mehr, ob ihre Stimme, der mitleidige Gesichtsausdruck, die Anspannung der letzten Tage oder einfach die Erfahrung, zusammengeschlagen worden zu sein, bewirkt hatte, dass alles aus ihm herausbrach. Unter Schluchzen erzählte er Maria von der Flucht, dem Tod Djibis, den Hoffnungen seines Dorfes und der Angst zu versagen. Er sprach fast eine Stunde lang. Maria hielt die ganze Zeit seine verletzte Hand und hörte schweigend zu.

»Und jetzt ist mein Handy weg. Gestohlen. Wie soll ich nun die Reporter erreichen, die mir helfen wollten?« Verzweiflung lag in Bahdis Stimme.

»Das kriegen wir schon hin«, beruhigte Maria ihn. »Du bist dir wirklich sicher, dass du nicht nur eine Geschichte für die beiden Deutschen bist?«

»Wie meinst du das?«

»Na, sie interviewen dich, solange du etwas zu erzählen hast, machen Fotos. Und wenn sie genug Informationen haben, sagen sie ›Danke, das war's‹ und lassen dich allein.«

Bahdi schüttelte energisch den Kopf. »Das glaube ich nicht. Die Frau sprach Wolof.«

»Was ist das?«

»Die Sprache meiner Heimat.«

Maria lachte laut auf. »Na dann ist ja alles in Ordnung.«

Es klopfte.

Ein bärtiger Mann betrat das Zimmer und wechselte einige Worte mit der Sizilianerin.

Die sagte zu Bahdi: »Leg dich auf das Sofa. Mein Freund wird dich untersuchen. Ich lasse euch besser allein.«

»Nein«, bat der Senegalese. »Bitte bleib.«

»Wie du meinst.«

Nach etwa einer halben Stunde hatte der Medizinstudent seine Untersuchung beendet. Er sprach leise mit Maria, hob dann die Hand zum Gruß und verließ den Raum.

»Er glaubt, du hast keine inneren Verletzungen oder Brüche. Aber ohne eingehende Untersuchung durch einen Arzt kann man das nicht mit Sicherheit sagen. Wenn du noch stärkere Schmerzen bekommst, musst du ins Krankenhaus, sagt er.«

Bahdi nickte folgsam. Dann formulierte er die Frage, die ihm schon seit Stunden unter den Nägeln brannte: »Warum habt ihr mir geholfen?«

Maria grinste. »Ganz einfach, wir haben was gegen Neonazis.«

Das war nur die halbe Wahrheit. Maria und ihre Freunde unterstützten eine radikale Gruppe, die sich in Italien für ein bedingungsloses Bleiberecht der Flüchtlinge und eine Auflösung der drei Transitzentren starkmachte. Sie stellten sich damit gegen die dumpfen Ressentiments, die auch auf Sizilien weit verbreitet waren. Viele von denen, die gegen ›die

Fremden‹ hetzten, hatten noch niemals mit ihnen zu tun gehabt. Sie kannten Flüchtlinge nur aus Presseartikeln.

Die Tansitzentren, bewusst in abgelegenen Gebieten errichtet, brachten einen bescheidenen Wohlstand in diese Gegenden. Familien, deren Mitglieder sich seit Jahrzehnten als Tagelöhner auf den Landgütern der Reichen verdingen mussten, konnten jetzt als Wächter, Köche oder Fahrer ein regelmäßiges Einkommen nach Hause bringen. Und da viele der Waren, die in den Zentren verbraucht wurden, aus der Region stammten, profitierten auch die Händler. Handwerker erhielten von den Verantwortlichen der Zentren Reparaturaufträge, die Tankstellen verkauften mehr Benzin als jemals zuvor.

Die sizilianischen Regionalpolitiker rieben sich insgeheim die Hände. Jedes der Transitzentren war ein kleines Konjunkturprogramm für ihre Wähler.

Nur die Leichen, die fast täglich an den Stränden angeschwemmt wurden, schmälerten die große Begeisterung etwas. Aber die Touristen verließen ohnehin nur selten ihre Fünfsterneressorts. Und wenn, dann fuhren sie nicht ans Meer, sondern ins pittoreske Landesinnere, um sich alte Steine anzuschauen.

Maria stand auf und ging zur Tür. »Die Reporter waren Deutsche, sagst du?«

»Ja.«

»Du versuchst am besten, dich etwas auszuruhen. Ich will einen Freund anrufen, der recht gut Deutsch spricht. Mit seiner Hilfe werden wir deine Reporter schon ausfindig machen.«

Bahdi befolgte ihren Rat und streckte sich aus. Sekunden später war er eingeschlafen.

Als er erwachte, war es dunkel im Zimmer. Vom Flur her hörte er gedämpfte Stimmen. Bahdi schob sich vom Sofa und ging vorsichtig in Richtung des Lichtstrahls, der unter der Tür hindurchschien. Als er aus dem Raum trat, schloss er sofort die Augen, weil ihn die Helligkeit blendete. Die Stimmen waren jetzt lauter. Sie kamen aus einem Zimmer, dessen Tür weit offen stand. Bahdi trat ein und das Gespräch verstummte.

»Du bist wach. Das ist gut«, sagte eine ihm vertraute Stimme. Maria, die er zunächst nicht gesehen hatte, zeigte auf einen Mann neben ihr. »Das ist Antonio. Er spricht Deutsch und kann dir bei der Suche nach den Reportern helfen. Wie geht es dir?«

Bahdi hob die Hand an die Stirn. »Ich habe Kopfschmerzen. Außerdem tun mir die Knochen weh.«

»Kein Wunder. Die Skinheads sind nicht gerade zimperlich. Kannst du Antonio erzählen, woher die Reporter kamen?«

»Aus Deutschland.«

»Das weiß ich schon, aber woher genau?«

Bahdi zuckte mit den Schultern.

»Versuchen wir es andersherum. Welche Zeitung hat die Journalisten geschickt?«

Der junge Mann dachte angestrengt nach. Bei ihrem ersten Treffen hatten die Reporter den Namen erwähnt. Aber er konnte sich nicht erinnern. »Ich weiß nicht …«

Maria sagte etwas zu Antonio. Der antwortete. Eines der Wörter, die er sagte, weckte in Bahdi so etwas wie Erinnerung. Aber dann war der flüchtige Gedanke schon wieder verschwunden.

Die Sizilianerin wiederholte: »*Zeit, Focus, Herold* …«

»Das letzte Wort!«

»*Herold?*«

Bahdi nickte heftig.

Eine erneute Bemerkung Antonios.

»Er meint, die Redaktion sitze in Hamburg.«

Das war die Stadt, die die Frau erwähnt hatte! »Ja. Das sagte die Reporterin.«

Maria nickte bestätigend. »Antonio wird dort anrufen. Es

dauert bestimmt ein wenig. Willst du dich wieder hinlegen? Du siehst erschöpft aus.«

Der Senegalese schüttelte den Kopf.

»Hast du Hunger oder Durst?«

»Durst.«

»Dann lass uns in die Küche gehen. Dort bekommst du eine Aspirin. Die wird helfen. Antonio stößt später zu uns.«

Maria war sich des Risikos, dass sie alle eingingen, sehr wohl bewusst. Italien hatte auf Druck Zentraleuropas, das die Durchsetzung seiner Forderungen mit der Gewährung von Finanzmitteln unterstützte, das Strafrecht geändert. Wer illegal eingereisten Flüchtlingen half, lief Gefahr, hinter Gittern zu landen. Schon eine passive Unterstützung, wie zum Beispiel das Nichtanzeigen eines Illegalen, war strafbar. Aktive Hilfeleistung wurde grundsätzlich mit einer mehrmonatigen Haftstrafe geahndet. Mildernde Umstände gab es nicht.

In den ersten Jahren nach Einrichtung der Transitzentren war eine Fangprämie von fünfhundert Euro an diejenigen ausgeschüttet worden, die einen Flüchtling der Polizei übergaben.

Schon bald machten selbst ernannte Bürgerwehren Jagd auf alle, die anders aussahen. Zigtausende italienische Staatsbürger wurden von diesen Greiftrupps festgehalten, häufig verprügelt und landeten in Gefängniszellen, wenn sie sich nicht ausweisen konnten.

Schnell hatte diese Menschenjagd Ausmaße angenommen, die außer Kontrolle zu geraten drohten. Der Staat ruderte eilig zurück, die Fangprämie wurde wieder gestrichen. Aber die Büchse der Pandora war geöffnet worden. Den Neonazis war egal, ob Geld gezahlt wurde oder nicht. Sie machten einfach weiter wie bisher. So verging kein Tag in Italien, an dem Menschen nicht völlig grundlos zusammengeschlagen wurden – wie Bahdi.

Es dauerte fast eine Stunde, bis Antonio endlich zurückkehrte und auf Maria einredete. Der junge Senegalese wartete ungeduldig.

»Es war nicht einfach für meinen Freund«, erklärte Maria. »Sie wollten ihm zunächst keine Auskunft geben und haben ihn von einer Sekretärin zur nächsten weiterverbunden. Aber dann ist er glücklicherweise zu einem der Verantwortlichen durchgestellt worden, der ihn angehört hat. Und als er Agadez erwähnte und darauf hinwies, dass die Reporterin deine Sprache spricht, hat der Mann ihm ihre Handynummer gegeben.« Sie nickte Antonio zu, der Bahdi lächelnd einen Zettel übergab.

Maria notierte ebenfalls eine Nummer und reichte sie Bahdi. Dann drückte sie ihm ihr Telefon in die Hand. »Ruf die Journalistin an. Wenn du sie nicht erreichst, sprich auf die Mailbox. Sag ihr, dass du bei uns in Palermo bist, und nenn ihr meinen Namen und diese Nummer.« Sie zeigte auf die Zahlenkolonne, die sie notiert hatte.

»Was ist eine Mailbox?«

»Entschuldige. Aber du hast doch ein Handy besessen?«

»Die Reporter haben es mir gegeben. Ich habe es aber nur einmal benutzt. In unserem Dorf hatten nur ganz wenige ein Telefon.«

»Verstehe. Du weißt aber, was ein Tonband ist?«

»Natürlich.«

»Eine Mailbox funktioniert ähnlich. Sie nimmt etwas auf und kann später abgespielt werden. Alles klar?«

»Ja.«

Maria zeigte auf das Handy. »Dann ruf an.«

Bahdi tippte sorgsam die Nummer ein, die auf dem Zettel stand. Er vernahm ein Tuten, dann die Stimme der Reporterin. Erfreut wechselte der junge Senegalese in seine Muttersprache, aber Karla antwortete nicht. Enttäuscht legte er das Telefon beiseite. »Sie will nicht mit mir sprechen.« Er versuchte es erneut, ebenso erfolglos.

»Was hat sie gesagt?«

»Das habe ich nicht verstanden.«

Maria dachte einen Moment nach. »War da ein Pfeifen, nachdem du sie gehört hast?«

»Ja.«

»Dann war das die Mailbox. Ruf erneut an und sprich nach dem Ton.«

Als Bahdi fertig war und das Telefon zurück auf den Tisch gelegt hatte, schaute er Maria hoffnungsvoll an.

Sie legte die Hand auf seinen Arm und lächelte beruhigend. »Jetzt müssen wir nur warten.«

32

In letzter Zeit hatten sich Baader und Julia, wann immer es ihre Zeit erlaubte, entweder in ihrer oder seiner Wohnung getroffen. Heute war er zu Gast. Sie wollten sich gemeinsam einen hochgelobten Krimi im Fernsehen anschauen, vorher etwas essen und danach …

Julia war eine exzellente Köchin, während Baaders Ambitionen in dieser Hinsicht gegen null gingen. Aber er half seiner neuen Freundin bei der Zubereitung, genau genommen, würfelte er Zwiebeln und Knoblauch – alles nach ihrer Anweisung. Es gab ein Huhn auf portugiesische Art, dazu einen knackigen Salat, frisches, dunkles Brot und einen Vinho verde. Es schmeckte köstlich.

Um den Filmanfang nicht zu verpassen, ließen sie das Küchenschlachtfeld unaufgeräumt zurück und gingen ins Wohnzimmer. Die *Tagesschau* lief noch, als sie es sich vor dem Fernseher gemütlich machten.

Sicherheitshalber hatte Julia auch ihren Receiver programmiert. Es hätte ja sein können, dass sie mit Kochen und Essen nicht rechtzeitig fertig geworden wären.

Der Sprecher leitete zum nächsten Thema über: »In München begann heute die Messe für Sicherheits- und Überwachungstechnik. Auf der Schau präsentieren Rüstungs- und Sicherheitsunternehmen aus aller Welt ihre Produkte. Die nur dem Fachpublikum zugängliche Messe ist noch bis Montag geöffnet. Aus München berichtet …«

»Willst du noch ein Glas Wein?«, fragte Julia.

»Gerne.«

»… versprechen sich vor allem deutsche Aussteller erfolgreiche Geschäfte.« Der Reporter drehte sich zu einem imposanten Stand um, an dem das Logo des Unternehmens *Sitec* prangte.

Baader kannte die Firma dem Namen nach. Das Rüstungsunternehmen war, so hieß es, weltweit führend in Überwachungs- und Sicherheitstechnologien. Es fertigte Drohnen aller Art, hochauflösende optische Systeme und ähnliche Erzeugnisse an, von denen Baader kaum die Namen, geschweige denn die Funktionsweise verstand.

Jetzt schwenkte der Kameramann des Senders über den Stand. Aus dem Off klang die Stimme des Reporters. »Leider war keiner der Verantwortlichen bereit, sich zu ihren Produkten zu äußern. Das Unternehmen führte Sicherheitsbedenken als Begründung an.«

Das Personal am Stand geriet ins Blickfeld der Kamera. Einige der dunkel gekleideten Männer schauten mürrisch. Zwei drehten sich wie zufällig ab, in ein plötzliches Gespräch vertieft. Für eine Sekunde nahm die Kamera das Gesicht eines weiter hinten stehenden Mannes in den Fokus. Auch auf seinem Anzug prangte ein Sticker mit dem *Sitec*-Logo.

Baader sah genauer hin. Er meinte, den Mann schon einmal gesehen zu haben. Dann aber schwenkte das Bild weiter.

»Nimmst du das noch auf?«, fragte er Julia.

»Sicher.«

»Kannst du kurz zurückspulen? Ich möchte mich nur vergewissern, dass ich mich nicht getäuscht habe.«

»Aber der Krimi …«

»Bitte tu mir den Gefallen. Es dauert doch nur Sekunden.«

Kurz darauf flimmerte die Szene erneut über den Bildschirm. Baader stoppte die Aufnahme, als der Mann, den er zu kennen glaubte, zu sehen war.

»Das gibt es doch nicht«, murmelte er. »Ich dachte, der Kerl wäre Makler.«

»Willst du mir nicht erklären, um was es eigentlich geht?«, beschwerte sich Julia. »Der Film fängt gleich an.«

»Einen Moment noch.« Baader sprang auf, zog sein Handy aus der Tasche und machte mehrere Fotos vom Bildschirm.

Julia sah ihm verblüfft zu. »Hübsche Schauspielerinnen abzulichten, könnte ich ja verstehen«, bemerkte sie spöttisch. »Aber alte Kerle wie den da? Hast du mir etwas verschwiegen?«

»Quatsch«, gab Baader zurück und prüfte die Qualität der Aufnahmen. Die Bilder waren nicht überragend, aber brauchbar. Ein Bearbeitungsprogramm dürfte sie weiter verbessern. »Ich glaube, den Mann vor einigen Tagen getroffen zu haben. Allerdings nahm ich an, er sei Immobilienmakler. Jetzt sieht es eher so aus, als ob er ein Angestellter von *Sitec* ist. Eigenartig.« Baader erzählte von dem Umschlag, den er in Grinters Auftrag entgegengenommen hatte. »Und da gibt es noch einen alten Schulfreund, den mein Chef nicht kennen wollte. Alles sehr eigenartig.« Er sah auf die Uhr. Zwanzig Minuten nach acht. Gut, dass sie den Krimi aufnahmen.

Baader war nicht recht bei der Sache, als der Film begann. Immer wieder dachte er über den geheimnisvollen Boten nach und fragte sich, warum Grinter behauptet hatte, Hagenau nicht zu kennen. Er war so in Gedanken versunken, dass er nicht mitbekam, wie Julia den Krimi stoppte.

»Du bist ziemlich abwesend«, meinte sie. »Dieser Unbekannte scheint dich zu beschäftigen. Sollen wir darüber reden?«

»Klar. Vielleicht sehe ich ja bloß Gespenster.« Er sah seine Freundin prüfend an. »Aber das ist jetzt kein berufliches Interesse, oder?«

Sie schmiegte sich an ihn. »Ach was. Also, was ist los?«

33

Drei Tage hatten sie warten müssen, um Plätze in einem Flieger nach Palermo zu ergattern. Und zu allem Übel flog die Maschine nicht direkt nach Italien, sondern nahm einen Umweg über den halben Nahen Osten, sodass Karla und Ben nach drei Zwischenlandungen und insgesamt mehr als zwanzig Stunden Flugzeit total erschöpft spätabends auf Sizilien landeten.

Auf dem Weg ins Hotel checkte Karla im Taxi ihre Mailbox. Einige unwichtige Anrufe von Kollegen und Bekannten löschte sie sofort.

Dann hörte sie Marcel Baumanns Stimme. Der Ressortleiter teilte ihr mit, dass sich jemand aus Italien nach ihrer Nummer erkundigt hatte. Da der Anrufer nicht den Eindruck eines Spinners machte, Details ihrer Recherchereise kannte und sich außerdem auf einen Senegalesen namens Bahdi berief, hatte er sie ihm gegeben. Er hoffte, das sei so in Ordnung.

Aufgeregt hörte Karla die nächste Nachricht ab. Sie stammte von Bahdi.

»Nimm einen Stift«, bat sie Ben. »Du musst etwas notieren.« Sie diktierte ihrem Kollegen Namen und Nummer, unter der der Senegalese zu erreichen war. »Bahdi scheint es aus dem Krankenhaus geschafft zu haben und ist irgendwo in der Stadt untergekommen. Ich rufe ihn an und wir fahren zu ihm«, verkündete sie kurz entschlossen.

Ben sah sie entgeistert an. »Karla, es ist fast Mitternacht. Was auch immer du vorhast, du wirst es heute nicht mehr realisieren können. Ruf an, wenn du ihn aus dem Bett holen willst. Aber er hat so lange durchgehalten, da wird er es auch noch bis morgen schaffen. Ich jedenfalls muss dringend schlafen. Und ich rate dir, das auch zu tun.«

Karla dachte einen Moment nach. »Du hast recht.« Sie rückte ein Stück näher. »Danke, dass du meine Impulsivität so erträgst.«

Er legte den Arm um ihre Schultern. »Keine Ursache. Wenn mich Baumann schon als Aufpasser mitschickt, will ich ihn nicht enttäuschen.«

Am nächsten Tag saßen sie in der Küche der Wohngemeinschaft Maria und Bahdi gegenüber. Bei einem starken Kaffee erzählte der Senegalese den Reportern ausführlich von dem Toten, in dem er Mbaye erkannt hatte, Djibis Ermordung, dem sinkenden Flüchtlingsschiff, seiner Rettung, der Flucht aus dem Krankenhaus, dem Skinheadüberfall und Marias Hilfe.

Es hatte einiger Diskussionen mit der Sizilianerin bedurft, bis sie der Aufnahme des Gesprächs zustimmte. Die Reporterin hatte jedoch hoch und heilig versprechen müssen, weder Marias noch Antonios Namen im Artikel zu verwenden.

»Schreiben Sie einfach, dass italienische Linke ihrem Freund geholfen haben«, hatte Maria zum Schluss der Debatte angeordnet und sich kategorisch dagegen verwahrt, dass Ben seine Kameras benutzte.

»Haben sie dir im Krankenhaus oder vorher Fingerabdrücke abgenommen?«, wollte Karla von Bahdi wissen, nachdem dieser seine Erzählung beendet hatte.

»Ich glaube nicht. Warum?«

»Weil das die Identifizierung erleichtern würde. Einen Pass hattest du nicht?«

Der Senegalese schüttelte den Kopf.

Ben fragte auf Deutsch: »Worauf willst du hinaus?«

»Ich will ihn durch den Zaun schmuggeln. Was sonst? Hier kann er schließlich nicht bleiben.«

»Es wäre höflicher, wenn Sie Ihre Unterhaltung auf Französisch führen könnten«, schaltete sich Maria ein. »Ich möchte wissen, was an meinem Küchentisch besprochen wird.«

»Entschuldigung. Ich habe meinem Kollegen erklärt, dass Bahdi durch den Zaun muss. Nur in einem Land Zentraleuropas kann er einen Asylantrag stellen. Hier geht das nicht. Möglich wäre auch eine der zentraleuropäischen Botschaften in Rom. Aber da würde sein Antrag wohl einfach abgelehnt und er in eines der Transitzentren verfrachtet.«

»Bist du eigentlich völlig übergeschnappt?«, polterte Ben los. »Wie stellst du dir das vor? Wir setzen ihn in den nächsten Flieger und jetten fröhlich nach Deutschland oder was?«

»So ähnlich.«

»Wie soll er ohne Papiere durch die Grenzkontrollen kommen?«

»Zugegeben, das ist ein Problem. Aber mit Geld lässt sich alles lösen.« Karla wandte sich an Maria. »Sie kennen nicht zufällig jemanden, der uns bei der Beschaffung eines Passes für Bahdi behilflich sein könnte?«

Die Italienerin schaute sie ungläubig an, hob abwehrend die Hände und schüttelte heftig den Kopf. »Ich glaube, Ihr Kollege hat recht. Sie ticken nicht ganz richtig«, stieß sie hervor. »Ihrem Freund gegen Neonazis zu helfen und ihn für einige Tage aufzunehmen, ist eine Sache. Falsche Papiere zu besorgen, eine andere. Kommt nicht infrage.«

»Und warum nicht?«, insistierte Karla.

Maria sprang auf und lief in der Küche herum. »Weil wir jetzt schon genug riskieren und ich keine Lust habe, ins Gefängnis zu wandern. Weil solche Aktivitäten bedeuten, Kontakt zur Mafia aufnehmen zu müssen. Weil ich die Mafia fast noch mehr hasse als Neonazis. Und weil ich dummerweise niemanden kenne, der solche Papiere fälschen kann. Und bevor Sie weiterfragen: Ich kenne auch niemanden, der jemanden kennen könnte. Das ist mein letztes Wort. Ich hoffe, ich habe mich klar genug ausgedrückt.«

»Was hatten Sie denn vor?«

»Sobald es ihm besser gegangen wäre, hätten wir Bahdi Geld gegeben und ihm den Namen eines Fischers genannt, der gegen Bezahlung nicht nur Alkohol, sondern auch Menschen schmuggelt. Aber mehr nicht!«

»Selbst wenn das bedeuten könnte, dass Bahdi in einem der Transitzentren verschwindet?«, fragte Karla leise.

Die Sizilianerin sah die Anwesenden lange an. »Ja, auch dann.«

Die Journalistin straffte sich. »Okay, dann werden wir einen anderen Weg finden müssen. Kann Bahdi wenigstens noch einige Tage bei Ihnen bleiben?«

»Natürlich. Aber er darf das Haus nicht verlassen. Und in einer Woche ist er wieder fort.«

Der junge Mann, der der Debatte der beiden Frauen, so gut es ging, gefolgt war, erhob sich langsam. »Ich möchte nicht, dass wegen mir irgendjemand Schwierigkeiten bekommt. Ich bin euch dankbar, dass ihr euch um mich gekümmert habt. Aber vielleicht ist es wirklich am besten, wenn ich jetzt gehe.«

Karla sprang auf und stellte sich mit ausgebreiteten Armen vor die Küchentür. »Einen Scheiß wirst du tun«, fauchte sie den Senegalesen an. »Du setzt dich jetzt wieder hin und hörst mit dem Unsinn auf.«

Erschrocken gehorchte Bahdi.

»Es reicht, dass Djibi sein Ziel nicht erreicht hat. Ich jedenfalls werde alles daransetzen, dass du in Zentraleuropa Asyl beantragen kannst.« Ihre Stimme war kaum zu verstehen. »Ein alter Freund von mir benötigte meine Unterstützung. Ich habe sie ihm verweigert. Dafür werde ich mich ein Leben lang schämen. Das passiert mir nicht noch einmal. Ich werde alles daransetzen, dass du Deutschland erreichst, Bahdi. Und du wirst mir dabei helfen. Das bist du Djibi, deiner Familie und deinem ganzen Dorf schuldig. Hast du mich verstanden?«

Der junge Mann nickte eingeschüchtert.

»Gut, das wäre geklärt.« Auch Karla setzte sich wieder. »Und was ist mit dir, Ben? Hast du auch irgendwelche Bedenken vorzubringen oder unterstützt du mich?«

Der Reporter verzog das Gesicht. »Dir ist klar, dass Bahdis Chancen denkbar gering sind?«

»Ja.«

»Du läufst Gefahr, in den Knast zu wandern. Deine Karriere wäre zerstört, vielleicht dein Leben.«

»Auch das ist mir klar.«

Ben wechselte ins Deutsche und ignorierte den missbilligenden Blick Marias. »Du tust das alles für einen jungen Mann, den du kaum kennst.«

»Nein. Ich tue das für einen Freund, der vielleicht noch leben würde, wäre ich nicht so ein Feigling gewesen. Ein Gespräch hätte ich führen müssen, nur eines. Ich weiß nicht, ob ich dadurch etwas geändert hätte, aber einen Versuch wäre es wert gewesen. Stattdessen habe ich mich gedrückt und fühle mich nun schuldig.«

»Du kannst Mbaye nicht wieder lebendig machen.«

»Aber ich kann vielleicht verhindern, dass Bahdi stirbt.«

Ben dachte lange nach. Dann sagte er: »Wahrscheinlich gibt es keinen Weg durch den Zaun. Und wahrscheinlich landen wir alle im Knast. Du siehst, Bedenken habe ich jede Menge. Aber ich verstehe deine Beweggründe. Ja, ich helfe dir.«

Karla sah ihren Kollegen dankbar an. »Weshalb?«

»Wenn ich nicht auf dich aufpasse, machst du dir ja selbst das Leben schwer.«

»Bleib bitte ernst.«

Ben entschloss sich zu einer Lüge. »Ehrlich, ich weiß es nicht.«

Das jedoch war nicht die Antwort, auf die Karla gehofft hatte.

34

Die letzten drei Tage hatte Peter Nielsen seinen Frust mit Alkohol betäubt. Heute war er vom Briefträger aus dem Bett geklingelt worden. Mit viel Restalkohol im Blut hatte er den Empfangsbeleg für das Einschreiben unterzeichnet. Ein Blick auf den Absender ließ ihn den Inhalt des Briefs vermuten: die fristlose Kündigung. Er knallte den Umschlag ungeöffnet auf den Küchentisch. Dann nahm er eine Dusche.

Danach ging es ihm etwas besser. Er schaltete den Kaffeeautomaten ein, wartete, bis die Tasse vollgelaufen war, und trank den Mokka schwarz und stark.

Schließlich griff er zu dem verfluchten Schreiben. Schlechte Nachrichten wurden nicht besser, wenn man sie ignorierte.

Die *GoFeCo* teilte ihm in der Tat seinen sofortigen Rausschmiss mit. Er habe seinen Dienstausweis unverzüglich abzugeben sowie alle Unterlagen und die ihm von der Firma überlassenen Gegenstände wie sein Diensthandy. Von einer Schadensersatzforderung allerdings stand nichts in dem Brief. Nielsen atmete auf.

Noch nackt kramte er die vor Jahren abgeschlossene Police seiner Rechtsschutzversicherung hervor. Ja, da stand etwas von Arbeitsrechtsschutz. Im Telefonbuch fand er einen Anwalt in der Nähe, der sich auf solche Themen spezialisiert hatte. Nielsen vereinbarte einen Termin für den Nachmittag. Dann zog er sich an.

Sein erster Weg führte ihn in die Innenstadt zu seinem bisherigen Arbeitgeber. Er knallte dem überraschten Pförtner das Verlangte auf den Tresen, forderte in barschen Worten eine Quittung und verließ das Gebäude. Draußen ärgerte er sich, dass er seinen Kollegen so angeblafft hatte. Der arme Kerl war eigentlich ganz nett und vor allem völlig schuldlos an Nielsens Misere. Aber er kehrte nicht zurück, um sich zu entschuldigen. Das Gebäude der *GoFeCo* war fortan tabu.

Auf der Fußmatte vor dem Beifahrersitz seines Wagens fand sich ein zerknülltes Blatt Papier – die Adressenliste der Mitglieder seiner Arbeitsgruppe. Nielsen erinnerte sich vage, diese nach seiner Unterredung mit Hagenau und Krahwinkel im Fahrzeug gefunden und voller Wut weggeworfen zu haben. Jetzt strich er sie glatt. Dabei kam ihm ein Gedanke. Er würde jedes der Mitglieder persönlich aufsuchen und zur Rede stellen. Gleich heute wollte er damit anfangen.

Es war Freitag. Die Beschäftigten seines früheren Arbeitgebers, die nicht von Schichtdienst betroffen waren, würden so früh wie möglich Feierabend machen wollen. Da wäre es gut möglich, einige von ihnen noch vor Einbruch der Dunkelheit zu sprechen.

Der Anwalt residierte in der Nähe des Hayns Parks im dritten Stock eines Bürohauses und empfing ihn persönlich. Er war höchstens dreißig, trug Jeans, Sneaker sowie ein Sweatshirt und entsprach in keiner Weise dem Bild, das sich Nielsen von ihm gemacht hatte. Das Vorzimmer, durch welches der Jurist seinen neuen Mandanten führte, war nicht besetzt.

Das Büro als chaotisch zu bezeichnen, war untertrieben: Aktenberge türmten sich auf einem altersschwachen Eichenschreibtisch neben aufgeschlagenen Gesetzestexten, die Bücherregale an den Wänden quollen über von juristischer Literatur und der Teppichboden war bedeckt mit zerknülltem Papier.

An der einzigen freien Wand gegenüber dem Schreibtisch hing das berühmte Foto von Albert Einstein, auf dem er der Welt – oder dem Fotografen – die Zunge herausstreckt. Auf der Fensterbank stand eine nicht identifizierbare Pflanze, deren hängenden Blättern man ansah, welche kümmerliche Existenz sie fristete.

Achim Wagner räumte einige Ordner beiseite, um Platz

auf einem der beiden Stühle zu schaffen, die vor seinem Schreibtisch standen. »Bitte«, meinte er, setzte sich ebenfalls und kramte unter irgendwelchen Papieren einen Laptop hervor, den er aufklappte. »Leider kann ich Ihnen keinen Kaffee anbieten. Meine Mitarbeiterin ist seit Wochen krank. Handwurzelbruch, sie verstehen.«

Das erklärte vermutlich einen Teil der Unordnung.

»Irgendwo müsste noch etwas Mineralwasser ...« Wagner beugte sich unter seinen Schreibtisch. »Nein, da nicht.« Er kratzte sich am Kopf. »Einen Moment, ich muss ... Ja, bestimmt.« Der Anwalt machte Anstalten sich zu erheben.

»Lassen Sie's gut sein.«

Nielsen fragte sich, ob er bei diesem Chaoten richtig aufgehoben war. Aber jetzt war er schon einmal da. Und dieser Jurist war vermutlich genauso gut wie jeder andere. Außerdem kannte er keinen Rechtsverdreher, es war also immer ein Glücksspiel.

»Womit kann ich Ihnen helfen?«

Während Peter Nielsen erzählte, tippte Wagner ununterbrochen auf der Tastatur seines Laptops, unterbrach den potenziellen Klienten dann und wann, fragte nach.

Überraschenderweise hatte Nielsen den Eindruck, dass sein Gegenüber genau wusste, was er tat. Er bemühte sich, so präzise wie möglich zu berichten. Nur den Vorwurf Krahwinkels, alkoholkrank zu sein, verschwieg er. Vielleicht, weil er wusste, dass der nicht unbegründet war.

Schließlich fragte der Anwalt: »Sie haben das Kündigungsschreiben mitgebracht?«

Nielsen gab es ihm.

Der Jurist legte es auf einen der Stapel. »Und die Police Ihrer Rechtsschutzversicherung sicher auch?«

Die hatte Nielsen vergessen.

»Reichen Sie sie bitte nach.« Wagner schob einen Zettel über die Tischplatte. «Unterschreiben Sie bitte die Vollmacht.«

Sein Mandant tat, wie geheißen.

»Zunächst die wichtigste Frage: Möchten Sie weiter bei der *GoFeCo* arbeiten?«

»Nein.«

»Verstehe. Dann geht es also um eine Abfindung.«

»Nein ... Ich meine, es geht mir primär um meinen Ruf und die drohende Schadensersatzforderung.«

»Ich glaube, die hat Ihr Arbeitgeber nur als Druckmittel benutzt, um Sie zu einem Aufhebungsvertrag zu bewegen. Ich denke, da müssen Sie sich keine Sorgen machen. Und Ihr Ruf ...«

»Es geht mir ums Prinzip.«

Wagner lachte. »Was meinen Sie, wie häufig ich das höre? Heerscharen meiner Zunft leben nur von Prinzipienreitern und Rechtsschutzversicherungen. Und unseren Gerichten wächst die Arbeit über den Kopf.« Er wurde wieder ernst. »Wir werden zunächst Kündigungsschutzklage erheben. Und später jedes Mitglied der Arbeitsgruppe und diesen Herrn Hagenau als Zeugen laden lassen. Wer vor einem Richter steht, muss die Wahrheit sagen. Eine falsche Beschuldigung ist da schwieriger durchzuhalten. Wenngleich: Nirgendwo wird so viel gelogen wie vor deutschen Gerichten.« Er stand auf und reichte Nielsen die Hand. »Sie hören von mir.«

»Das war schon alles?«

»Sicher«, antwortete der Anwalt. »Was hatten Sie denn erwartet?«

35

Baader hatte das Foto des Unbekannten überarbeitet. Nun war der Mann gut zu erkennen. Danach hatte er erfolglos auf der Webseite von *Sitec* nach dem Typen gesucht, sich Hunderte von Bildern angesehen, die die Suchmaschine auswarf, wenn er den Firmennamen eingab. Auf einem meinte er, den Unbekannten zu erkennen, war sich aber nicht sicher. Nach zwei frustrierenden Abenden hatte er aufgegeben. So kam er nicht weiter.

Baader fragte sich nicht zum ersten Mal, was ihn eigentlich umtrieb. Im Grunde ging ihn die ganze Sache nichts an. Er hatte einen Brief übergeben, das war alles. Okay, Grinter hatte ihn über seine langjährige Bekanntschaft mit Hagenau belogen. Seine Beweggründe konnten aber völlig harmlos sein.

Möglicherweise sah der *Sitec*-Mitarbeiter dem Makler auch nur verblüffend ähnlich und Baader jagte einem Phantom hinterher. Andererseits hatte er sich bisher auf sein Bauchgefühl verlassen können. Das sagte ihm, dass etwas an der Sache faul war. Und er wollte unbedingt wissen, was.

Baader hatte von Grinter gelernt, dass es immer gut war, ein Ass im Ärmel zu haben. Den Juristen schauderte es, als ihm klar wurde, wie sehr er das im Berliner Politikbetrieb übliche Einordnen in Freund und Feind bereits verinnerlicht hatte.

Den naheliegenden Gedanken, den Staatssekretär einfach auf den Sachverhalt anzusprechen, verwarf er. Denn wenn Grinter tatsächlich irgendeine Leiche im Keller hatte, würde er das Baader bestimmt nicht erzählen. Außerdem hatte sein Chef ihn schon einmal angelogen. Er würde keine Hemmungen haben, es erneut zu tun.

Baader sah auf den Poststapel, der sich auf seinem Schreibtisch türmte. Grinter würde erwarten, dass er ihn bis Feierabend abgetragen und über die wichtigsten Dokumente ein kurzes Memo verfasst hatte. Er seufzte und griff zur ersten Postmappe. Eine langweilige Arbeit.

Es war später Nachmittag, als ihm ein Gedanke kam. Trotz Bedenken fuhr er seinen Rechner hoch und gab den Namen des Rüstungsunternehmens und den Hagenaus in die Suchmaske ein. Sofort spuckte das Programm Dutzende von Hinweisen aus.

Überrascht öffnete Baader den ersten Link. Er führte zu

einer mehrere Jahre alten Pressekonferenz, auf der *Sitec* ihre enge Kooperation mit der *GoFeCo* bekannt gab. Die beiden Vorstände der Unternehmen hatten einen entsprechenden Vertrag geschlossen.

Elektrisiert recherchierte Baader weiter. Schnell fand er heraus, dass die *GoFeCo* einer der größten Kunden der *Sitec* war, aber damit nicht genug. Die Firma nannte die *GoFeCo* als Referenz ihrer Leistungsfähigkeit.

Baader lehnte sich in seinem Stuhl zurück. Das konnte doch kein Zufall sein, oder? Grinter verschleierte Kontakte zu Hagenau und einem Rüstungsbauer, der wiederum in enger Geschäftsbeziehung zu dem Unternehmen stand, das Hagenau repräsentierte.

Er rief Julia an. »Du erinnerst dich an den Mann, den ich im Messebericht erkannt habe?«

»Den du glaubst, erkannt zu haben«, korrigierte ihn seine Freundin.

»Da spricht die Hauptkommissarin, aber du hast recht. Mir lässt die Sache keine Ruhe.«

»Das habe ich gemerkt. Ich spiele seit einigen Tagen in deinem Leben keine besondere Rolle mehr.«

»Entschuldige. Aber ich habe etwas herausgefunden.« Baader erzählte ihr von seinen Recherchen.

»Das ist wirklich interessant«, meinte Julia. »Aber mehr auch nicht. Geschäfte in sicherheitsrelevanten Bereichen werden immer nur mit größter Diskretion abgewickelt.«

»Mit Diskretion, klar. Aber was, wenn ein Staatssekretär in solche Geschäfte involviert ist, die mit seinem Aufgabenbereich nichts mehr zu tun haben?«

»Wie kommst du darauf?«

»Alle Indizien …«

»Welche Indizien?«, unterbrach Julia ihn. »Dein Chef hat dich über alte Kontakte belogen. Nun gut, das ist vielleicht nicht sehr freundlich, aber sein gutes Recht. Und die *GoFeCo* ist Kunde der *Sitec*. Auch nicht gerade ungewöhnlich. Irgendwo muss der Laden seine Überwachungskameras, Drohnen und das ganze Zeug ja einkaufen.«

»Stimmt schon.« Baader wurde nachdenklich. »Aber was ist mit dem Umschlag, den *Sitec* durch mich an Grinter übermittelt hat?«

»Dass der von der Firma stammte, ist doch nur eine Vermutung.«

»Aber der Typ …«

»Sieht deinem Boten ähnlich, wenn du dich nicht irrst. Das ist alles. Kevin, du siehst Gespenster.«

»Vielleicht«, räumte er ein. »Vielleicht aber auch nicht. Ich werde jedenfalls noch einmal in diese Kneipe gehen, um mich nach dem Kerl zu erkundigen. Wollen wir uns da treffen? In der Nähe soll es einen erstklassigen Italiener geben. Ich lade dich ein.«

»Wann?«

»Heute Abend?«

»Geht nicht. Ich habe einer Freundin zugesagt, auf ihr ungezogenes Gör aufzupassen.«

Baader lachte. »Du als Babysitterin?«

»Eher Dompteuse.«

»Schade. Dann verschieben wir das mit dem Italiener.«

»Du willst trotzdem in die Kneipe?«

»Klar. Ich werde mich etwas umhören.«

»Scheint mir eine totale Schnapsidee zu sein. Aber mach, was du willst.«

»Das werde ich.«

Sie verabschiedeten sich.

Baader schaute auf die Uhr. Es war kurz vor sechs. Der Aktenstapel war abgearbeitet, die Memos geschrieben und unterwegs in Grinters Büro. Zeit, die Kneipe aufzusuchen.

Baader konnte sich des Eindrucks nicht erwehren, dass an den Tischen dieselben Gäste hockten wie bei seinem letzten Besuch.

Er ging wieder zur Theke und bestellte ein Mineralwasser. »Klassik«, setzte er hinzu.

Der Wirt grinste. »Heute keinen Hut auf?«

Zumindest schien der Mann ein gutes Personengedächtnis zu haben. »Nein.«

»Regnet ja auch nicht.«

»Eben.«

»Hat es aber auch letztes Mal nicht.«

Bevor die Unterhaltung noch tiefschürfender werden konnte, zog Baader das Foto des Mannes aus der Tasche, den er hier in der Kneipe getroffen hatte.

»Kennen Sie den?«

Der Wirt musterte die Aufnahme lange. »Sagten Sie nicht, der Mann sei Ihr Bekannter?«

»Ein flüchtiger Bekannter.«

»Das haben Sie aber nicht gesagt.«

Baader atmete tief durch. »Nein. Würden Sie meine Frage beantworten?«

»Sind Sie ein Bulle?«

»Bin ich nicht. Nun?«

Der Wirt legte das Bild wieder auf die Theke. »Dann muss ich nichts sagen.«

Der Jurist verstand und deponierte einen Zehner neben dem Foto.

Der Wirt sah sich die Aufnahme erneut an. »Nee, der sagt mir nichts. Aber Manni dahinten kennt jeden im Kiez.«

Baader war sich nicht sicher, ob der Unbekannte überhaupt in Pankow wohnte, denn *Sitec* hatte seinen Sitz bei Frankfurt. Trotzdem nickte er.

»Manni, kommst du mal?«

Ein Typ schlurfte heran. Er ging gebeugt, war von undefinierbarem Alter, aber deutlich älter als Baader. Sein fettiges, halblanges Haar hing ihm in Strähnen ins Gesicht.

»Manni war früher bei der Kripo«, erklärte der Wirt. »Heute aber nicht mehr.«

»Der Suff, die Weiber und die Karten«, erklärte der Expolizist mit überraschend klarer Stimme, die im deutlichen Gegensatz zum Alkoholnebel stand, der jedes seiner Worte umwaberte. »Und falsche Freunde.« Er nickte dem Wirt zu, der sofort ein Pils hinüberschob.

»Sie laden mich ein?«, fragte Manni in einem Tonfall, der klarmachte, dass er keine Antwort erwartete.

Baader nickte trotzdem.

Der Expolizist trank sein Glas in einem Zug aus und orderte ein neues, wieder nur mit einer kurzen Kopfbewegung. Dann zog er das Bild zu sich heran. »Sie suchen diesen Mann?«

»Ja«, antwortete Baader.

»Warum?«

»Das geht Sie eigentlich nichts an.«

»Da haben Sie recht.« Manni ließ den Computerausdruck achtlos zu Boden fallen und griff zum vollen Glas. »Danke für das Bier«, meinte er nur und machte Anstalten, zu seinem Platz zurückzukehren.

»Warten Sie.« Baader ergriff den Arm des Kneipenbesuchers, was dieser mit einer unwirschen Bewegung quittierte.

»Nicht anfassen«, zischte Manni. »Verstanden?«

Baader überraschte dieser Ausbruch, den Befehl befolgte er aber sofort. »Entschuldigung. Wären Sie so freundlich, meine Frage zu beantworten?«

»Ja. Wegen der zwei Bier.«

»Und, kennen Sie ihn?«

»Nein.« Der Expolizist ließ Baader stehen.

Dem Juristen war klar, dass er hier nichts erfahren würde. Und eigentlich hatte Julia ja auch recht: Er verirrte sich in seinen Spekulationen. Also trank er das Wasser aus, bezahlte seine Rechnung und verließ die Kneipe.

Kaum hatte Baader die Tür hinter sich geschlossen, stand Manni auf und ging erstaunlich schnell zur Theke. Er bückte sich und hob das Foto auf, das der Jurist liegen gelassen hatte. »Der junge Mann hat was verloren. Ich bringe es ihm.«

»Was ist mit deiner Zeche?«, wollte der Wirt wissen.

»Schreib sie auf den Deckel.«

Draußen vor der Tür faltete Manni das Foto sorgsam zusammen und steckte es in seine Tasche. Dann griff er zu seinem Handy.

36

Karla war verzweifelt. Die halbe Nacht hatte sie mit Ben über die Frage diskutiert, wie sie Bahdi ohne gültige Ausweispapiere und Einreisevisum über die hermetisch abgeriegelte Grenze nach Zentraleuropa schaffen sollten. Ihnen war kein gangbarer Weg eingefallen.

Maria und später auch Antonio waren bei ihrer strikten Weigerung geblieben, bei der Passbeschaffung behilflich zu sein. Sonst kannten die Deutschen niemanden in Palermo. Auch eine diskrete Nachfrage in ihrer Hamburger Redaktion brachte kein Ergebnis. Und sich in irgendwelchen sizilianischen Kneipen nach einem Passfälscher zu erkundigen, schied natürlich aus. Da könnten sie auch gleich Selbstanzeige auf einem Polizeirevier stellen und Bahdi im nächstgelegenen Transitzentrum abliefern.

»Was ist mit dem Weg übers Ligurische Meer?«, fragte Karla und blätterte wieder im Atlas. »Von La Spezia nach Finale Ligure zum Beispiel. Das sind nur etwa hundert Kilometer. Du hast doch einen Bootsführerschein, oder? Wir könnten ein Sportboot mieten und …«

Ben ergriff die Hand seiner Kollegin. »Die Idee haben wir doch vor Stunden schon verworfen. Die Küste ist ebenso gut gesichert wie der Zaun. Da patrouillieren ununterbrochen Schiffe der Küstenwache, die von einem dichten Radarnetz und Satellitenaufklärern unterstützt werden. Jedes

Boot, das sich ohne Erlaubnis der Küste Zentraleuropas nähert, wird gestoppt und untersucht. Und selbst wenn es uns gelingen würde, dem zu entgehen, verfolgen die unseren Weg via Satellit und nehmen uns fest, kaum dass wir an Land gegangen sind. Keine Chance.«

»Was ist mit den Zügen? Die fahren doch auch durch den Zaun.«

»Ja. Nonstop durch lange Schleusen, eine Art Stahlkäfig von mindestens drei Kilometer Länge samt Automatiktüren, durch Kameras und Drohnen überwacht. Die Züge nähern sich dem äußeren Tor. Sobald sich das öffnet, rasen sie hindurch und hinter ihnen schließt es sich wieder. Ein weiteres Tor ist in der Mitte und ein letztes am Ende der Durchfahrt eingelassen. Selbst wenn es jemandem gelingen sollte, die erste Pforte trotz der stationierten Wachposten gemeinsam mit dem Zug zu passieren, schafft er es niemals, rechtzeitig zum zweiten Tor zu gelangen. Bis der Flüchtling es erreicht hat, ist es längst wieder geschlossen und er sitzt in der Falle.«

»Und den Zug benutzen, kann Bahdi nicht, weil sowohl beim Einsteigen als auch während der Fahrt strenge Kontrollen durchgeführt werden.« Karla sprang auf und knallte wütend den Atlas auf den Tisch. »Aber es muss einen Weg geben. Es muss einfach. Andere schaffen es doch auch!« Sie war den Tränen nahe.

Ihr Kollege stand auf, ging zu ihr und nahm sie in den Arm. »Ich befürchte, du musst die Realität akzeptieren.«

Sie konnte ihre Gefühle nicht länger unterdrücken. Heftig schluchzend, drängte sie sich an Ben, der sie noch enger hielt. Minuten standen sie da, eng umschlungen. Und als sie ihn aus verweinten Augen anschaute, wagte er es und beugte sich zu ihr hinunter.

Karla schaute ihn an, schloss ihre Augen und sie küssten sich. Erst sanft, fast zurückhaltend, dann immer heftiger, voller Begierde. Seine Hand schob sich unter ihre Bluse, sie nestelte an seinen Hemdknöpfen. Halb nackt ließen sie sich auf das Hotelbett fallen, streiften sich die restliche Kleidung vom Körper und liebten sich.

»Hast du zufällig eine Zigarette?«, fragte Karla Ben danach.

»Nein. Ich rauche nicht, das weißt du doch«, erwiderte er überrascht. »Und ich dachte, du auch nicht.«

»Eigentlich nicht. Das heißt, ich versuche es mir seit Jahren abzugewöhnen. Immer mal wieder. Bisher leider erfolglos. Vier Wochen habe ich keine Kippe angerührt. Aber jetzt ...« Sie stand auf und griff zum Hoteltelefon. »Vielleicht kann mir der Roomservice welche bringen.«

Ben verzog das Gesicht. »Es ist halb drei morgens, da kommt kein Roomservice mehr. Außerdem ist das ein Nichtraucherzimmer. Mein Nichtraucherzimmer, um genau zu sein.«

»Dann gehen wir eben in meins. Ist nur über den Gang.«

»Da ist das Rauchen auch verboten. Komm wieder ins Bett, warte bis morgen. Wenn du dann immer noch willst, besorge ich dir welche.«

Karla folgte seinem Rat. »Was sagen wir Bahdi, wenn wir ihn treffen?«, fragte sie zerknirscht.

»Die Wahrheit.« Ben überlegte kurz. »Mich lässt dieser Einbruch in Agadez immer noch nicht los. Ich denke, es ist an der Zeit, die Bilder noch einmal durchzusehen. Ich wollte das gemeinsam mit Bahdi tun. Vielleicht fällt ihm ja etwas auf. Was meinst du?«

»Gute Idee.«

»Okay. Kann ich das Licht jetzt wieder ausmachen?«

Karla schob ihre Hand hinüber, kraulte seine Brust, dann den Bauch, rutschte tiefer. »Kannst du«, gurrte sie.

Am nächsten Tag saßen sie mit Bahdi vor Bens Laptop und sichteten die Fotosammlung. Bild für Bild schauten sie an, aber auf keinem fanden sie einen Hinweis darauf, warum der unbekannte Einbrecher solch ein Interesse an der Löschung der Aufnahmen gehabt hatte.

Karla lehnte sich entnervt zurück. »Das bringt doch nichts. Du hast dich wirklich nicht geirrt und deine Fotos selbst in den Orkus geschossen?«

»Nimm das zurück!«

»Entschuldige.«

»Irgendetwas muss auf den Bildern sein. Warum sonst geht jemand das Risiko eines Einbruchs ein?«

Ben erhob sich und ging zum Fenster. Sein Blick fiel in den Hinterhof, den die Bewohner zu einer grünen Oase umgestaltet hatten. Er konnte Anzeichen des Frühlings entdecken: Die Büsche zeigten ein erstes zartes Grün, zaghaft lugten Krokusse aus dem Boden.

»Wir sollten uns in ein Straßencafé setzen und die Sonne genießen.«

Karla war an seine Seite getreten und legte den Arm um Bens Hüfte. »Und Bahdi in der Bude hocken lassen?«

»Stimmt. Er sollte sich nicht draußen sehen lassen.«

Unvermittelt rief der Senegalese: »Das ist er. Auf dem Bild ist Moussa Mané.«

»Was?«, riefen die Journalisten fast wie aus einem Mund und eilten zum Tisch.

»Hier.« Bahdi zeigte auf einen Mann in Jeans und weißem Hemd, der vor einem Mercedes stand.

Ben klappte der Unterkiefer herunter. Er sah Karla an, die mit ebensolcher Verblüffung auf den Bildschirm starrte. »Das gibt es doch nicht«, stieß er hervor. »Und du irrst dich auch nicht?«

»Nein.« Bahdi schüttelte selbstbewusst den Kopf. »Das ist der Mann, der in unser Dorf gekommen ist. Das ist Moussa Mané.«

Karla begann, hysterisch zu lachen. »Kein Wunder, dass der Einbrecher wusste, wann niemand im Hotelzimmer sein würde. Er hat uns schließlich selbst zur Polizeiwache gefahren. Koffi ist Moussa Mané.«

»Und wir haben uns sicher gefühlt und auf Deutsch unterhalten«, ergänzte Ben. »Seine Frau lebt in Hamburg. Da ist es nicht völlig abwegig anzunehmen, dass er die Sprache spricht. Er muss wirklich ein großes Interesse daran haben, dass keine Bilder von ihm existieren, wenn er solche Risiken eingeht.«

»Du meinst, er selbst ist in dein Zimmer eingestiegen?«

»Oder einer seiner Leute. Auf jeden Fall ist er irgendwie an das Taxi gekommen und hat unsere Unterhaltungen belauscht. Sicher wollte er so erfahren, was wir bereits wussten und was wir zu erfahren hofften. Wirklich clever.«

»Ich weiß nicht … Warum hat er keinen seiner Leute geschickt? Er musste doch damit rechnen, dass du Fotos machst.«

»Ich denke, dass niemand in seiner Bande Deutsch spricht. Da ist er das Risiko eingegangen.«

»Worüber redet ihr?«, wunderte sich Bahdi.

Unwillkürlich waren die beiden Reporter in ihre Muttersprache gewechselt.

Karla nahm den jungen Senegalesen in den Arm. »Wir dachten, besonders taff zu sein, und sind doch nur Idioten«, meinte sie auf Wolof. »Moussa Mané hat uns aufs Kreuz gelegt.«

37

»Woher hast du meine Nummer?«, fragte Stefan Pernoud statt einer Begrüßung.

»Du selbst hast sie mir gegeben«, erwiderte Manfred Dräger, den alle nur Manni nannten.

»Das ist Jahre her.«

»Sicher. Aber ist das wichtig?« Er streckte seinem Gegenüber die Hand entgegen. »Guten Morgen.«

Widerwillig schlug Pernoud ein. »Du hast am Telefon gesagt, du hättest wichtige Informationen für mich.«

»Vielleicht sollten wir erst das Geschäftliche besprechen.«

»Einverstanden. Wie viel willst du?«

»Eintausend Euro.«

Pernoud lachte auf. »Maßlos wie früher. Ich gebe dir Hundert, wenn deine Information es wert ist. Ob sie das ist, entscheide ich. Also?«

»Zweihundert.«

Pernoud nickte bestätigend. »Meinetwegen. Schieß los.«

Die beiden Männer hatten sich in einem Einkaufszentrum mit Dutzenden von Geschäften am Alexanderplatz getroffen. Jetzt standen sie in einem abseits gelegenen Seitengang vor einem Coffeeshop.

Pernoud und Dräger kannten sich von ihrer gemeinsamen Tätigkeit bei der Polizei. Beide hatten zuerst im Streifendienst gearbeitet, bis sie zur Kripo wechselten. Später hatte Pernoud den Dienst quittiert und einen besser dotierten Job als Sicherheitsbeauftragter bei *Sitec* angenommen. Dräger war Polizist geblieben, bis er wegen des Verdachtes des Verrats von Dienstgeheimnissen zunächst suspendiert, dann zur Kündigung gedrängt worden war.

Die Vorwürfe waren massiv gewesen – und berechtigt. Er hatte tatsächlich Informationen über geplante Razzien an Kriminelle weitergegeben. Nicht ganz freiwillig, aber er hatte es getan, sonst wären ihm seine Spielschulden über den Kopf gewachsen.

Auch in dieser Zeit hatte er sich dann und wann mit Pernoud getroffen. Aber mit den Jahren war ihr Kontakt immer sporadischer geworden, bis er schließlich ganz einschlief. Erst als der junge Mann mit dem Bild Pernouds in seiner Stammkneipe erschienen war, hatte Manni sich an den früheren Kumpel erinnert und ihn angerufen. Glücklicherweise hatte Pernoud seine Handynummer all die Jahre behalten.

Manni streckte die Hand aus.

»Habe ich mich unklar ausgedrückt?«, knurrte Pernoud.

»Ich entscheide, ob deine Information gut genug ist, um dafür zu bezahlen. Und auch, wie viel ich dir gebe.«

Manni resignierte. Er zog das Foto aus der Tasche und reichte es dem einstigen Kollegen.

Der warf nur einen flüchtigen Blick darauf. »Ist das alles? Scheint am *Sitec*-Stand auf der letzten Messe entstanden zu sein. Aber es ist von schlechter Qualität. Da habe ich bessere Aufnahmen.« Er gab Manni das Blatt zurück. »Was soll das?«

»Mit diesem Bild hat jemand Erkundigungen über dich eingezogen.«

»Wer?«

Erneut streckte Manni die Hand aus. Und dieses Mal wechselte ein Fuffi den Besitzer.

»Ein junger Mann.«

»Etwas dürftig.«

»Wenn du so nett wärest …«

Ein weiterer Schein verschwand in Mannis Tasche.

»Du kennst ihn. Du hast ihm einen Umschlag in der Pankower Kneipe übergeben.«

»In welcher?«

Manni erwähnte den Namen.

»Warst du dabei?«

»Bei der Übergabe? Nein, da hättest du mich gesehen.«

Pernoud musterte Manni abschätzend. »Ich weiß nicht, ob ich dich erkannt hätte.«

»Ich habe dich jedenfalls sofort auf dem Bild identifiziert.«

Pernoud schaute ihn prüfend an. »Hat der Typ gesagt, warum er Erkundigungen einholt?«

»Nein. Aber er war kein Polizist. Das weißt du vermutlich selbst.«

Der Sicherheitsbeauftragte nickte geistesabwesend. Dann wollte er wissen: »Wann war das?«

»Am Freitag. Kurz bevor ich dich angerufen habe.«

»Wer weiß sonst von dem Vorfall?«

»Der Wirt natürlich.«

»Du hast mit niemandem darüber geredet?«
»Ich bin doch nicht blöd.«
Pernoud zog weitere einhundertfünfzig Euro hervor und steckte sie Manni in die Manteltasche. »Dann belass es auch dabei. Wenn der Vogel erneut auftaucht, gib mir Bescheid. Das gilt auch für andere, die hinter mir herschnüffeln. Es soll dein Schaden nicht sein.«
»Geht klar.«
Pernoud ging zügigen Schrittes zur nächsten Rolltreppe. Manni zog die Geldscheine aus der Tasche und grinste. Mehr als erwartet. So ganz hatte er das Bluffen doch noch nicht verlernt.

38

Der schale Geschmack in seinem Mund wollte auch nach dem Zähneputzen nicht weichen. Peter Nielsen latschte in die Küche, stellte mit angewidertem Gesicht die fast leere Wodkaflasche in den Kühlschrank und schaute nach, ob sich noch etwas Essbares finden ließ. Fehlanzeige. Bis auf den Schafskäse, dessen Haltbarkeitsdatum schon seit Wochen abgelaufen war.
Frustriert knallte er die Kühlschranktür zu. Im Inneren rumpelte es vernehmlich. Vermutlich war die Schnapspulle umgekippt. Egal. Sie war fest verschraubt. Er musste nur beim erneuten Öffnen daran denken, dass sie ihm möglicherweise entgegenrollen konnte.
Nielsen rief sich den gestrigen Nachmittag und Abend ins Gedächtnis. Erst hatte er seine früheren Kollegen der Arbeitsgruppe einen nach dem anderen aufgesucht. Aber niemand wollte mit ihm reden.
Frustriert war er nach Hause gefahren und hatte bis zur *Tagesschau* kein Glas angerührt. Aber dann war ihm seine beschissene Situation erneut bewusst geworden und Wut auf

Hagenau und die ganze *GoFeCo* in ihm hochgekrochen. Wut, die er mit einem kleinen Wodka betäuben wollte. Aus einem wurden zwei, dann gab es kein Halten mehr. Aber es war ohnehin alles egal. Job weg, Partnerin weg, Paolo tot. Scheißleben!

Doch auch im Suff blieb ein Rest Schuldbewusstsein. Nicht die Verhältnisse waren es, die ihn zum Trinken zwangen. Er kaufte sich ja täglich Nachschub.

Allerdings: Wenn er es sich recht überlegte, konnte er ja jederzeit aufhören. Er musste es nur wirklich wollen. Gleich morgen würde er damit anfangen. Oder doch erst, wenn die ganze Scheiße mit der *GoFeCo* ausgestanden war? Ja, das war sicher besser. Abstinent zu leben, kostete Kraft. Kraft, die er momentan nicht dafür übrig hatte. Nächste Woche wäre ein guter Termin, um mit der Enthaltsamkeit zu beginnen. Oder doch besser erst in einem Monat? Egal. Nur nicht heute.

Er merkte, dass seine Hände zitterten. Bestimmt der Kreislauf. Der ganze berufliche und private Ärger hing ihm doch sehr in den Knochen. Nielsen öffnete den Kühlschrank, fing die Wodkaflasche auf, bevor sie auf den Küchenfliesen zerschellen konnte, schraubte den Drehverschluss ab und setzte die Pulle an. Nur einen Schluck, um seine Nerven zu beruhigen.

Als er die Flasche absetzte, war sie ausgetrunken. Wieder eine Niederlage. Der Teufel Alkohol hatte für heute gewonnen.

Nielsen duschte und zog sich an. Obwohl er keinen Hunger verspürte, musste er doch etwas essen. Das war ihm klar.

Als er später im Supermarkt an der Kasse stand und seine Waren auf das Band legte, ignorierte er die teils mitleidigen, teils besorgten Blicke der anderen Kunden. Im Gegensatz zu ihnen bestand sein Einkauf nur aus drei Pullen Wodka, einer großen Flasche Zitronensprudel und dem *Herold*, der an diesem Montag erschienen war.

Die Plastiktüte fest unter den Arm geklemmt, betrat Nielsen ein kleines Café unweit seiner Wohnung. Er war allein in dem Laden, suchte sich trotzdem einen abseits stehenden Tisch und bestellte ein Käsebrötchen und einen Milchkaffee. Dann griff er zur mitgebrachten Zeitschrift. Nielsen überflog das Inhaltsverzeichnis. An einer Artikelüberschrift blieb er hängen: *Toter am Zaun*, las er. *Manipulierte Mitarbeiter technische Einrichtungen?*

Hastig blätterte er zum Artikel und las. In den für den *Herold* typischen Formulierungen, die den Anschein erweckten, der Verfasser sei selbst bei den Geschehnissen dabei gewesen, wurde darüber spekuliert, dass der tödliche Unfall am Zaun absichtlich herbeigeführt worden sei. Verantwortlich dafür sei ein Schichtleiter gewesen, der einen Mitarbeiter angestiftet habe, den Zaun unter Starkstrom zu setzen. Der betreffende Mitarbeiter habe aus übersteigertem Ehrgeiz gehandelt. Er wollte sich so für höhere Positionen empfehlen. Gerüchte seien im Umlauf, dass er darüber hinaus alkoholkrank sei. Ohne Kenntnis seiner Erkrankung sei der Mann zum Leiter einer Arbeitsgruppe ernannt worden, die Vorschläge zur technischen Optimierung des Zauns erarbeiten sollte. Die *GoFeCo* gehe diesen Vorwürfen ohne Ansehen der Person nach und werde zu gegebener Zeit eine Erklärung abgeben. Deshalb wolle sie den Bericht auch nicht kommentieren. Der Verfasser des Artikels ließ jedoch anklingen, dass er seine Informationen direkt aus der Unternehmensspitze erhalten habe. Die *GoFeCo,* so seine Schlussfolgerung, wolle durch die gezielte Indiskretion die Diskussion über die Sinnhaftigkeit des Zauns im Keim ersticken und Handlungsfähigkeit dokumentieren.

Wütend knallte Nielsen die Zeitschrift auf den Tisch. Wer hatte den Dreck verfasst? Das Namenskürzel sagte ihm nichts. Konnte vielleicht Karla …?

Nein, das würde sie nicht tun, ohne vorher mit ihm gesprochen zu haben. Oder vielleicht doch?

Nervös griff er zum Handy. Es dauerte nicht lange, bis sich die Journalistin meldete.

»Peter hier.«

Ein längeres Schweigen war die Antwort. Endlich fragte seine Exfreundin: »Was willst du?«

»Im *Herold* steht ein Artikel über mich. Hast du etwas damit zu tun?«

»Über dich?«

»Na ja, ich werde nicht namentlich genannt, aber ich bin ohne jeden Zweifel gemeint. Also, hast du?«

»Nein.«

»Weißt du, wer ihn geschrieben hat?«

»Auch nicht. Ich bin seit drei Wochen im Ausland auf Recherchereise. Du hörst dich nicht gut an. Was ist passiert?«

Nielsen erzählte es ihr.

Als er geendet hatte, meinte sie: »Das mit Paolo tut mir wirklich leid. Hast du schon mit Chiara gesprochen?«

»Nicht persönlich, ich habe ihr auf die Mailbox gesprochen.«

»Du solltest mit ihr reden.«

Er vermied eine Antwort. »Was kann ich gegen den Artikel unternehmen?«

»Vernünftigerweise nichts.«

»Aber ich werde beschuldigt …«

»Da dein Name nicht genannt wurde«, unterbrach sie ihn, »hast du auch keine Handhabe, gegen den Artikel vorzugehen. Wie viele Schichtleiter hat die *GoFeCo*?«

»Um die hundert.«

»Siehst du? Es könnte jeder von ihnen gemeint sein.«

»Aber es gab nur eine Arbeitsgruppe.«

»Wer wusste davon?«

»Bloß eine Handvoll Leute.«

»Ich sehe keine Möglichkeit, gegen den Artikel vorzugehen. Warst du schon bei einem Anwalt?«

»Am Freitag.«

»Und was hat der gesagt?«

»Er will Kündigungsschutzklage erheben.«

»Du willst weiter in dem Laden arbeiten, der dich so abgezockt hat?«

»Du glaubst mir also?«

»Natürlich, warum sollte ich das nicht tun?«

»Ich habe ziemlich viel getrunken in letzter Zeit.«

»Das hast du auch früher schon gemacht. Deshalb habe ich dich ja verlassen. Aber gelogen hast du selbst im Suff nie.«

»Danke.«

»Dafür brauchst du dich nicht zu bedanken. Ich wollte dich übrigens auch anrufen.«

»Ja?« Ein Funken Hoffnung flammte in ihm auf. »Weswegen?«

»Ich brauche deinen Rat. Wie können wir einen Flüchtling unbemerkt durch den Zaun schmuggeln?«

Der Funke verglomm sofort. »Wer ist ›wir‹?«

»Ein Kollege und ich. Also?«

»Die Antwort ist einfach: gar nicht.«

»Das ist Quatsch und das weißt du auch. Es gelingt immer wieder einzelnen Flüchtlingen, den Zaun zu überwinden. Du musst nicht mehr die Werbebroschüren deines früheren Arbeitgebers nachbeten, der hat dich gefeuert. Schon vergessen?«

»Durchbrecher schaffen es nur dann, wenn die Vorschriften nicht eingehalten oder zu lax gehandhabt werden. Eine Verkettung von Zufällen.«

»Wenn du die Abwehranlage überwinden wolltest, wie würdest du vorgehen?«

»Drüberfliegen, mit einem Drachenflieger zum Beispiel. Oder einem Ballon.«

»Das sind keine Optionen. Wie sonst?«

Nielsen seufzte. »Das habe ich auch nicht ernst gemeint. Es ist so gut wie unmöglich, Karla. Die Bahnschleusen scheiden in jedem Fall aus, da ist noch nie jemand durchgekommen. Neben der obligatorischen Passkontrolle werden

Autos stichprobenartig herausgewunken und penibel kontrolliert. Ein Computer gibt die jeweiligen Muster vor. Darüber hinaus wird jedes Fahrzeug mit Wärmebildkameras gescannt, um Verstecke, in denen sich Menschen aufhalten könnten, zu entdecken.«

»Du sollst mir nicht sagen, was nicht geht.«

Nielsen dachte einen Moment nach. »Okay. Wenn ihr überhaupt eine Chance haben wollt, müsst ihr bei Schichtwechsel am Übergang sein. Ab sechs Uhr morgens erfolgt einer alle acht Stunden. In dieser Zeit werden die Zufallsüberprüfungen ausgeschaltet und Durchsuchungen nur bei Verdacht durchgeführt. Die Aufmerksamkeit der Grenzposten ist dann immer etwas eingeschränkt. Sollte zwar nicht sein, ist aber so. Und ihr müsst die Infrarotkameras täuschen.«

»Wie machen wir das?«

»Euer versteckter Flüchtling darf keine oder nur eine geringe Wärmestrahlung absondern. Ihr müsst ihn dämmen und natürlich so unterbringen, dass diese Dämmung nicht auffällt.«

»Wie?«

Nielsen atmete hörbar aus. »Also Karla, ich …«

»Bitte.«

»Na schön. Steckt ihn in eine Kiste, die dick mit Styropor oder Ähnlichem ausgeschlagen ist. Und platziert etwas um die Kiste herum. Wasser, Gemüse, Teppiche … Was weiß ich. Aber es ist riskant. Die Beihilfe zum illegalen Grenzübertritt wird mit Gefängnis bestraft.«

»Ich weiß. Wie hoch stehen unsere Chancen?«

»Vielleicht fünf Prozent. Also lass die Finger von dem Wahnsinn.«

»Ich werde es mir überlegen. Danke.«

»Sehen wir uns, wenn du zurück in Hamburg bist?«

»Nein. Es sei denn, ich kann dich in einer Entzugsklinik besuchen.«

Enttäuscht beendete Nielsen das Gespräch.

39

Mit viel Glück und Beziehungen hatte Baader vor einigen Jahren eine Wohnung in Köpenick ergattern können – drei Zimmer modernisierter Altbau mit Blick auf die Spree. Die Lage war einfach großartig und die Bude sogar bezahlbar. Dafür ertrug er gerne den etwas weiteren Anfahrtsweg in das Regierungsviertel.

Es war nicht weit von seiner Wohnung zur Bahnhofstraße, wo er in die Tram stieg, die in wenigen Minuten zum Köpenicker Bahnhof fuhr. Von dort brachte ihn die S-Bahn schnell zu seinem Arbeitsplatz im Innenministerium.

Wie jeden Morgen nahm er einen kleinen Umweg in Kauf, um an einer Budike einen Kaffee zu trinken und die Berliner Tageszeitungen zu kaufen.

In der Nacht hatte es gefroren, Straßen und Bürgersteige waren noch immer glatt. Entsprechend vorsichtig fuhren die Verkehrsteilnehmer. Der Referent interessierte sich nicht sonderlich für das schlechte Wetter. Ihm reichte, wenn die Bahnen und Züge pünktlich fuhren und nicht überfüllt waren.

Es war noch dunkel. Um zur Haltestelle zu gelangen, musste Baader die Bahnhofstraße überqueren. Er wartete, bis die Fußgängerampel auf Grün sprang, und ging los.

Der Jurist befand sich etwa in der Mitte der Fahrbahn, als aus Süden mit hoher Geschwindigkeit eine schwere Limousine ohne Fahrlicht heranraste. Deshalb war der Wagen zwar gut zu hören, aber schwer zu sehen. Baader, der beide Hände um den wärmenden Kaffee hielt, vernahm zuerst die Warnrufe anderer Passanten, gefolgt vom Heulen eines Motors. Er schaute überrascht zur Seite, sah einen dunklen Schatten, der sich ihm schnell näherte, und versuchte, sich mit einem hastigen Sprung aus der Gefahrenzone zu retten. Aber er scheiterte. Der Jurist rutschte aus, verlor auf dem vereisten Asphalt jeden Halt. Noch bevor er lang hinschlug, erfasste ihn der Wagen und schleuderte ihn einige Meter zur Seite. Ohne anzuhalten, raste der Fahrer weiter.

Baaders Kopf prallte zuerst auf die Straße. Sein Körper überschlug sich, rollte weiter, schlug wieder auf.

Als die erschrockenen Fußgänger, an denen der Wagen knapp vorbeigerast war, sich wieder gefasst hatten und zu dem Verunfallten eilten, blutete er aus mehreren Wunden. Seine Kleidung war zerrissen, die Zeitungen lagen auf dem Boden und bewegten sich sacht im Wind. Nur den Kaffeebecher hielt der Sterbende noch immer fest. Sein schwarzer Inhalt vermischte sich mit Baaders Blut und bildete eine stetig wachsende Lache skurriler Färbung. Baader versuchte zu sprechen und sich aufzurichten, sackte aber zurück zu Boden. Er stöhnte ein letztes Mal. Dann hörte er auf zu atmen.

Als der alarmierte Krankenwagen eintraf, konnte der Rettungsarzt nichts mehr für den Juristen tun. Ihm blieb nur noch, eine Decke über dem leblosen Körper auszubreiten.

Das Klingeln ihres Handys schreckte Julia hoch. Wer, zum Teufel, rief um diese Zeit an? Nach ihrer Nachtschicht hatte sie gerade zwei Stunden geschlafen. Sie tastete nach dem Telefon.

»Ja?«, meldete sie sich schlaftrunken.

»Hier ist Hauptkommissar Schulz, Polizeidirektion sechs. Spreche ich mit Hauptkommissarin Julia Nielsen?«, erkundigte sich der Anrufer förmlich.

»Ja.«

»Frau Kollegin, kennen Sie einen Kevin Baader?«

Schlagartig war Julia hellwach. »Was ist mit ihm?«

»In welcher Beziehung stehen Sie zu Herrn Baader? Entschuldigung, aber ich muss das fragen.«

Julias Nackenhärchen richteten sich auf. »Er ist mein Freund. Warum?«

»Er hatte einen Unfall.«

»O Gott. Wie geht es ihm?« Sie ahnte, dass diese Frage überflüssig war.

»Es tut mir leid, Ihnen das sagen zu müssen: Er ist tödlich verletzt worden.«

Julia schnappte nach Luft.

»Wir haben zunächst versucht, jemanden in seiner Wohnung zu erreichen. Sie kennen ja das Prozedere. Leider erfolglos. Allerdings fanden wir Ihre Visitenkarte in seiner Geldbörse.«

»Seine Eltern sind tot«, antwortete Julia mechanisch. »Da gibt es noch einen Cousin irgendwo im Rheinland, zu dem hat er aber keinen Kontakt mehr. Wie ist es passiert?«

»Frau Kollegin, können Sie zu uns aufs Revier kommen? Oder wir kommen zu Ihnen, wenn Ihnen das lieber ist.«

»Nein, das ist schon in Ordnung.«

»Sollen wir Ihnen einen Wagen schicken?«

Julia atmete tief ein. »Nicht nötig.«

Eine Stunde später saß sie ihrem Kollegen gegenüber. Er hatte ihr einen Kaffee besorgt und schaute sie mitleidig an.

»Es war Unfallflucht. Der Fahrer eines in der Nacht gestohlenen Mercedes ist ohne Licht und mit hoher Geschwindigkeit, aus Süden kommend, die Bahnhofstraße hochgerast. Der Wagen hat ihren Freund erfasst, als er bei Grün die Straße überqueren wollte. Herr Baader hat sich vollkommen korrekt verhalten. Es trifft ihn also keine Mitschuld.«

Julia war dem Beamten dankbar, dass er sie informierte. Das war nicht selbstverständlich, denn Kevin und sie waren nicht verheiratet gewesen und sie damit in den Augen des Gesetzes eine Dritte, die keinen Anspruch auf Auskunft hatte. Sie vermutete, dass Schulz nur deshalb sein Wissen mit ihr teilte, weil sie ebenfalls Polizeibeamtin war.

»Wir haben das Unfallfahrzeug bereits gefunden. Es wurde noch am Morgen gestohlen gemeldet und stand einige

Straßen vom Unfallort entfernt. Der oder die Täter sind anscheinend zu Fuß weitergeflohen. Der Wagen wird derzeit kriminaltechnisch untersucht. Außerdem werden wir eine öffentliche Fahndung veranlassen. Es besteht die Möglichkeit, dass die Unfallflucht mit einem Einbruch zusammenhängt, der kurz zuvor verübt wurde. Die Täter haben versucht, in die Hinterräume eines Juweliergeschäfts einzusteigen, wurden aber vom ausgelösten Alarm verjagt.«

»Fliehende Einbrecher haben Kevin auf dem Gewissen?«, fragte sie mit belegter Stimme.

»Es sieht so aus.«

Julia schwieg.

»Wir kriegen die Täter, Frau Kollegin«, bemerkte der Beamte noch. »Ganz sicher.«

Auf dem Rückweg in ihre Wohnung fiel Julia das Telefonat mit Kevin vor einigen Tagen wieder ein. Er hatte in dieser Kneipe in Pankow nachforschen wollen. Hätte sie ihre Kollegen davon in Kenntnis setzen müssen? Aber was hätte sie sagen sollen? Dass ihr Freund einer fixen Idee verfallen war, die um einen Staatssekretär der Bundesregierung kreiste? Wer sollte das ernst nehmen? Und was hatte sie überhaupt in der Hand? Kevins Behauptung, an die noch nicht einmal sie wirklich glaubte. Ein verwaschenes Foto. Und eine Kneipe in Pankow, deren Namen sie nicht kannte. Sehr dürftig.

Sie rief in ihrer Dienststelle an und bat um eine Woche Urlaub. Nach einigem Hin und Her willigte ihr Vorgesetzter ein. Sie nahm eine Kopfschmerztablette, ging ins Bett und zog sich die Decke über den Kopf. Dann weinte sie hemmungslos.

40

Karla hatte Ben über das Gespräch mit Peter Nielsen informiert. Ihr Kollege hatte sie daraufhin noch einmal zu überzeugen versucht, keinen Fluchtversuch mit Bahdi zu unternehmen. Aber Karla hatte ihre Meinung nicht geändert. Das sei sie sich schuldig, hatte sie erwidert. Sie wolle morgens ohne Scham in den Spiegel sehen können, egal wie hoch der Preis dafür sei. Ben hatte den Kopf geschüttelt und etwas Unverständliches gebrummt, dann aber zugesagt, ihr bei den Vorbereitungen zu helfen.

In den letzten Tagen hatten ihre italienischen Unterstützer eine Box zusammengeschraubt, in die Bahdi mit angezogenen Beinen gerade so hineinpasste. Wie Peter Nielsen angeregt hatte, war diese dick mit Styropor gedämmt. Einige Löcher an den Seiten sorgten für eine zwar knappe, dennoch ausreichende Belüftung. Ein einstündiges Probeliegen bewältigte Bahdi ohne größere Probleme – wenn man davon absah, dass seine Beine eingeschlafen waren und er klitschnass aus der Kiste kletterte, weil es in dem Gefängnis so warm wurde.

Maria hatte daraufhin Kompressionsstrümpfe für Bahdi gekauft, um einer Thrombose vorzubeugen, Karla einen Kombi angemietet und Ben knapp zweihundert Flaschen Wein erstanden – abgepackt in Kisten zu je sechs Stück. Der Wein diente nicht nur dazu, die Kiste zu verbergen, sondern sollte neben dem Styropor auch zur weiteren Abschirmung der Wärmestrahlung beitragen.

Bahdis Box passte genau hinter die Rückbank, umgeben von dem Wein war sie nicht mehr zu sehen. Natürlich würde das Versteck sofort auffliegen, falls ein Grenzer sich die Mühe machte, einige der Kisten beiseitezuschieben. Aber damit mussten sie leben.

Jedoch war eine gründliche Kontrolle nicht das einzige Risiko, dem sie sich aussetzen würden. Sie wussten nicht, ob die Dämmung wirklich ausreichend war. Lange diskutierten sie darüber, eine Wärmebildkamera zu Testzwecken zu erwerben. Schließlich entschieden sie sich aber dagegen. Denn zum einen waren die Dinger alles andere als preiswert, zum anderen hatten sie nicht die geringste Ahnung, wie empfindlich die Detektoren am Zaun arbeiteten, und außerdem wollten sie unter keinen Umständen riskieren, bereits im Voraus Verdacht auf sich zu lenken. Sie mussten also auf ihr Glück vertrauen.

Sie verließen Palermo so rechtzeitig, dass sie auf jeden Fall noch vor Sonnenaufgang den Zaun erreichen würden. Als sie die Emilia-Romagna passierten, warf Karla einen Blick auf den Rücksitz. Bahdi schlief tief und fest.

»Du musst nicht mit uns den Zaun passieren«, sagte sie zu Ben. »Wenn sie uns schnappen, reicht es, dass ich ins Gefängnis wandere. Für Bahdi ist die Reise dann ohnehin vorbei.«

»Ich weiß«, erwiderte Ben knapp. »Aber was soll ich ohne dich in Freiheit?«, meinte er grinsend. »Da wird mir doch langweilig. Vielleicht lassen sie mir sogar meine Kamera. Stell dir die Fotoreportage vor, die ich im Knast machen könnte. Der Pulitzerpreis wäre mir sicher.«

»Kannst du nicht einmal ernst bleiben? Ich möchte nicht, dass du dich in Gefahr bringst.«

»Ganz ernsthaft, Karla, das Thema ist durch. Ich bleibe bei euch und damit fertig. Wenn du geschnappt wirst und ich feige zurückgeblieben wäre, könnte ich mir das nicht verzeihen.«

»Warum?«

Er zögerte einen kurzen Moment. Dann gestand er: »Weil ich mich in dich verliebt habe.«

Sie lächelte ihn an. »Ich mich auch in dich.« Sie griff seine Hand und drückte sie.

Als sie noch etwa dreißig Minuten vom Zaun entfernt waren, suchte Ben eine einsame Stelle und parkte den Audi im Schutz einiger Büsche. Sie weckten Bahdi, räumten die Kisten beiseite und der Senegalese schlüpfte in sein Versteck. Schnell drapierten sie den Wein um die Box herum, stopften ihr Gepäck dazu und legten Mantel und Jacke obenauf.

Ben nahm Karla in den Arm und küsste sie. »Willst du es dir vielleicht noch anders überlegen?«

»Nein.«

»Gut.« Er küsste sie erneut. »Damit ich mich im Knast an etwas erinnern kann«, meinte er.

»Idiot«, antworte Karla, drückte sich aber noch enger an ihn. Schließlich lösten sie sich voneinander und fuhren los.

Sie sahen den Zaun schon von Weitem. Scheinwerfer auf meterhohen Masten tauchten alles in gleißendes Licht.

Ben schaute auf die Uhr. »Kurz nach sechs«, rief er. »Verhalte dich mucksmäuschenstill, Bahdi. Wir sind gleich am Zaun.«

Ein dumpfes Grunzen zeigte, das der Senegalese verstanden hatte.

Je näher sie der Wohlstandsgrenze kamen, desto bedrohlicher wirkten die Anlagen: mehrere Reihen NATO-Draht, die hintereinander gestaffelten Zäune, die Schleusen, getrennt für Lkw und Pkw, hohe Wachtürme auf beiden Seiten der Straße, der Weg zur Abfertigung, der sich durch links und rechts angebrachte Sichtblenden immer weiter verjüngte, bis er schließlich so schmal war, dass nur der Fahrer des zu kontrollierenden Wagens aussteigen konnte, und dann die Abfertigungsbereiche selbst, mit einem ausladenden Schleppdach, unter dem alle paar Meter große Kästen hingen.

»Die Infrarotkameras«, flüsterte Ben und machte eine verstohlene Kopfbewegung nach oben.

Im Schritttempo näherten sie sich der Abfertigungszone. Der Journalist hielt vor dem Wachhaus, in dem zwei Uniformierte irgendwelche Formulare austauschten.

Einer der Männer gähnte vernehmlich.

Ben streckte dem Grenzer Karlas und seinen Pass entgegen.

Der Mann warf aus der Distanz nur einen flüchtigen Blick darauf und schob die Ausweispapiere zurück. Dann fragte er gelangweilt: »Was haben Sie im Kofferraum?«

»Luigi«, rief sein Kollege in diesem Moment aus dem Hintergrund, »du hast vergessen, das Übergabeprotokoll zu unterschreiben.«

»Komme gleich«, erwiderte der Grenzer.

»Rotwein«, beantworte Ben nun die an ihn gerichtete Frage, zog einen Zettel aus dem Ablagefach und hielt ihn dem Wachhabenden hin: »Hier, die Zolldokumente. Soll ich die Heckklappe öffnen, damit Sie einen Blick hineinwerfen können?«

Karla blieb fast das Herz stehen.

»Luigi, was ist? Soll ich hier stundenlang herumstehen? Ich will Feierabend machen. Wegen dir komme ich zu spät zum Frühstück.«

Der Grenzer ignorierte die Zolldokumente und machte Anstalten aufzustehen. Schnell ließ Ben auch die hintere Fensterscheibe hinunter, sodass der Kontrolleur freien Blick in den Innenraum hatte.

»Nein, danke.« Der Wachhabende gab ein Handzeichen. »Gute Fahrt.«

Mit einem leisen Zischen senkten sich die beiden hydraulischen Poller, die bisher den Weg versperrt hatten.

Vorsichtig gab Ben Gas.

Karla saß noch immer wie erstarrt neben ihm. Erst als die Zaunbeleuchtung im Rückspiegel immer kleiner wurde, wagte sie es, eine Frage an ihren Freund zu richten. »Haben wir es tatsächlich geschafft?«

»Sieht so aus«, antwortete der und zeigte wieder sein jungenhaftes Grinsen. »Aber Bahdi bleibt in der Box, bis wir etwas Abstand gewonnen haben. Ich habe gehört, dass auch hinter dem Zaun noch Streifen unterwegs sind, um mögliche

Grenzverletzer aufzuspüren.« Dann rief er laut: »Bahdi, wir sind durch. Du musst dich aber noch etwas gedulden. Geht es dir gut?«

Ein ersticktes Lachen war zu hören.

Es war noch dunkel, als Ben etwa eine Stunde später die Autobahn an einer Mautstation verließ. Er suchte erneut eine abgelegene Stelle in einem Waldstück und sie befreiten den Senegalesen aus seinem Gefängnis. Der junge Mann war, wie erwartet, nass geschwitzt, aber glücklich.

Gemeinsam schleppten sie die Box ins Unterholz, tarnten sie mit Zweigen und Bahdi zog sich frische Kleidung an. Dann fuhren sie weiter.

Sie verzichteten darauf, ein Hotel aufzusuchen, um sich auszuschlafen. Stattdessen wechselten sich Ben und Karla beim Fahren ab, sodass jeder von ihnen immer wieder ein wenig zur Ruhe kommen konnte. Das Fahrzeug verließen sie nur für Tankstopps oder um einem menschlichen Bedürfnis nachzugehen.

Todmüde erreichten sie spät in der Nacht Hamburg. Die beiden Deutschen waren übereingekommen, dass Bahdi zunächst bei Ben wohnen sollte, bis er bei der Ausländerbehörde einen Asylantrag stellen konnte. Fürs Erste war er in Sicherheit.

Als Ben Karla vor ihrer Wohnung absetzte, drückte sie sich eng an ihn und küsste ihn mit ungezügelter Leidenschaft. »Das werde ich dir nie vergessen«, flüsterte sie in sein Ohr. »Niemals. Ben Sender, du hast etwas gut bei mir.«

»Ich glaube, wir haben unsere Glückskonten für den Rest des Lebens aufgebraucht. Lotto spielen brauchen wir nicht mehr.«

Karla lachte laut auf. »Ich verspreche dir, niemals mehr eine solche Aktion zu wagen.«

»Das will ich hoffen«, antworte Ben. Jetzt allerdings klang seine Stimme ernst.

41

Schon zwei Tage nach der Tat lief der von ihrem Kollegen angekündigte Fahndungsaufruf in den Nachrichten des lokalen Fernsehens. Der Mercedes, der Kevin überfahren hatte, wurde ausführlich beschrieben und im Bild gezeigt. Auch das Nummernschild wurde eingeblendet. Die Polizei suche Personen, die den Wagen gesteuert haben könnten. Hinweise nehme jede Dienststelle entgegen.

Eine Stunde lang überlegte Julia, ob es an ihr sei, Kevins Angehörige von seinem Tod zu informieren. Wer sollte es sonst tun? Sicher, ihre Kollegen würden durch die Einwohnermelderegister und standesamtlichen Verzeichnisse den Cousin im Rheinland ermitteln, aber das würde unter Umständen Wochen dauern. Sie meinte, sich zu erinnern, dass Kevin irgendwann einen Brief erwähnt hatte, den ihm dieser Verwandte geschrieben hatte. Wenn er noch in Kevins Wohnung lag, könnte sie die Adresse den Beamten mitteilen. Dann würden diese die unangenehme Pflicht erfüllen, seinen Verwandten die Nachricht zu überbringen. Erst vor Kurzem hatte Kevin ihr einen Schlüssel zu seiner Wohnung überlassen. Sie konnte also nach dem Schreiben suchen. Und genau das würde sie auch tun.

Als sie vor der Tür in dem Haus in Köpenick stand, zögerte sie. Auf einmal kam es ihr nicht richtig vor, Kevins Wohnung zu betreten. Sie war in der kurzen Zeit, die sie ihn kannte, noch nie allein hier gewesen. Andererseits hatte Kevin ihr den Schlüssel ja nicht gegeben, damit sie ihn in ihrer Handtasche spazieren trug. Kurz entschlossen steckte sie ihn in das Schloss und betrat die Wohnung.

Kaum stand Julia im Flur, überwältigten sie ihre Gefühle. Genau hier hatten sie sich bei ihrem letzten Besuch umarmt und zum Abschied geküsst. Und jetzt war Kevin tot. Überfahren von einem Dieb auf der Flucht.

Sie wischte sich mit dem Handrücken die Tränen aus den Augen. Vermutlich verrieb sie so auch den Lidschatten. Sie würde bestimmt scheußlich aussehen.

Julia schüttelte missbilligend den Kopf. Warum machte sie sich ausgerechnet jetzt über eine solche Kleinigkeit Gedanken? Schließlich hatte sie Wichtigeres zu tun.

Den Brief entdeckte sie schon nach einigen Minuten. Er hing an einer Pinnwand neben Kevins Schreibtisch. Daneben fand sich ein Foto von ihm, befestigt mit einer simplen Nadel. Kurzerhand löste sie das Bild und verstaute es in ihrer Handtasche. Neben ihren Erinnerungen war es das einzige Andenken an ihren verstorbenen Freund.

Auf dem Weg zurück in ihre Wohnung kaufte Julia in einem Supermarkt etwas zu essen, zwei Flaschen Wein und eine Berliner Tageszeitung. Obwohl sie keinen Appetit verspürte, würde sie sich später eine kleine Mahlzeit bereiten.

Auch in der Tageszeitung war das Foto des Mercedes abgebildet. Daneben stand in knappen Worten der Fahndungsaufruf der Polizei.

Ihr Telefon klingelte. Hauptkommissar Schulz rief an.

»Ich wollte Sie nur darüber informieren, dass wir den Fahrer des Unfallwagens ausfindig gemacht haben. Er sitzt bereits in U-Haft und wird morgen dem Haftrichter vorgeführt.«

»Wer ist es?«

»Ein syrischer Flüchtling namens Abdul Hemidi. Er ist erst siebzehn Jahre alt und lebt in einem hiesigen Flüchtlingswohnheim.«

Julia schrieb den Namen auf. »Dann ist er ja fast noch ein Kind.«

»Alt genug, um einen Einbruch zu versuchen und das Keyless-go-System des Mercedes mittels Signalverstärker auszutricksen.«

Auch das notierte sie.

»Wir haben seine Fingerabdrücke am Lenkrad gefunden. Und an dem elektronischen Bauteil, mit dem er den Wagen geknackt hat. Es lag auf dem Beifahrersitz. Ein Abgleich mit den in der Datenbank gespeicherten Prints führte uns zu Hemidi. Mit den Ergebnissen konfrontiert, hat er gestanden, den Einbruchsversuch bei dem Juwelier unternommen zu haben. Aber er bringt den großen Unbekannten ins Spiel, der ihn dazu angestiftet habe. Er habe nicht einbrechen wollen, sondern hätte lediglich den Schlüssel des Unbekannten holen sollen, den dieser angeblich in seinem Geschäft vergessen hatte. Das kennen wir ja. Jeder Zweite will sich mit ähnlichen Behauptungen entlasten. Auch den Wagen habe er nicht gefahren, allerdings gab er zu, darin gesessen zu haben. Na ja, für uns stellt sich der Sachverhalt so da: Hemidi hat erst den Mercedes geknackt, dann wollte er bei dem Juwelier einsteigen. Als der Alarm losging, ist er in Panik geflohen. Dabei hat er Ihren Freund überfahren.« Schulz' Stimme klang sehr zufrieden. »Die Indizien sind erdrückend. Das wird auch der Haftrichter so sehen. Damit ist der Fall abgeschlossen.«

Julia atmete tief durch. »Danke, dass Sie mir Bescheid gegeben haben. Ach ja, ich kenne mittlerweile die Adresse des Cousins, über den wir sprachen.«

»Sie wollen die Verwandten nicht selbst informieren?«

»Nein, sie sind mir doch völlig unbekannt. Und vermutlich wissen sie auch nichts von mir. Es wäre mir schon lieber, wenn die Kollegen im Rheinland das erledigen.«

»Verstehe. Wie heißt der Verwandte?«

Nachdem sie das Gespräch beendet hatte, schaute Julia im Internet nach, um was es sich bei dem von Schulz erwähnten Signalverstärker handelte. Die schlüssellosen Entriegelungssysteme moderner Pkw funktionierten mittels codierter Funkwellen, die der Fahrzeugelektronik mitteilten, dass ein Schlüssel in der Nähe war. Daraufhin entriegelten diese die

Türen des Wagens und der Motor konnte mittels einfachem Knopfdruck gestartet werden. Kriminelle griffen diese Signale ab, verstärkten und speicherten sie. So konnten sie das Fahrzeug auch ohne Schlüssel in ihren Besitz bringen. Bausätze solcher Geräte, las Julia, fänden sich im Internet. Sie kosteten einige Hundert Euro und es bedürfe gewisser Elektronikkenntnisse, um sie zu bauen.

Das war der Punkt, an dem sie stutzig wurde. Woher sollte ein junger Flüchtling so viel Geld und vor allem das Wissen haben, um ein solches Gerät anzufertigen? Irgendwie schien ihr der Fall zu glatt. Konnte das wirklich die ganze Geschichte sein?

Julia griff wieder zum Handy und wählte die Nummer eines Kollegen. »Ich muss dich um einen Gefallen bitten. Kannst du mir etwas über einen siebzehnjährigen Syrer verraten? Er heißt Abdul Hemidi und lebt in einem Berliner Wohnheim.«

»Warum willst du das wissen?«

»Ich kann noch nicht darüber reden. Vielleicht ist es nur ein fixer Gedanke. Tu es einfach, ja?«

»Geht klar. Kann aber ein paar Tage dauern.«

»Kein Problem. Und noch etwas: Kannst du eine Halterfeststellung für mich machen?«

Ihr Kollege seufzte.

»Komm, lass dich nicht so lange bitten.«

»In Gottes Namen.«

Julia nannte das Kennzeichen des Unfallwagens, welches in der Tageszeitung abgedruckt gewesen war.

»Ich habe das mit deinem Freund gehört. Tut mir wirklich leid.«

»Danke.«

»Wenn du irgendetwas brauchst …?«

»Ja. Zwei Adressen und Informationen.«

42

Sie wurde von einem Geräusch geweckt. Schlaftrunken schaute sie nach der Uhr. Es war erst kurz vor sieben. Heute war Sonntag. Sie konnte also länger liegen bleiben. Bevor sie sich wieder in die Decke rollte, schob sie ihren Arm nach rechts. Die andere Hälfte des Bettes war warm, aber leer. Walter lag nicht mehr an ihrer Seite. Sie öffnete die Augen. Die Tür zum Badezimmer stand wie immer offen, der Raum dahinter jedoch war dunkel. Wieder das leise Geräusch. Sie konzentrierte sich. Da sprach doch jemand. Walter? Ein Telefonat um diese Zeit? Sie hatte einen leichten Schlaf und das Handy nicht klingeln gehört. Also musste Walter angerufen haben. Aber wen klingelte man zu für einen Sonntag nachtschlafender Zeit aus dem Bett?

Sabine Mickel schob sich aus den Federn und schlüpfte in ihre Hausschuhe. Sie streifte sich das Pyjamaoberteil über, das noch da lag, wo Walter es hingeworfen hatte. Das Unterteil konnte sie im Halbdunkel nicht finden. Egal.

Seit fast vier Jahren waren sie und Walter Hagenau ein Paar. Allerdings wussten nur ihre besten Freunde von der Beziehung. Wann immer Sabine das Gespräch darauf brachte, lehnte Walter es kategorisch ab, zu ihrer Liaison zu stehen. Sie erwartete ja nicht, dass er sie vom Fleck weg heiratete, aber die ewige Heimlichtuerei ging der Psychologin mittlerweile auf die Nerven: Sie lebten immer noch getrennt.

Wenn sie zu ihm kam, trafen sie sich außerhalb der Innenstadt und fuhren mit seinem Wagen direkt in die Tiefgarage des Hauses. Ihre Urlaube ähnelten konspirativen Treffen von Attentätern. Ein Restaurant betraten sie getrennt und wählten es nicht nach der Qualität der Küche aus, sondern danach, ob es über diskrete Hinterzimmer oder Nischen verfügte. In der *GoFeCo* gingen sie sich aus dem Weg und siezten sich selbstverständlich. Der ganze Zinnober kotzte Sabine an.

Kennengelernt hatte sie Walter kurz nach ihrem Eintritt in die Firma auf einer Führungskräftetagung, als sie einen Vortrag über Mitarbeitermotivation hielt, ein Thema, das sie seit ihre Diplomarbeit interessierte. Nach der Veranstaltung sprach Walter sie an, lobte die Brillanz ihrer Argumentation, schmeichelte ihr, lud sie später auf einen Drink in eine Bar ein. Schon an diesem Abend war sie mit ihm ins Bett gegangen.

Am nächsten Morgen hatte er ihr die Verhaltensweisen eingeschärft, die von nun an ihre Beziehung bestimmen sollten. Das alles sei nur für eine Übergangszeit, behauptete er. Er lebe in Scheidung, die ein einziger Rosenkrieg sei, und wolle seiner Frau keine weitere Munition für die Unterhaltsverhandlungen liefern. Sabine glaubte ihm.

Als die Scheidung Geschichte war, musste die Situation in der Firma als Begründung für die Geheimniskrämerei herhalten. Er als Vorstandsmitglied könne doch nicht mit einer Angestellten schlafen. Und den Arbeitgeber wechseln wolle sie ja nicht. Da müssten sie eben gewisse Abstriche machen. Irgendwann akzeptierte Sabine diesen Zustand. Aber daran gewöhnt hatte sie sich nie.

Die Tür zum Flur war nur angelehnt. Ein Lichtstrahl fiel aus Walters Arbeitszimmer. Sabine wollte sie gerade aufdrücken, als sie ihren Freund sagen hörte: »Heute geht es nicht, mein Liebling. Ich muss den Tag mit ihr verbringen. – Ja, es tut mir auch leid. – Das wird bald anders, das verspreche ich dir. – Sicher werde ich mit Sabine reden. Heute noch. – Ich küsse dich. – Ich liebe dich auch. – Bis Montag. Ich rufe dich an. Tschüss.«

Schnell verschwand Sabine wieder im Schlafzimmer und setzte sich auf das Bett. Ihr Herz raste. Da hörte sie, dass Walter nicht zu ihr zurückkehrte, sondern die Treppe hinunterging.

Sie dachte nicht lange nach, sondern schlich zurück ins

Arbeitszimmer. Tatsächlich, dort lag sein Handy. Schnell schaute sie, welche Nummer zuletzt gewählt worden war. Vielleicht kannte sie seine neue Geliebte ja sogar. Denn dass es sich um eine solche handelte, bezweifelte Sabine keine Sekunde.

Die Zahlenfolge kam ihr bekannt vor. Es dauerte einen Augenblick, bis sie realisierte, mit wem er da eben gesprochen hatte: mit Angelika, ihrer besten Freundin.

Zitternd vor Wut legte Sabine das Handy an seinen Platz und ging zurück ins Schlafzimmer.

Die ganzen Sprüche über eine gemeinsame Zukunft, über Heirat und Kinder, das Gesülze, sie sei seine große Liebe, mit der er alt werden wolle – alles nur blanker Hohn. Dieses verfluchte Schwein! Aber sie würde ihm keine Szene machen. Noch nicht. Mit ihr war Walter Hagenau an die Falsche geraten, das schwor sie sich.

Irgendwann würde sie ihm wehtun. Sie musste nur auf den geeigneten Moment warten.

43

Das Flüchtlingsheim lag in einer heruntergekommenen Gegend im Norden Malchows. Ihr Kollege hatte Julia Nielsen darüber informiert, dass Abdul Hemidi dort mit seinem älteren Bruder Salih seit knapp einem Jahr lebte.

Beide waren legal mit einem Touristenvisum eingereist und hatten in Deutschland Asyl beantragt. Das war jedoch abgelehnt worden. Dagegen hatten sie vor dem Verwaltungsgericht Klage erhoben. Bis zum Abschluss des Verfahrens wurden sie geduldet, konnten also nicht ausgewiesen werden. Unklar blieb, wie die beiden überhaupt die Visa hatten ergattern können. Möglicherweise hatte es sich um Fälschungen gehandelt, die am Zaun nicht entdeckt worden waren.

Julia parkte ihren Wagen vor dem rostigen Metallzaun, der das Gelände umschloss, und ging die wenigen Schritte bis zur Eingangstür, die trotz der niedrigen Temperaturen von einem groben Stein am Zufallen gehindert wurde.

Die dahinterliegende Schwingtür quietschte vernehmlich in den Scharnieren, als Julia sie aufschob. Ein weiterer Flur schloss sich an. Es war seltsam ruhig in dem Gebäude. Kein Kindergeschrei, keine Musik. Nur ein entferntes Rauschen war zu hören.

Direkt gegenüber dem Eingang befand sich eine Art Pforte. Hinter einer Glasscheibe hockte ein übergewichtiger Mann undefinierbaren Alters und starrte sie teilnahmslos an.

»Guten Tag. Wo finde ich die Heimleitung?«, fragte die Polizistin.

»Wer sind Sie?«, kam die gelangweilte Erwiderung.

Sie zückte ihren Dienstausweis. »Hauptkommissarin Nielsen. Also?«

Der Dicke zuckte mit den Schultern. Für einen Moment sah es so aus, als ob er vorhabe, die Besucherin schlicht zu ignorieren. Dann aber besann er sich eines Besseren und zeigte nach links. »Den Flur entlang bis zum Ende. Die Treppe hoch, dann rechts.« Er griff zum Telefon. »Ich melde Sie an.«

Je weiter Julia in das Gebäude hineinging, desto intensiver wurde der Geruch nach Desinfektionsmitteln. Überall bröckelte die Farbe von den Wänden.

Der Heimleiter erwartete sie bereits oben an der Treppe. Er stellte sich als Gernot Poller vor und war etwa fünfzig.

Poller bat Julia in sein Büro, das aussah, als sei es jahrzehntelang nicht renoviert worden.

»Dürfte ich bitte Ihren Ausweis sehen?«, fragte er mit melodischer Stimme.

Julia kam dem Wunsch nach.

»Was kann ich für Sie tun, Frau Kommissarin?«

»Bei Ihnen leben zwei Brüder, Abdul und Salih Hemidi.«

»Ah, deshalb sind Sie hier. Ihre Kollegen waren bereits bei mir. Ich habe Ihnen alles gesagt, was ich über die beiden weiß.«

»Und das wäre?«

»Sie sind vor etwa einem Jahr nach Deutschland gekommen und …«

»Das Offizielle ist mir bekannt. Was sind sie für Menschen?«

»Salih arbeitete in Syrien als Busfahrer, sein Bruder lernte in einer Bäckerei.«

»Wie kommt es, dass Sie die Fakten parat haben?«, wunderte sich Julia.

»Ich sagte doch gerade, dass ich bereits von Ihren Kollegen befragt wurde. Da habe ich mir die Akte der beiden natürlich noch einmal angeschaut.«

»Verstehe. Fahren Sie bitte fort.«

»Die Brüder sind sehr zurückhaltend, höflich, machen keinen Ärger. Soweit mir bekannt ist, meiden sie den Kontakt zu anderen Flüchtlingen. Sie haben ein gemeinsames Zimmer. Unser Heim ist kaum belegt. Der Zaun erfüllt seinen Zweck, nicht wahr? War ja auch teuer genug. Deshalb können wir bei der Raumvergabe großzügig sein.« Es gluckerte laut im Heizkörper. »Die Rohre sind verkalkt und die Anlage zieht Luft. Daher kommen die Geräusche.«

»Von irgendwelchen kriminellen Aktivitäten Abduls ist Ihnen nichts bekannt?«

»Nein. Deshalb waren wir ja auch so überrascht, als wir hörten, dass er einen Einbruch begangen und einen Menschen überfahren haben soll. Das passt nicht zu ihm.«

»Den versuchten Einbruch hat er zugegeben.«

»Das habe ich gehört und finde es trotzdem …«, er suchte nach Worten, »… sagen wir, seltsam. Irgendwie glaube ich nicht an seine Schuld, trotz des Geständnisses.«

»Könnte ich mit Salih Hemidi sprechen?«

»Er kann kaum Deutsch. Verstehen Sie Englisch?«

»Ja.«

»Dann wird es ohne Dolmetscher gehen.« Poller griff zum Telefonhörer. »Ich lasse nachschauen, ob er sich in seinem Zimmer aufhält. Ist das Gespräch vertraulich?«

»Selbstverständlich. Warum fragen Sie?«

»Weil Sie dann mein Büro benutzen können. Ich lasse Sie allein. Ich wollte ohnehin im Haus nach dem Rechten sehen.«

Einige Minuten später saß ihr der Syrer gegenüber. Der Zwanzigjährige kämpfte sichtbar mit seiner Nervosität, knetete unablässig die Finger und schaute öfter Hilfe suchend hinter sich. Aber da war nur die geschlossene Tür.

»Herr Hemidi«, begann Julia das Verhör, »verfügt Ihr Bruder über größere Geldbeträge?«

Der junge Mann sah sie an, als ob sie von einem anderen Stern stammte. »Abdul und Geld? Nein.«

»Das wissen Sie genau?«

»Wir teilen uns ein Zimmer, zwei Betten, zwei Stühle, einen klapprigen Tisch und einen Schrank. Da gibt es nicht viele Verstecke.«

»Er muss das Geld ja nicht im Zimmer aufbewahrt haben.«

»Von wenigen Ausnahmen abgesehen, unternehmen wir alles gemeinsam. Abdul ist mein Bruder. Er würde mich nie belügen oder mir etwas verheimlichen.«

»Wie können Sie das wissen?«

»Weil er meinem Vater auf dem Totenbett geschworen hat, mich als das Familienoberhaupt anzuerkennen. Dieser Schwur bindet ihn ein Leben lang. Er wird ihn nicht brechen.«

Julia war sich da zwar nicht so sicher, schwieg aber. Stattdessen fragte sie: »Verfügt Ihr Bruder über Elektronikkenntnisse?«

Hemidi lachte auf. »Abdul? Er war Bäckerlehrling, verstand sich auf Teig und Backöfen. Computer sind ihm ein Graus. Abdul konnte noch nicht einmal die Software seines Handys ohne meine Hilfe aktualisieren.«

»Sie halten es also für ausgeschlossen, dass er elektronische Bauteile zusammenlöten kann?«

Der Syrer nickte energisch. »Völlig ausgeschlossen«, bekräftigte er.

»Ihr Asylantrag wurde abgelehnt, Sie sind nur geduldet. Mit seiner Tat hat Ihr Bruder Ihre Chancen nicht gerade verbessert. Was denken Sie darüber?«

»Ich kann es mir nicht erklären.« Hemidis Augen wurden feucht. »Wir sprachen täglich über unser Verfahren. Uns war klar, dass es nicht besonders gut aussieht. Aber seit einiger Zeit sprühte Abdul geradezu vor Optimismus. Es werde sich alles finden, hat er mir immer wieder versichert. Unser Verfahren werde positiv enden.«

»Wie kam er darauf?«

Hemidi zuckte mit den Schultern. »Vielleicht wollte er mir Hoffnung machen, Mut zusprechen. Ich weiß es nicht.«

»Sie sagten eben, Sie hätten alles gemeinsam unternommen. Immer?«

»Natürlich nicht. Manchmal gingen wir auch eigene Wege.«

»Kam das in letzter Zeit vor?«

»Sicher. Warum fragen Sie?«

Julia winkte ab. »Routine. Hat Ihr Bruder Freunde hier im Heim?«

Der Syrer zögerte ein wenig mit der Antwort. »Nein.«

Julia musterte ihn prüfend. »Wollten Sie noch etwas sagen?«

»Im Heim nicht. Aber es gab da ein Mädchen. Sie war einige Jahre älter als Abdul. Ich habe ihm des Öfteren gesagt, er solle die Finger von ihr lassen. Es sei nicht gut für uns, wenn er in seinem Alter eine intime Beziehung habe.«

»War es das?«

»Ja. Zumindest hat er das behauptet. Aber es gab immer wieder Situationen, in denen ich den Eindruck hatte, dass er lediglich damit prahlte. Sie wissen ja, wie junge Männer in diesem Alter so sind.«

Julia amüsierte sich im Stillen darüber, dass der nur drei

Jahre Ältere sich selbst offenbar nicht mehr dazu zählte. »Kennen Sie diese Frau?«

»Nein.«

»Wissen Sie, wie sie heißt?«

»Er sprach von ihr als Gamila. Das heißt ›die Schöne‹.«

»Also hat Abdul keinen Namen genannt?«

»Nein.«

»Ist sie Deutsche?«

Die Antwort war wieder nur ein ratloses Heben der Schultern.

»Wo hat er sie denn kennengelernt?«

»In der Stadt.«

»Wo genau?«

»Sie arbeitet in einer Pizzeria am Potsdamer Platz.«

»Wissen Sie, wie das Lokal heißt?«

»Nein.«

Julia kam ein Gedanke. »Haben Sie das auch meinen Kollegen erzählt?«

»Nein, sie haben nicht danach gefragt.«

Warum auch? Sie hatten ja ihren Täter gefunden.

»Haben Sie ein Bild Ihres Bruders?«

»Ja. Wir haben erst kürzlich welche in einem Automaten machen lassen. Wir wollten sie unserer Mutter in Damaskus schicken. Aber Nachbarn haben uns am Telefon erzählt, dass ihr Haus zerbombt wurde. Sie sei in einem Lager untergekommen, hieß es. Aber wir wissen nicht, wo.« Wieder wurden Hemidis Augen feucht. »Soll ich Ihnen das Bild holen?«

»Das wäre nett.«

44

Karla und Ben saßen im Büro ihres Ressortleiters und berichteten von den Recherchen. Sie verschwiegen auch nicht, einem Flüchtling durch den Zaun geholfen und sich damit strafbar gemacht zu haben.

Ihr Chef schien davon wenig beeindruckt. Er griff zu dem Artikelentwurf, den Karla ihm in die Hand gedrückt hatte, und begann zu lesen.

Wenig später legte Marcel Baumann den Text beiseite.

»Er ist noch nicht ganz fertig«, bemerkte die Journalistin, um einer Kritik ihres Ressortleiters zuvorzukommen.

»Bevor ich auf den Artikel eingehe, möchte ich wissen, welcher Teufel dich geritten hat, einem jungen Senegalesen die Flucht durch den Zaun zu ermöglichen. Deine Herkunft? Journalistisches Interesse? Oder schlicht ein Helfersyndrom?«

»›Helfersyndrom‹? Marcel, das klingt so abwertend.«

»Mag sein. Also, was waren deine Motive?«

Karla erzählte ihm von Mbaye und ihren Schuldgefühlen.

»Verstehe.«

»Warum ist das überhaupt wichtig?«, fragte sie Baumann.

»Weil ich wissen muss, ob du dich bei deiner Geschichte an die Fakten gehalten hast oder ob persönliches Engagement deinen Blick getrübt hat.«

»Du findest in dem Artikel kein einziges Wort über Mbaye. Obwohl ich mir sicher bin, dass Mané für seinen Tod verantwortlich ist.«

»Woher willst du das wissen?«

»Es liegt doch auf der Hand.«

»Das tut es keineswegs. Du weißt ja noch nicht einmal, ob der Tote in der Wüste wirklich dein Jugendfreund war.«

»Bahdi hat es bestätigt.«

»Das Urteil eines Flüchtlings, der selbst in Lebensgefahr schwebt und nur ein einziges Foto gesehen hat. Karla, du verrennst dich, was Mbaye angeht.«

»Willst du damit sagen, dass ich die Regeln unseres Jobs nicht beachtet habe?«, zischte Karla.

»Nein. Ich habe nur Fragen gestellt.«

»In dem Artikel stimmt jeder Satz. Jedes Detail habe ich gegengecheckt. Er genügt der journalistischen Sorgfaltspflicht in jedem Punkt.«

»Okay«, lenkte Baumann ein. »Dann zu einer anderen Frage: Dieser Bahdi ist dein einziger Informant, was den Tod seines Freundes Djibi angeht?«

»Ja.«

»Ich frage noch einmal: Ist er wirklich glaubwürdig? Oder hat er dich lediglich benutzt?«

»Marcel ...« Karla hielt ihre Emotionen nur mühsam unter Kontrolle.

»Ich muss das fragen, und das weißt du auch. Wir können uns bei einem so heiklen Thema nicht angreifbar machen.«

Ben schaltete sich ein. »Du kennst Bahdi nicht. Ich bin mir sicher, dass jedes seiner Worte stimmt.«

Karla warf ihrem Freund einen dankbaren Blick zu. »Du kannst ja selbst mit ihm reden, um dir einen Eindruck zu verschaffen.«

»Das würde ich gerne tun. Wo ist er?«

»Bei mir zu Hause.« Ben beugte sich vor. »Er hat gestern im senegalesischen Konsulat provisorische Ausweispapiere angefordert. Die erhält er noch in dieser Woche. Dann wird er bei den deutschen Behörden Asyl beantragen. Bis darüber entschieden ist, wird er vermutlich geduldet. Es sei denn, sie eröffnen ein Verfahren wegen illegaler Einreise.«

»Einen Ausweis?«, wunderte sich Baumann. »Er will angeben, aus dem Senegal zu stammen?«

»Ja«, erwiderte Karla.

»Das dürfte seine Chancen auf Asyl nicht gerade verbessern.«

»Richtig. Aber in Tripolis hat ihm ein Schlepper erzählt, dass es nicht reicht, nur zu sagen, woher man stammt. Die Entscheider setzen natürlich Dolmetscher ein und fragen beispielsweise nach dem letzten Fußballmeister des Landes, aus dem der Flüchtling stammen will, nach Sehenswürdigkeiten, typischen Speisen, Nationalhelden. Und das alles in der jeweiligen Landessprache. Wer die nicht spricht oder falsche Antworten gibt, landet sofort in einem Transitzentrum. Bahdi ist geflohen, weil sein Dorf ohne ihn nicht überleben kann. Das will er den Behörden erklären.«

Baumann machte ein skeptisches Gesicht.

»Was wollen wir denn eigentlich?«, empörte Karla sich. »Da kommen Menschen zu uns, die zu Hause verhungern oder verdursten. Das reicht uns aber nicht. Nein, ein solcher Tod zählt nicht. Sie müssen schon durch Bomben oder Gewehre sterben, versklavt, vergewaltigt oder gesteinigt werden, bevor wir ihnen gnädigerweise Asyl gewähren. Und wenn sie lügen, um nicht zurückgeschickt zu werden, beschweren wir uns, dass sie nicht die Wahrheit sagen. Was für ein verkommenes System.«

Baumann hob abwehrend die Hände. »Schon gut. Ich wollte bei Gott nicht unser Asylverfahren verteidigen. Noch eine Frage zu Bahdi: Wird er gehen oder untertauchen, wenn ihm die Ausweisung droht?«

»Ich weiß es nicht. Aber wenn er nicht zurück will, werde ich ihm helfen.«

»Ich auch«, bekräftigte Ben.

»Die heiligen Samariter«, spottete Baumann und setzte, noch bevor Karla sich aufregen konnte, hinzu: »Das war ein Witz.«

»Aber ein schlechter«, knurrte Ben.

Der Ressortleiter nahm Karlas Text wieder zur Hand. »Jetzt zum Artikel. Er ist gut geschrieben, genau die richtige Mischung aus Fakten und Gefühl. Du deutest darin an, es gebe eine Interessensidentität zwischen Rüstungsfirmen und Schleppern.«

»Ja. Die Firmen verdienen an der Aufrüstung des Zauns und der Militarisierung des Mittelmeeres mit immer neuen Kriegsschiffen, Überwachungseinrichtungen, Satelliten und was weiß ich noch. Je schwieriger der Weg nach Zentraleuropa wird, desto notwendiger werden in den Augen der Flüchtlinge die Schlepper. Die versprechen den armen Menschen nämlich, sie trotzdem ins gelobte Land zu bringen.«

»Nur gehst du noch einen Schritt weiter. Zwischen den Zeilen steht, dass auch die Entscheidungsträger Zentraleuropas involviert sind. Glaubst du, die Schlepper schmieren unsere Politiker?«

»Ja. Sie und die Rüstungsfirmen.«

»Das können wir nicht drucken, ohne entsprechende Beweise anzuführen. Hast du welche?«

»Noch nicht.«

»Wie willst du die beschaffen?«

»Ich hoffe über Awa Mané.«

»Das ist die Frau des Schlepperkönigs, die hier in Hamburg lebt?«

»Ja, ganz offiziell gemeldet. Sie steht sogar im Telefonbuch.«

»Wo wohnt sie?«

»Blankenese«

»Nicht schlecht. Nobel geht die Welt zugrunde.«

»Sie lebt nicht in einer der Villen direkt an der Elbe, sondern ein Stück entfernt in einem Mehrfamilienhaus.«

»Trotzdem. Ihr wart schon da?«

»Sicher. Wir haben uns das Haus von außen angesehen.«

»Und ihr hofft, sie wird euch bereitwillig die Auskünfte erteilen, die ihr braucht?« Baumann schien nicht überzeugt.

»Natürlich nicht.« Karla rutschte unsicher auf ihrem Stuhl herum.

»Wie wollt ihr vorgehen?«

»Das Übliche. Archivrecherche, Beobachtung, Auskünfte einholen.«

»Mit anderen Worten: Ihr habt keine Ahnung.« Baumann grinste.

»Ja, verdammt noch mal. Ich weiß es wirklich nicht. Aber mir wird schon etwas einfallen.«

»Wann, sagtest du, soll der Artikel erscheinen? In zwei Jahren?«

Karla stand auf und baute sich vor dem Ressortleiter auf. »Gib mir eine Woche. Wenn ich bis dahin keine Belege für eine Zusammenarbeit gefunden habe, streiche ich die Passagen.«

»Okay«, erwiderte Baumann. »Du hast deine Woche.«

45

Seit einem Tag war Julia Nielsen wieder im Dienst. Aber richtig konzentrieren konnte sie sich nicht auf ihre Aufgaben. Immer wieder schweiften ihre Gedanken ab: zu Kevin, zu Hemidi, zu Hagenau und Grinter.

Natürlich hatte sie sich gefragt, ob sie ihren Vorgesetzten darüber unterrichten sollte, dass sie den Verdacht hegte, ihr Freund könne bei einem Mordanschlag ums Leben gekommen sein. Einem Anschlag, in den möglicherweise einer der mächtigsten Staatssekretäre der Bundesregierung und das Vorstandsmitglied eines der wichtigsten europäischen Unternehmen verwickelt sein könnten. Sie brauchte nicht viel Fantasie, um sich das Gesicht ihres Chefs vorzustellen. Fassungslosigkeit erschien ihr als die freundlichste der denkbaren Beschreibungen. Kein Wort würde er ihr glauben. Und sie selbst war sich ja auch nicht sicher, ob sie nicht irgendwelchen Hirngespinsten hinterherlief.

Zum wiederholten Mal nahm Julia den Zettel zur Hand, den ihr der Kollege nach ihrer Rückkehr aus dem Urlaub ausgehändigt hatte. Da stand neben der Anschrift der Flüchtlingsunterkunft, in der Abdul Hemidi und sein Bruder wohnten, auch der Name des Mercedes-Halters.

Okay, sie hatte Hemidi in ihrer Freizeit befragt. Das entsprach zwar nicht den Dienstvorschriften, aber sie hatte keine polizeilichen Ressourcen in Anspruch genommen. Das war bei dem, was sie jetzt vorhatte, anders. Mit ihrem nächsten

Schritt verstieß sie gleich gegen mehrere Dienstvorschriften und Gesetze. Flog sie auf, folgte ein Disziplinarverfahren, an dessen Ende ihre Entlassung aus dem Polizeidienst stehen konnte. War es das wert?

Julia gab sich einen Ruck. Ihr Vorgesetzter war heute nicht in seinem Büro. Für dringende Fälle hatte er ihr und zwei weiteren besonders vertrauenswürdigen Mitarbeitern den Zahlencode gegeben, mit dem sein Giftschrank verschlossen war. So nannten die Beamten das Möbelstück deshalb, weil darin alles verstaut war, was mindestens der Sicherheitsstufe eins unterlag und normalerweise nicht für sie zugänglich war.

Julia wusste, dass sie mit ihrem Handeln nicht nur das Vertrauen ihres Chefs missbrauchte, sondern er auch in enorme Schwierigkeiten kommen könnte, wenn sie erwischt wurde. Denn die Weitergabe vertraulicher Dokumente an nicht autorisierte Beamte stellte ebenfalls ein Dienstvergehen dar.

Sie schüttelte sich innerlich, ging in das Büro, öffnete den Giftschrank, holte den Ordner mit der Aufschrift *VS – Nur für den Dienstgebrauch* heraus und notierte die Zugangsdaten des Informationssystems des Bundeskriminalamtes, in das nur Kriminalräte und höhere Dienstgrade Einblick hatten. Dann legte sie den Ordner zurück und verriegelte den Schrank.

Ihr Herz schlug bis zum Hals, als sie sich einloggte. Natürlich wurde jeder Zugriff registriert. Aber Julia hoffte, dass sich ihr Vorgesetzter nicht für die Protokolldaten interessierte. Und da sie an einem Polizeicomputer arbeitete, griffen auch die internen Alarmmechanismen nicht, von denen sie gehört hatte.

Sie tippte den Namen des Wagenhalters in die Suchmaske ein. Für einen langen Moment tat sich nichts. Nur ein blinkendes Symbol zeigte, dass der Zentralcomputer überhaupt arbeitete.

Dann hörte sie einen einzelnen Glockenton und der Bildschirm füllte sich mit Daten.

Harald Schwarzer war schon mehrmals Gegenstand von Ermittlungen des BKA gewesen, aber in allen Fällen waren die Ergebnisse zu dürftig, um Anklage zu erheben. Es ging um Geheimnisverrat, Kontakte zur organisierten Kriminalität und Geldschiebereien im großen Stil. Außerdem bestand der Verdacht, dass sich Schwarzer einige Jahre im Ausland aufgehalten hatte – als Söldner vermutlich.

Der vierzigjährige Schwarzer war früher Zollermittler gewesen, hatte sich schmieren lassen und deshalb seinen Job verloren. Julia traute ihren Augen nicht. Nach seinem Rausschmiss hatte er eine Stelle bei *Sitec* angenommen, die Firma jedoch vor etwas über einem Jahr verlassen. Über die Gründe seines Ausscheidens lagen keine Informationen vor. Schwarzer arbeitete seitdem als freiberuflicher Sicherheitsberater.

Auf dem Foto, das zu der Akte gehörte, sah sie einen freundlich dreinschauenden Herrn mit Dreitagebart und Halbglatze. Kurz entschlossen gab sie den Befehl zum Ausdrucken des Bildes. Dann loggte sie sich mit zitternden Händen aus.

Julia lehnte sich in ihrem Stuhl zurück und verschränkte die Hände hinter dem Kopf. Ein *Sitec*-Mitarbeiter übergab Kevin einen Umschlag für Grinter und nachdem ihr Freund Erkundigungen über den Kerl eingeholt hatte, wurde er von einem Wagen überfahren, der einem anderen ehemaligen *Sitec*-Mitarbeiter gehörte? Konnte das Zufall sein? Nie im Leben!

46

Wie befürchtet, hatte Awa Mané ein Interview kategorisch verweigert. Also parkte Ben seinen SUV in Sichtweite ihres

Hauses, in der Hoffnung, Moussa Mané würde seine Frau besuchen und sie könnten ihn zu einem Gespräch überreden.

Die beiden Journalisten wechselten sich bei der Beobachtung des Hauseingangs ab. Trotzdem war die Warterei todlangweilig. Karla vertrieb sich die Zeit mit Hörbüchern, Ben mit dem Abspielen seiner auf dem Smartphone gesammelten Musikstücke.

Nach zweitägiger Erfolglosigkeit hatte er die Nase voll vom Nichtstun, griff zu seiner Kamera und fotografierte in seiner Schicht vom Rücksitz des Wagens aus alle Personen, die das Haus betraten oder verließen. Die Wagenscheiben im Fonds waren getönt, was die Qualität der Aufnahmen negativ beeinflusste. Aber dafür konnten Passanten nicht so einfach in das Innere des SUV schauen. Neugierige mussten sich schon die Nase an den Fenstern platt drücken, um im Fahrzeug etwas erkennen zu können.

Karla klopfte. Ben beugte sich zwischen den Sitzen vor und entriegelte die Tür, damit sie einsteigen konnte. Die Journalistin setzte sich auf den Beifahrersitz und drehte sich um.

»Jetzt hocken wir schon seit drei Tagen hier und nichts ist passiert. Wenn wir davon absehen, dass du Dutzende Leute fotografiert hast, von denen wir nicht wissen, wer sie sind. Ich befürchte, es handelt sich einfach um die anderen Bewohner, Besucher und Lieferanten. Weder hat Awa Mané das Haus verlassen, noch ist ihr Mann aufgetaucht. Wir können hier noch Wochen verbringen, ohne einen Schritt weiterzukommen. Was meinst du: Sollen wir aufgeben?«

Ben lächelte. »Daran habe ich auch schon gedacht. Nur wollte ich dir diesen Vorschlag nicht machen.«

»Ich streiche die Passagen über die Zusammenarbeit von Schleppern und Rüstungsindustrie. Dann veröffentlicht Baumann den Artikel auch so.« Sie klang nicht besonders glücklich. »Durch bloßes Herumsitzen komme ich jedenfalls nicht an die fehlenden Beweise.«

»Da magst du recht haben.«

»Also brechen wir die Aktion ab?«

Ben nickte.

»Gut.«

Der Fotograf stieg aus.

Karla folgte ihm, ihren Autoschlüssel in der Hand. Um nicht aufzufallen, hatte sie ihren Wagen zwei Straßen weiter geparkt. »Treffen wir uns bei mir? Der Wein steht kalt und ich habe noch Hühnersuppe«, schlug sie vor.

»Das ist eine gute Idee«, erwiderte Ben und schlug den Kragen seiner Jacke hoch. »Es ist verdammt kalt geworden.«

Seit Tagen stieg die Temperatur nicht mehr wesentlich über null und ein böiger Nordwind brachte polare Kälte mit vereinzeltem Schneefall. Von Frühling war weit und breit keine Spur.

Karla sah an Ben vorbei. »Da kommen zwei Rocker. Ich meine, die gestern auch schon gesehen zu haben. Die steuern genau auf uns zu.«

Der Journalist drehte sich um. Tatsächlich ließen die beiden Gestalten mit den martialischen Kutten sie nicht aus den Augen und kamen schnell näher.

Plötzlich zog einer der Kerle eine stählerne Teleskopstange aus der Tasche und fuhr sie aus. Gleichzeitig begannen die Angreifer zu laufen.

»Ins Auto, schnell«, befahl Ben, öffnete wieder die Beifahrertür und schob seine Freundin in den Wagen. Er selbst blieb draußen stehen. Um zur Fahrerseite zu kommen, hätte er den Wagen umrunden müssen. Aber dafür blieb keine Zeit mehr. Und hinter Karla auf den Rücksitz zu springen, erschien ihm nicht sinnvoll, konnte er von dort den Wagen doch nicht verriegeln. Denn wie immer lag sein Autoschlüssel in der Ablage der Fahrertür. Bis er oder Karla ihn dort herausgefingert hätten, wären die beiden Rocker längst am Wagen.

»Das ist unser Kiez«, blaffte der Größere von beiden mit heiserer Stimme. »Du hast hier nichts verloren.«

Ben nickte. »Ich wollte ohnehin gerade fahren.«

»Seit Tagen hocken du und die Schickse in deiner Karre, beobachten, fotografieren, ihr seid aber nicht von den Bullen. Was dann? Privatdetektive?«

»Reporter.«

»Ha! Von der Lügenpresse also.« Der Rocker warf seinem Kumpanen einen triumphierenden Blick zu. »Habe ich doch gleich gesagt, oder?«

Der Kleiner, der immer noch fast so groß wie Ben war, schwieg, nickte aber und schlug weiter rhythmisch die Teleskopstange auf die Handfläche.

»Und warum beobachtest du das Haus gegenüber, Reporter?«

»Was ich hier tue, geht Sie nichts an.«

»Da sind wir aber ganz anderer Meinung, was, Paule?«

Der Kleinere grinste breit.

»Ich glaube, du musst lernen, warum du hier nichts zu beobachten hast.«

Unvermittelt holte Paule mit der Stange aus und schlug zu.

Karla, die die Szene aus dem Auto beobachtete, schrie auf, griff aber geistesgegenwärtig zu einer von Bens Kameras und fotografierte.

Dann ging alles sehr schnell.

Ben, der den Angreifer nicht aus den Augen gelassen hatte, riss schützend den linken Arm hoch. Gleichzeitig stieß er mit der rechten Hand den Kleineren zur Seite, sodass die Stange ihn nur streifte. Dann trat er seinem Kontrahenten mit aller Kraft ins Gemächt. Paule sackte stöhnend zusammen.

Wutschnaubend sprang der andere Kerl auf Ben zu. Der Reporter machte eine Drehung nach links, einen kurzen Ausfallschritt nach hinten, griff den Arm des Heranstürmenden, zog ihn in seine Richtung und schob dabei das rechte Bein vor die Füße des Rockers. Durch die unerwartete Beschleunigung nach vorn gerissen, geriet der ins Stolpern, stürzte und fiel. Noch ehe er sich wieder aufrappeln konnte, zog Ben seinen Oberkörper hoch und knallte ihm die Faust ins Gesicht. Etwas knirschte.

Der Reporter fuhr zu Paule herum. Der hatte sich mittlerweile aufgerappelt, seinen Schlagstock aber fallen gelassen. Ben wich zur Seite, um einem schlecht platzierten Faustschlag zu entgehen, und hieb aus der Bewegung heraus dem Rocker den Ellenbogen vor den Brustkorb. Sein Gegenüber japste nach Luft und eine schnelle Kaskade von Faustschlägen setzte auch ihn außer Gefecht. Paule fiel erst auf die Knie, dann nach vorn und blieb regungslos liegen.

Ben wandte sich dem Größeren zu. »Es gibt hier in Blankenese keinen Kiez, der diesen Namen verdient.« Er zog den Typen hoch und schaute ihm direkt ins blutige Gesicht. »Also, warum habt ihr mich angegriffen?«

Der Rocker schwieg.

»Gut, wie du willst.« Ben schlug seinem Gegner mit aller Kraft in den Bauch. Der stöhnte vor Schmerzen auf. »Ich habe dich etwas gefragt.«

»Vorgestern hat uns jemand in Sankt Pauli angesprochen, uns deinen Wagen beschrieben, das Kennzeichen genannt und die Adresse hier gegeben. Wir sollten dir einen Denkzettel verpassen, hat er gesagt und uns einen Hunni gegeben.«

Ben sah, dass Karla mit zitternden Fingern auf ihrem Handy tippte. Vermutlich wollte sie die Polizei rufen. Er schüttelte den Kopf, sie verstand und steckte das Gerät wieder ein.

»Kennst du den Auftraggeber?«

»Nein.«

»Kannst du ihn beschreiben?«

»Deine Größe, gepflegte Kleidung, dunkelhaarig, keiner vom Kiez. Mehr weiß ich nicht, ehrlich.«

Der Journalist ließ den Rocker los, der daraufhin in sich zusammensackte. »Verschwinde«, herrschte er ihn an. »Und sammle deinen Kumpel auf und nimm ihn mit.«

Der Schläger gehorchte.

Ben zog die Fahrertür auf, stieg ein und ließ sich auf den Sitz fallen. Dann wischte er sich den Schweiß von der Stirn.

»Beachtlich«, bemerkte Karla erleichtert. »Lernt so etwas jeder Kampfsportler?«

»Wenn er nur fleißig genug trainiert«, antwortete Ben. Er grinste schräg. »Eigentlich komisch. Da schickt mich Baumann mit dir durch halb Afrika, nichts passiert und ausgerechnet in unserer Heimatstadt werden wir überfallen. Jemand wollte uns eine nicht sehr subtile Warnung erteilen.«

47

Sie ekelte sich vor ihm. Sein überhebliches Grinsen machte sie wahnsinnig. Und sein gönnerhaftes Gehabe trieb sie auf die Palme. Warum war ihr das nicht schon früher aufgefallen?

Trotzdem gab Sabine Mickel Walter Hagenau nicht den Laufpass, obwohl sie genau wusste, dass er sie mit ihrer besten Freundin betrog. Manchmal roch sie sogar Angelikas Parfüm an ihm. Und ihre Freundin ging ihr auffallend aus dem Weg.

Aber sie blieb. Denn sie wartete auf eine Gelegenheit, ihm alles heimzuzahlen, was er ihr angetan hatte.

Walter kam fast eine Stunde zu spät zu ihrem Treffen in einem unscheinbaren Restaurant im Norden Hamburgs in der Nähe des Bramfelder Sees. Sabine machte sich keine Illusionen. Sie ahnte, wo er gewesen war.

Wütend knallte Hagenau die neuste Ausgabe des *Herolds* auf den Tisch. »Alles Schmierfinken«, schimpfte er. »Journaille!«

Sabine warf einen schnellen Blick auf das Titelblatt. Ein Stück des Zauns war darauf abgebildet. Darunter stand in großen Lettern: *Die Spur des Geldes. Wie internationale Schlepper am Flüchtlingselend verdienen.*

»Was regst du dich so auf?«, fragte sie ihn.

Er schlug mit der flachen Hand auf die Zeitschrift. »In dem Artikel wird behauptet, dass die Schlepper Millionen damit verdienen, Flüchtlinge über das Mittelmeer nach Italien zu bringen.«

»Stimmt das etwa nicht?«

»Natürlich stimmt das. Aber im Grunde erbringen sie eine Dienstleistung, für die Bedarf besteht, sonst würde ja niemand ihre Dienste in Anspruch nehmen.«

»Ist das nicht etwas zynisch?«

Überrascht sah Walter auf. Widerspruch seiner Freundin war er nicht gewohnt. »Mag sein. Aber die Schreiberlinge erwecken außerdem den Eindruck, Schmuggler und Rüstungsindustrie würden eng kooperieren.«

Solche Gerüchte waren auch in der *GoFeCo* im Umlauf. Sabine hatte sie schon häufiger gehört.

Hagenau stand auf. »Entschuldige mich bitte einen Moment. Wenn der Kellner kommt, bestelle mir ein Bier, ja?« Er ging Richtung Toilette.

Sabine nahm den *Herold* zur Hand und blätterte zum Artikel. Sie überflog einzelne Passagen. An einem Foto blieb ihr Blick hängen. Ein Mann mit leichtem Bauchansatz stand in Jeans und einem weißen Hemd vor einem altersschwachen Mercedes. Der Bildzeile entnahm sie, dass es sich um Moussa Mané alias Koffi Katkoré handelte, den ungekrönten König der Schlepper, einen der Hauptprofiteure des Flüchtlingsgeschäfts.

Kein Zweifel, sie kannte den Mann. Allerdings unter dem Namen John McAlister. Als internationalen Geschäftsmann aus Großbritannien hatte Walter ihn ihr vorgestellt.

Sie erinnerte sich genau. Es war vor einigen Monaten gewesen. Ihr Freund hatte sich in seinem Lieblingshotel in der Märkischen Schweiz mit einigen Geschäftsleuten zu einer Besprechung getroffen. Sabine sollte später ins Hotel kommen und dort gemeinsam mit ihm die Nacht verbringen. Staatssekretär Grinter gehörte zu den Teilnehmern, weitere

Industrielle, deren Namen sie vergessen hatte, und eben dieser McAlister. Die Besprechung hatte länger gedauert als geplant und war erst kurz vor Sabines Eintreffen beendet gewesen. So stieß sie in der Rezeption auf Walter. Ohne zu wissen, dass die anderen Anwesenden seine Geschäftspartner waren, fiel sie ihrem Freund um den Hals. Natürlich wurden die Herren auf sie aufmerksam und Walter musste seine Freundin notgedrungen vorstellen. John McAlister war Sabine deshalb in Erinnerung geblieben, weil er sie als Einziger formvollendet mit einem Handkuss begrüßte. Gehaucht, nicht gepresst.

Aus den Augenwinkeln sah sie Walter zurückkommen. Schnell legte sie den *Herold* auf den Tisch und machte ein gelangweiltes Gesicht.

Der Kellner kam und sie bestellten. Ihr Gespräch während des Essens drehte sich um Belanglosigkeiten. Sabine spürte, dass Walter mit seinen Gedanken ganz woanders war.

Sie verspeisten das Dessert, als sein Telefon klingelte. Unwirsch nahm er das Gespräch an.

»Ja? – Ich grüße Sie auch, Herr Pernoud. – Wann, sagten Sie? Am siebzehnten März? Einen Moment.«

Walter griff zu seinem Taschenkalender. Obwohl ausgesprochen technikaffin, leistete er sich immer noch den Luxus, seinen Kalender per Hand selbst zu führen. Es gehe schneller so, begründete er diesen Anachronismus, für den er immer wieder belächelt wurde.

»Das passt bei mir. Und wo? – Hotel *Morgennebel*. Gut. Neunzehn Uhr, wie immer? – Ja, ich kümmere mich um die Reservierung. Wie viele Zimmer? – Ah, also sind wir zu sechst. – Grinter, McAlister, jemand aus Ihrem Haus, Sie und ich. Wer kommt noch von *Sitec*? – Kenne ich nur vom Namen – Ja, ich reserviere das Kaminzimmer. – Ich freue mich. – Auf Wiederhören.«

Walter trug den Termin in seinen Kalender ein.

Dann meinte er: »Du hast es ja gerade gehört, mir ist am

siebzehnten etwas dazwischengekommen. Wir müssen unser nächstes Treffen verschieben. Ich hoffe, du bist mir nicht böse.«

Er klingt nicht sehr überzeugend, dachte Sabine. Aber das war ihr egal. Trotzdem antwortete sie: »Wirklich schade. Vielleicht holen wir es am darauf folgenden Wochenende nach?«

»Mal sehen. Wo wir schon bei den unangenehmen Nachrichten sind: Du kannst heute nicht mit zu mir kommen. Ich muss noch arbeiten und habe keine Zeit für dich. Du würdest dich nur langweilen.«

Diese Art von Arbeit konnte sich Sabine lebhaft vorstellen. Im Schlafzimmer. Gemeinsam mit Angelika.

»Das verstehe ich natürlich«, heuchelte sie. »Bedauerlich ist es trotzdem.« Sie hoffte, dass ihr Schmollmund überzeugend wirkte.

»Ich glaube, ich zahle dann besser.«

Walter ließ die Rechnung kommen. Vor dem Restaurant verabschiedete er sich mit einem flüchtigen Kuss. Das war Sabine nur recht.

Auf dem Heimweg kaufte sie sich den *Herold* und machte es sich zu Hause mit einem Glas Weißwein im Sessel gemütlich, las, dachte nach. Schließlich hatte Sabine eine Entscheidung getroffen. Die Verfasserin des Artikels wurde namentlich genannt: Karla Touré.

Sabine stand auf, holte ihren Laptop und startete das Textverarbeitungsprogramm. Sie schrieb der Journalistin einige Zeilen, verzichtete aber auf eine Unterschrift. Auch auf dem an den *Herold* adressierten Umschlag notierte sie keinen Absender.

Sabine las ihre kurze Nachricht erneut. Dabei fiel ihr auf, dass sie keinerlei Beweise für ihre Behauptung angeführt hatte. Warum sollte die Journalistin ihr glauben? Nach kurzem Nachdenken kam ihr eine Idee.

Walter Hagenau und Klas Grinter kennen sich seit ihrer Schulzeit in Süderborn, fügte sie hinzu. Sie können das sicher einfach nachprüfen. Von dieser Freundschaft weiß nur eine Handvoll Menschen.

Schließlich druckte sie den Brief aus und verschloss den Umschlag. Mit einem hintersinnigen Lächeln griff sie zum Weinglas. Rache konnte so befriedigend sein.

48

Fast hätte Julia Nielsen die Nachricht von der Selbsttötung Abdul Hemidis übersehen. Sie war der Tageszeitung lediglich einen dürftigen Zweispalter wert – im Lokalteil, dritte Seite unten links.

Verdächtigter erhängt sich in U-Haft, war der Artikel überschrieben. Der Verfasser berichtete in knappen Worten, dass sich Abdul H. (17 Jahre) mittels seinem zerrissenen Kopfkissenbezug an der Heizung seiner Zelle erhängt hatte. Pflichtgemäß forderte die Zeitung lückenlose Aufklärung darüber, ob die Verantwortlichen alles unternommen hätten, um eine solche tragische Entwicklung zu vermeiden. Das war schon alles.

Julia faltete die Zeitung zusammen und legte sie auf ihren Schreibtisch. Ende der Kaffeepause. Sie widmete sich halbherzig ihren dienstlichen Aufgaben.

Immer wieder wanderten ihren Gedanken jedoch zum Tod ihres Freundes. Wenn Kevin wirklich umgebracht worden war, weil er einer Briefübergabe hinterherrecherchiert hatte, musste dieser ominöse Umschlag sehr Wichtiges enthalten haben. Was war so bedeutend, dass dafür ein Mensch sterben musste? Oder ging es weniger um den Inhalt des Briefes als um den Empfänger? Wollte jemand um jeden Preis vertuschen, dass ein Mitarbeiter einer Rüstungsfirma einem Staatssekretär ein Schreiben zukommen ließ? Wenn ja, warum?

Julia schaute nach, welche Informationen in den ihr zugänglichen Bereichen der BKA-Datenbank über die *GoFeCo* und *Sitec* gespeichert waren. Beide galten als sicherheitsrelevante Unternehmen, die in enger Geschäftsbeziehung zueinander standen. Das war nichts Neues. In einem Artikel einer Wirtschaftszeitung las sie jedoch, dass Grinter seit einigen Jahren sogar im Aufsichtsrat der *Sitec* saß. Der Autor machte deutlich, dass es entgegen der erhobenen Vorwürfe der Opposition nicht zu einer Interessenkollision kommen konnte, da der Staatssekretär nicht mit der Vergabe von Rüstungsaufträgen befasst war. Das erledige das Kanzleramt oder Wirtschaftsministerium.

Julia hatte da zwar ihre Zweifel, aber Grinters Posten im Aufsichtsrat war kein Geheimnis. Und natürlich war es normal, dass er in dieser Position vertrauliche Informationen seines Unternehmens erhielt. Erfolgte die Übergabe solcher Dokumente allerdings üblicherweise in einer Pankower Kiezkneipe? Eher nicht.

Es musste also einen Grund dafür geben, dass diese Briefübergabe so diskret gehandhabt worden war. Nur welchen?

Resigniert schaltete Julia den Rechner aus. Ihre Gedanken drehten sich im Kreis. Klammerte sie sich womöglich wie ihr verstorbener Freund an eine fixe Idee?

Nach Feierabend machte sie sich daran, die schon überfällige Suche nach Gamila, der Freundin Abdul Hamidis, nachzuholen. Ihre Mittagsschicht in der vergangenen Woche hatte Julia bisher daran gehindert. Es gab drei Pizzerien rund um den Potsdamer Platz. Eine davon entpuppte sich als Schwulenkneipe. Hier arbeiteten nur Männer. Damit schied der Laden aus.

Das nächste Restaurant, das sie betrat, passte nicht so recht in die hippe Gegend. Es machte einen schmuddeligen Eindruck. Die Blumen auf den Tischen und Fensterbänken waren billige Plastikimitate, die vergilbten Bilder an den Wänden sollten wohl Urlaubsfeeling vermitteln. Julia warf einen Blick auf die Speisekarte, die selbst für eine einfache Pizzeria langweilig war. Ein gutes Dutzend Pizzen wurde offeriert, einige Salate, Eis.

Der Laden war völlig leer und die Bedienung kam an ihren Tisch. Die Frau war mindestens vierzig, mit langen, wallenden Haaren, grell lackierten, zu langen Fingernägeln und einem ausladenden Busen. Würde ein siebzehnjähriger Syrer jemanden wie sie als seine Schöne bezeichnen? Das glaubte Julia nicht. Trotzdem hielt sie der Serviererin Abduls Bild vor die Nase.

»Haben Sie diesen Jungen schon einmal gesehen?«, fragte sie und präsentierte gleichzeitig ihren Dienstausweis.

»Natürlich, das ist Abdul. Was kann ich Ihnen bringen?«

Die Antwort verblüffte Julia. »Ein Wasser. Wie lange kennen Sie Abdul schon?«

»Seit er Samira den Hof macht.«

»Samira?«

»Einer jungen Libanesin. Sie arbeitet aushilfsweise bei uns.«

»Ist sie heute da?«

Statt einer Antwort drehte sich die Kellnerin um und brüllte Richtung Theke: »Samira, kommst du mal? Polizei. Irgendwas mit Abdul.« Dann wandte sie sich wieder an Julia. »Wasser kommt sofort. Still?«

»Bitte mit Kohlensäure.«

Samira entpuppte sich als bildhübsche junge Frau. Verschüchtert stellte sie sich vor Julias Tisch.

Die Polizistin zeigte ihren Ausweis und deutete auf die Bank gegenüber. »Setzen Sie sich bitte.« Sie schob das Foto des Syrers über den Tisch. »Das ist Abdul?«

Samira nickte nur.

Es schien, als ob sie nichts von seiner Verhaftung oder gar seinem Tod wusste. Julia verspürte wenig Lust, ihr diese schlechte Botschaft zu überbringen. Also beschloss sie, zu schweigen.

»Seit wann kennen Sie ihn?«

»Etwa ein Vierteljahr.«

»Wo haben Sie sich getroffen?«

»Hier. Er hat eine Pizza bei mir bestellt.«

»Sind sie ein Paar?«

Heftiges Kopfschütteln. »Ich finde ihn nett, aber meine Eltern …«

Julia verstand. Sie zog das Foto Pernouds hervor. »Was ist mit diesem Mann? Kennen Sie ihn?«

»Nein.«

»Sehen Sie sich das Bild genau an.«

Samira gehorchte. »Den habe ich noch nie gesehen.«

Julia versuchte, sich ihre Enttäuschung nicht anmerken zu lassen. »Hat Abdul vielleicht in letzter Zeit jemanden erwähnt, den er kennengelernt hat?«

»Das schon.«

»In welchem Zusammenhang?«

Die Blondine brachte das Wasser und die Polizistin zahlte sofort.

»Er hat erzählt, dass er jemanden getroffen habe, der sein Asylverfahren und das seines Bruders beschleunigen und zu einem guten Ende bringen könne. Er hat mir allerdings keinen Namen genannt.«

»Wie das?«, wunderte sich Julia.

»Das hat er mir nicht gesagt.«

»Und warum wollte dieser Unbekannte das tun? Hat Abdul vielleicht irgendeine Gegenleistung erwähnt, die er dafür erbringen sollte?«

»Er sollte Auto fahren.«

»Was?«

»Abduls neuer Bekannter hatte sich den Fuß verstaucht und konnte nicht fahren. Das sollte Abdul für ihn erledigen.«

»Konnte er denn überhaupt fahren?«

»Sein Bruder hat es ihm in Syrien beigebracht.«

»Aber ihr Freund hat doch sicher keinen Führerschein?«

»Nein. Deshalb habe ich ihn auch gebeten, sich nicht darauf einzulassen. Sind Sie deswegen hier?« Ihre Augen füllten sich mit Tränen. »Wird Abdul jetzt bestraft und abgeschoben, weil er Auto gefahren ist? Er wollte bestimmt nichts Böses tun, das müssen Sie mir glauben. Er wollte doch nur in Deutschland bleiben, Geld verdienen und es seiner Mutter schicken. Nichts weiter.«

Julia trank einen Schluck und stand dann auf. »Abdul wird sicher nicht bestraft werden«, versicherte sie. Und das war noch nicht einmal gelogen. Als sie jedoch den Hoffnungsschimmer in den Augen des Teenagers erkannte, fühlte sie, wie sich ihr Magen verkrampfte. Sie musste hier raus. Schnell.

49

Ihr Handy klingelte. Karla las den Namen des Anrufers und für einen Moment entgleisten ihre Züge. Dann nahm sie das Gespräch entgegen.

»Was willst du von mir, Peter?«

»Es geht um die Vorfälle in der *GoFeCo.* Ich habe deinen Artikel gelesen. Es scheint, als hättest du recht mit dem, was du darin angedeutet hast.«

Karlas Interesse war geweckt. »Wie meinst du das?«

»Ich habe gestern mit meiner Schwester telefoniert. Julia war einige Zeit mit einem Referenten aus dem Innenministerium liiert. Der junge Mann ist bei einem Autounfall ums Leben gekommen.«

»Das tut mir leid für sie.«

»Sie meint, es wäre möglich, dass es sich nicht um einen Unfall gehandelt hat. Du kennst sie. Einen solchen Verdacht würde sie niemals leichtfertig aussprechen.«

»Vermutlich nicht. Was hat das mit mir zu tun?«

Nielsen erzählte ihr, was die Nachforschungen seiner Schwester bisher ergeben hatten. »Sie hat mir das Foto des Mannes geschickt, dem ihr Freund nachrecherchiert hat. Die Qualität ist nicht besonders gut, da es von einem Fernseher abfotografiert wurde, aber trotzdem erkennbar. Hast du Interesse?«

Karla lachte auf. »Natürlich, wenn du meinst, dass es interessant für mich sein könnte.«

»Einen Moment, ich schicke es dir.«

Ihr Exfreund hatte den Satz kaum beendet, als ihr Handy mit einem Glockenton den Eingang einer Nachricht meldete.

»Wie geht es dir?«, wollte Karla wissen.

»Worauf bezieht sich deine Frage? Auf meine Kündigung oder … den Suff?«

»Beides.«

»Letzteres ist unverändert.«

»Du bist krank, Peter. Du gehörst in eine Klinik.«

»Sicher. Und was die Kündigung angeht: Mein Anwalt hat jetzt Klage erhoben. Mir schwant allerdings nichts Gutes bei der Sache. Ich befürchte, dass die *GoFeCo* mir Paolos Tod in die Schuhe schieben will.«

»Hast du mit deinem Anwalt darüber gesprochen?«

»Ja. Vor zwei Tagen habe ich ihn angerufen. Er meinte, er wolle sich umhören, ob gegen mich ein Ermittlungsverfahren eingeleitet wurde. Nur konnte er mir nicht mit Sicherheit sagen, ob er etwas herausfinden würde. Ein Beschuldigter erfährt in der Regel erst dann von einem solchen Verfahren, wenn er zu einer Vernehmung geladen wird. Und das kann Wochen oder Monate dauern.«

»Scheiße.«

»Das kannst du laut sagen. Soll ich dich auf dem Laufenden halten, wenn ich etwas Neues von Julia höre?«

»Das wäre nett.«

»Mache ich.«

Sie verabschiedeten sich.

Karla sichtete auf dem Smartphone ihren privaten Mailaccount. Das Bild war wirklich nicht von besonders guter Qualität. Sie machte sich auf, Ben zu informieren.

Kurz darauf klopfte sie an seine nur angelehnte Bürotür und trat ein, ohne eine Antwort abzuwarten. Der Fotoreporter hockte vor seinem Computer und bearbeitete wie üblich Bilder. Ben sah kaum hoch, als sie das Zimmer betrat. Erst als sie ihn ansprach, reagierte er.

»Du bist es«, meinte er und strahlte sie an. »Schön, dich zu sehen.«

Karla erzählte knapp, was sie eben von Nielsen erfahren hatte und reichte ihm ihr Handy. »Kannst du das Foto irgendwie verbessern? Sodass man das Namensschild, das er am Anzug trägt, lesen kann?«

Ben warf einen skeptischen Blick auf das Display. »Ich glaube nicht. Wer ist das?«

»Vermutlich ein *Sitec*-Mitarbeiter. Wenn ich seinen Namen wüsste, bräuchte ich deine Hilfe nicht.«

Ben wollte das Handy beiseitelegen, als ihn eine Erinnerung durchzuckte. »Warte. Den Typ kenne ich doch.« Er sah wieder auf das Display. »Natürlich. Der kam aus Awa Manés Haus, kurz nachdem ich anfing, die Leute zu fotografieren.« Er gab hektisch einige Befehle in seinen Rechner ein. »Gleich habe ich es.« Miniaturaufnahmen füllten den Bildschirm. Ben scrollte Reihe für Reihe nach unten. »Wusste ich es doch. Hier.« Ein Foto baute sich bildschirmfüllend auf. »Wenn das nicht der Typ ist, hänge ich meinen Beruf an den Nagel.«

Ungläubig schaute Karla auf das Display, dann auf den Bildschirm und wieder zurück. »Du hast recht, verdammt noch mal.«

Ben gab weitere Befehle ein. »Ich gleiche meine Aufnahme jetzt mit den Fotos in unserem Archiv ab. Wenn wir etwas über diesen Kerl haben, werden wir es finden. Das kann allerdings dauern.«

»Wie lange?«

»Keine Ahnung. Wir haben Hunderttausende von Bildern in unserer Datenbank. Und die Software muss alle abgleichen. Eine Stunde? Einen Tag? Eine Woche?« Er zuckte mit den Schultern. »Wenn ich etwas finde, erfährst du es als Erste.«

»Das will ich ja wohl hoffen.«

Drei Stunden später stand Ben in Karlas Büro. Triumphierend wedelte er mit einem Computerauszug. »Wir haben ihn. Er heißt Stefan Pernoud und arbeitet als Sicherheitsberater für *Sitec.*«

»Zweifel ausgeschlossen?«

»Wenn er keinen Doppelgänger hat, ja.«

Karla sprang auf und umarmte ihn. »Das ist der Beweis, den ich brauche«, freute sie sich. »Mit Pernoud haben wir endlich ein Bindeglied zwischen *Sitec* und Mané.«

»Ein Beweis vielleicht nicht«, gab Ben zu bedenken. »Aber ein wichtiges Indiz.«

Marcel Baumann saß nicht in seinem Büro. Er sei in einer Besprechung außer Haus, teilte ihnen seine Sekretärin mit. Sie werde ihm ausrichten, dass Karla und Ben mit ihm reden wollten, und sich bei ihnen melden.

Auf dem Weg zurück in ihr Büro traf Karla auf den Boten, der die eingehende Post verteilte.

»Das ist ja prima, Frau Touré. Da brauche ich nicht bis zum Ende des Flurs laufen. Heute habe ich nur ein Schreiben für Sie.«

Er drückte ihr einen Briefumschlag ohne Absender in die Hand. Gelangweilt riss Karla das Kuvert auf, zog ein einzelnes Blatt Papier hervor und las.

Ihre Lektüre nahm nur Sekunden in Anspruch. Vor Aufregung zitternd, steckte sie das Schreiben zurück in den Umschlag. So viel Glück an einem Tag konnte es doch eigentlich nicht geben! Sie rannte fast in ihr Büro, fuhr den Rechner hoch und wartete ungeduldig, bis die Internetverbindung aufgebaut war. Dann flogen ihre Finger nur so über die Tastatur.

Sie mussten bis in die Abendstunden auf ihr Treffen bei Baumann warten. Dann saßen sie schließlich alle am Besprechungstisch.

»Dieser Mann hier«, begann Karla und hielt Bens Foto hoch, »ist Stefan Pernoud, Angestellter bei dem Rüstungsunternehmen *Sitec.* Einer der Großkunden der Firma ist die *GoFeCo.* Das Bild entstand, als Pernoud das Haus, in dem Awa Mané wohnt, verließ. Heute habe ich ein Schreiben erhalten.« Mit einer gewissen Theatralik zog sie den Brief hervor und begann zu lesen: *»Am 17. März um 19 Uhr treffen sich im Hotel* Morgennebel *bei Prötzel Staatssekretär Klas Grinter, Walter Hagenau, Vorstandsmitglied der* GoFeCo, *Vertreter der Rüstungsfirma* Sitec *und ein gewisser John McAlister, den Sie unter den Namen Moussa Mané alias Koffi Katkoré kennen. Die Herren tagen im Kaminzimmer. Bestimmt freuen sie sich über Überraschungsgäste, die noch dazu einige Fotos schießen.* Zum Beweis, dass diese Information kein Fake ist, hat der Verfasser einen Hinweis beigefügt, der nicht allgemein bekannt ist. Er behauptet, dass sich Hagenau und Grinter seit ihrer Schulzeit kennen.« Sie schob Baumann einen weiteren Computerausdruck hin. »Das ist ein Foto von McAlister aus einem Wirtschaftsmagazin.« Sie legte ihren Artikel mit dem Bild Manés daneben. »Diese Ähnlichkeit kann kein Zufall sein.«

»Wirklich frappierend«, bestätigte Baumann.

»McAlister ist einer der Mitbegründer von *Dataworld,* einer kleinen, aber hoch spezialisierten Softwareschmiede aus Tanger, die Programme für professionelle Wärmebildkameras entwickelt.«

Ben merkte auf.

»Solche Kameras werden zur Überwachung eingesetzt, in Kraftwerken beispielsweise.« Karla machte bewusst eine Pause. »Und natürlich am Zaun.«

»Das kannst du belegen?«, erkundigte sich der Ressortleiter gespannt.

Karla klopfte triumphierend auf die vor Baumann liegenden Blätter. »Sieh dir Seite drei an. Das ist ein Auszug aus einer Werbebroschüre *Dataworlds*. Die Firma wirbt mit ihrem Know-how am Zaun. Da findest du auch ein Bild McAlisters. Es gibt keinen Zweifel, Marcel. Das ist unser Mann!«

Baumann griff zu den Ausdrucken und begann zu lesen. »*Dataworld* unterhält enge Geschäftsbeziehungen zu *Sitec.*«

»Eben. Julia Nielsen ...«

»Wer ist das?«, wollte Baumann wissen.

»Eine Hauptkommissarin beim BKA. Sie ist die Schwester von Peter Nielsen, dem die Schuld am Tod eines Mitarbeiters der *GoFeCo* am Zaun gegeben wird. Wir hatten einen Artikel darüber im Blatt. Er hat uns das Foto Pernouds übermittelt.«

»Verstehe.«

»Frau Nielsen will die Information über die gemeinsame Schulzeit von ihrem verstorbenen Partner erfahren haben.« Sie erzählte Baumann die Geschichte, so wie sie sie von ihrem Exfreund gehört hatte. »Ich habe das bereits im Archiv nachgeprüft. Die beiden sind tatsächlich in einem Ort namens Süderborn zur Schule gegangen und haben zusammen Abitur gemacht. Das war uns bisher nicht aufgefallen.«

»Was hat der Informant sonst noch geschrieben?«, wollte Baumann wissen.

»Im Brief finden sich keinerlei Hinweise auf das Geschlecht. Keine Unterschrift, kein Absender. Außerdem haben wir den Hinweis auf Pernoud von Julia Nielsen erhalten. Ich denke, das ist der Beweis, der dir bisher gefehlt hat. Es gibt also eine Beziehung zwischen den Schleppern und *Sitec.*«

»Das werden wir sehen. Diese Nielsen ist zuverlässig?«

»Ich kenne sie nicht wirklich.«

Baumann legte die Stirn in Falten.

Karla deutete seine Mimik richtig. »Sie ist Polizistin, Marcel. Und beim Staatsschutz.«

»Das heißt nichts. Es macht mich stutzig, dass sie in eigener Sache ermitteln darf. Das ist völlig unüblich.«

»Nun ja, sie hat keinen offiziellen Auftrag«, räumte Karla ein.

»Das ist nicht gut«, erwiderte ihr Chef. »Aber ihr Hinweis ist mehr als interessant.« Er dachte einen Moment nach, griff dann zum Telefonhörer und bat seine Sekretärin: »Verbinden Sie mich mit dem Hotel *Morgennebel* in einem Ort namens Prötzel. Das liegt östlich von Berlin. Aber bitte ohne unsere Zeitschrift oder meinen Namen zu erwähnen. Ja, ich warte.«

Als die Rezeption des Hotels in der Leitung war, meinte Baumann: »Schreinerei ...«, er überlegte einen Moment, »... Hiller. Ich möchte für eine Betriebsfeier am siebzehnten März Ihr Kaminzimmer reservieren. Um neunzehn Uhr. Ja, ich weiß, dass das sehr kurzfristig ist.« Einige Sekunden später beendete er das Gespräch mit einem zufriedenen Gesichtsausdruck. »Es könnte wirklich sein, dass dein Informant richtigliegt, Karla. Alle anderen Hinterzimmer des Hotels stehen noch zur Verfügung, nur das Kaminzimmer ist bereits belegt. Sicher, das könnte Zufall sein. Aber wenn nicht ...« Baumann brauchte nicht lange für seine Entscheidung. »Ich lasse mir ungern eine solche Story entgehen. Nehmt zwei Kollegen mit, einen als weiteren Zeugen, einen zusätzlichen Fotografen, und sprengt das Treffen. Ich will Bilder. Viele Bilder, bevor sie euch rauswerfen.«

Karla lächelte glücklich.

Baumann kratzte sich am Kopf. »Natürlich kann es auch einfach Zufall sein, dass dieser Pernoud in dem Haus aufgetaucht ist, in dem Awa Mané wohnt. Vielleicht leben Verwandte oder Freunde von ihm im selben Gebäude. Nicht sehr wahrscheinlich zwar, aber möglich. Ich werde einige unserer Rechercheure darauf ansetzen. Sie sollen Klinkenputzen gehen. Und ich will, dass ihr nach Berlin fahrt und mit dieser Julia Nielsen sprecht. Bringt alles in Erfahrung, was sie weiß. Besonders interessiert mich, warum sie glaubt, ihr Freund sei ermordet worden.« Er griff wieder zum Bild Pernouds und schaute es nachdenklich an. »Wirklich gute Arbeit!«

50

Bahdi lag mit offenen Augen auf seinem Bett und lauschte den gleichmäßigen Atemzügen seiner Mitbewohner. Seit Tagen spielte sich sein Leben in dieser Flüchtlingsunterkunft ab. Wie die anderen auch schlug er die Zeit zwischen Frühstück und Abendessen tot.

Es gab einen Raum mit einer Tischtennisplatte, jedoch ohne Schläger und Bälle. Auch ein Fernsehzimmer war vorhanden. Aber was nutzte das, wenn Bahdi die Filme und Berichte, die über die Mattscheibe flimmerten, nicht verstand? Ähnliches galt für die kleine Bibliothek. Das einzige Buch auf Französisch, das er dort fand, hatte er in drei Stunden durchgelesen, obwohl es ihn nicht interessierte.

Die Langeweile war erdrückend. Sie durften nicht arbeiten, die Stadt nicht verlassen. Sicher, das Heim war kein Gefängnis. Er konnte in die Stadt gehen, wann immer er wollte. Nur hatte er kein Geld, um sich irgendetwas zu kaufen. Das, was ihm Karla bei ihrem vorläufigen Abschied zugesteckt hatte, war ihm wie sein Handy schon in der ersten Nacht im Heim gestohlen worden.

Und da in dieser Unterkunft ausschließlich Männer untergebracht waren, von denen kaum einer älter als dreißig war, waren Streitereien an der Tagesordnung. Sunniten trafen auf Schiiten, Kopten auf Jesiden, Aleviten auf Alawiten.

In der Zeit, in der Bahdi in der Unterkunft wohnte, hatte es schon drei so heftige Schlägereien unter den Anhängern verschiedener Glaubensrichtungen gegeben, dass die Polizei eingreifen musste. Hinzu kamen ethnische Konflikte unterschiedlicher Volksgruppen. Da trafen Pakistanis auf Nigerianer, Syrer auf Afghanen oder Libanesen auf Malier. Ein wahres Pulverfass aus verfeindeten Religionen, Ethnien und Monotonie.

Und dann war da noch die psychische Belastung. Würde ihnen Asyl gewährt oder mussten sie in eines der Transitzentren oder zurück in ihre Heimatländer? Diese Ungewissheit zehrte an den ohnehin schon blank liegenden Nerven.

Aber eines einte die Männer: die Hoffnung auf ein besseres Leben in Deutschland.

Nicht zum ersten Mal fragte sich Bahdi, ob es das alles wert gewesen war. Djibis Tod, die Strapazen der Flucht, die Angst, die Prügel, das Geld, das sein Dorf sich im wahrsten Sinne des Wortes vom Munde abgespart hatte. Was hatte er dafür bekommen? Ein Bett in einem Zimmer mit drei völlig Fremden, Essen und Trinken sowie die vage Hoffnung auf eine Zukunft.

Bemüht, kein Geräusch zu machen, stand der junge Mann auf. Obwohl es Winter war und das Fenster offen stand, kam ihm der Raum plötzlich stickig und eng vor. Er fühlte sich darin wie lebendig begraben. Schnell streifte er Hose und Jacke über, schlüpfte in seine Schuhe und schlich leise aus dem Zimmer und über den Flur ins Freie.

Draußen setzte Bahdi sich auf eine Bank am Rand eines Bolzplatzes, auf dem nie jemand spielte, weil es keine Bälle gab. Er lehnte sich weit zurück und schaute in den Himmel, der nicht wirklich dunkel wurde.

Die Sternenbilder wirkten vertraut, wenn auch etwas verzerrter als er sie aus dem Senegal kannte. Nur wenige konnte er gut erkennen. Das Licht der Großstadt schluckte das der Sterne. Nur die hellsten von ihnen konnte der Senegalese ausmachen, die anderen bloß erahnen. Es fehlten die vertrauten Geräusche der Nacht, die Rufe jagender Wildtiere, das Bellen der Hunde, die die Hütten der Dorfbewohner bewachten.

In Hamburg hörte er nur das monotone Rauschen der nahen Autobahn, vereinzelten Motorenlärm, entferntes Hupen, dann und wann ein Martinshorn. Ihn fröstelte. Aber er blieb trotz der Kälte sitzen.

Bahdi liefen die Tränen über das Gesicht. Deutschland war Sternenfresserland, kalt, hell und laut. Und unermesslich reich. Warum nur konnte diese stolze und manchmal harte Nation nicht ein wenig mehr von diesem Reichtum abgeben?

51

Die Reporter trafen sich drei Tage nach dem Gespräch in der Redaktion mit den Geschwistern Nielsen in Julias Wohnung, um ihre bisherigen Rechercheergebnisse auszutauschen. Schon bald wurden die unterschiedlichen Interessen der Beteiligten deutlich.

Peter Nielsen ging es in erster Linie darum, jeden Verdacht, er sei am Tod seines Freundes Paolo mitschuldig, auszuräumen und sich vollständig zu rehabilitieren. Seine Schwester wollte wissen, warum ihr Freund sterben musste. Und Karla und Ben suchten Moussa Mané, in der Hoffnung, von ihm mehr über die Verbindungen zwischen Schleppern und Rüstungsindustrie zu erfahren. Es war klar, dass diese Themen eng miteinander verwoben waren. Nur wie eng wusste niemand. Nach einer Stunde beschlossen die vier, sich zu duzen und ihr weiteres Vorgehen miteinander abzustimmen.

»Du glaubst also, dass dieser junge Syrer den Unfallwagen nicht gestohlen oder gefahren hat?«, fragte Ben Julia.

»Gestohlen hat er ihn bestimmt nicht. Dazu wäre er, wenn mich sein Bruder nicht angelogen hat, technisch gar nicht in der Lage gewesen. In der Hand gehabt hat er das elektronische Bauteil, mit dem das System des Mercedes ausgetrickst wurde, aber auf jeden Fall. Sonst wären seine Fingerabdrücke nicht darauf gewesen. Ob er den Wagen gefahren hat, weiß ich nicht. Abdul muss darin gesessen haben, denn im Innenraum wurden ebenfalls seine Fingerabdrücke gefunden. Vielleicht hat ihn dieser Unbekannte, von dem mir Samira erzählte, dazu gebracht zu fahren, und Abdul hat plötzlich Angst vor der eigenen Courage bekommen und den Unfall verursacht. Unklar bleibt auch, ob er tatsächlich in den Einbruch verwickelt war.«

»Vielleicht war es so.« Karla dachte nach. »Dein Freund nimmt einen Brief von diesem Pernoud für seinen Chef in Empfang, erkundigt sich später nach dem Boten und stirbt kurz darauf bei einem Unfall, dessen Ablauf einer Theaterinszenierung ähnelt. Was könnte in diesem verdammten Umschlag gesteckt haben?«

»Irgendwelche Dokumente, die Pernoud für *Sitec* überbracht hat?«, vermutete Peter.

»Grinter sitzt dort im Aufsichtsrat«, erwiderte Karla. »Wenn die Firma ihm irgendwelche Informationen zukommen lassen will, kann sie die doch einfach per Post schicken oder ins Büro bringen lassen. Sein Mandat im Aufsichtsrat wird in jedem Geschäftsbericht erwähnt und steht auf der Webseite der Firma.«

»Vielleicht war es Geld?«, spekulierte Ben.

»Daran habe ich auch schon gedacht«, meinte Julia. »Aber wofür sollte *Sitec* Grinter Geld zahlen, das man nicht einfach auf sein Konto transferieren kann? Er dürfte als Aufsichtsratsmitglied doch schon so einiges kassieren und er muss sich ohnehin für die Interessen des Unternehmens einsetzen.«

Ben kratzte sich am Kinn. »Wir gehen immer davon aus,

dass der Umschlag von dem Rüstungsunternehmen stammte. Was, wenn nicht?«

»Aber Pernoud ist Angestellter von *Sitec*«, warf Peter ein.

»Und das heißt was?«

»Dass er deren Interessen vertritt.«

»Hast du schon einmal einen Nebenjob gehabt?«

»Nein.«

»Aber vielleicht hat ja Pernoud einen.«

»Und bei wem?« Julia erwartete natürlich keine Antwort.

»Das ist die Eine-Million-Euro-Frage.«

Karla ergriff wieder das Wort. »Es wissen nur zwei Personen, was wirklich in dem Umschlag steckte. Der, der es dort hineingetan hat – das kann Pernoud sein, muss es aber nicht – und der Empfänger Grinter natürlich. Ich befürchte allerdings, dass es uns keiner von beiden freiwillig erzählen wird. Stimmt ihr mir zu?«

Alle nickten.

»Gut. Dann stellen wir dieses Thema zunächst zurück. Gibt es bei dir etwas Neues, Peter?«

»Nein. Der Anwalt hofft, dass die *GoFeCo* ein Interesse daran hat, sich gütlich zu einigen. Denn das Ermittlungsverfahren der Staatsanwaltschaft, so hat er erfahren, wurde immerhin eingestellt. Es handele sich um einen Unfall bei Wartungsarbeiten, heißt es nun.«

»Das wäre ja toll«, freute sich Julia.

»Wie man's nimmt. So wird wohl nie ans Licht kommen, welcher Idiot den Vorschlag des Arbeitskreises für bare Münze genommen hat. Unsere Idee war es lediglich, Fotos eines gegrillter Schweins für unsere Abschreckungskampagnen einzusetzen und zu behaupten, es handele sich um einen menschlichen Torso.«

Karla verzog angewidert das Gesicht.

»Wir wollten den Zaun niemals tatsächlich unter Strom setzen. Ich hätte schon gern gewusst, wer dafür verantwortlich ist. Die *GoFeCo* räumt ein, dass es entsprechende Pläne gegeben habe, diese aber nicht entscheidungsreif gewesen seien. Ich hingegen hätte den fixen Gedanken gehabt, den Plan der Gesellschaft vorzeitig umzusetzen und den Zaun zu manipulieren, um so mein Engagement für die *GoFeCo* zu beweisen und schneller befördert zu werden. Sinngemäß unterstellen sie mir, ich sei nicht ganz richtig im Kopf. Ich hätte Paolo, mit welchen Argumenten auch immer, auf meine Seite gezogen. Er sollte den Zaun unter Starkstrom setzen, das Schwein grillen und Fotos davon machen, um alles möglichst realistisch aussehen zu lassen. Da aber hat die Staatsanwaltschaft wohl erhebliche Beweisprobleme gesehen. Deshalb haben sie das Verfahren auch eingestellt, meint mein Anwalt. Und ohne Strafprozess stehe die fristlose Kündigung auf tönernen Füßen.«

»Das wäre ja toll. Ich drücke die Daumen.« Ben lenkte das Gespräch in eine andere Richtung: »Julia, was weißt du über den Halter des Mercedes?«

»Nicht viel.« Sie erzählte, was sie über Harald Schwarzer herausgefunden hatte. »Er wohnt tatsächlich in der Nähe des Juweliergeschäfts, in das Abdul eingebrochen sein soll. Und er hat den Wagen am Morgen des Unfalltages als gestohlen gemeldet. Genauer: kurz nach dem Unglück.«

»Und das war wann?«

»Um halb acht.«

»Welchen Beruf übt dieser Schwarzer aus?«, forschte Ben weiter.

»Er ist freiberuflicher Sicherheitsberater.«

»Pech.«

»Geht es auch etwas konkreter?«, beschwerte sich Karla.

»Entschuldigung«, erklärte Ben. »Mit mir ist die Fantasie durchgegangen. Ich hatte mir vorgestellt, Schwarzer sei zum Beispiel Beamter mit einer Arbeitszeit von sieben bis fünf Uhr. Dann hätte er den Diebstahl seines Wagens ja eher bemerken müssen, oder?«

Karla grinste. »Falscher Schluss, Sherlock. Auch dann hätte

er Urlaub haben oder krank sein, zu Fuß gehen, das Fahrrad oder den Bus nutzen können. Obwohl ich mir sicher bin, dass es zwischen ihm und Pernoud eine Beziehung geben muss. Die kennen sich doch bestimmt von *Sitec.* Vielleicht hat Schwarzer seinen Mercedes ja freiwillig hergegeben?«

»An wen? Abdul?« Peter schüttelte den Kopf.

»Oder Pernoud. Was, wenn der Bote selbst der Fahrer war?« Karla schaute zu Julia.

»Ich habe auch schon überlegt, Schwarzer in die Mangel zu nehmen. Aber um ehrlich zu sein: Langsam bekomme ich Angst vor der eigenen Courage. Ich halte den Leuten ständig meinen Polizeiausweis vor die Nase, ohne einen dienstlichen Auftrag zu haben. Das könnte man als Amtsmissbrauch bezeichnen. Und das ist strafbar. Ich muss meine Vorgesetzten unterrichten, sonst riskiere ich meinen Job.«

Ben dachte einen Moment nach. »Dann werde ich mir diesen Schwarzer vorknöpfen.«

»Und wie willst du ihn zum Reden bringen?«, fragte Karla. »Freiwillig wird er dir nichts sagen.«

»Ich kann ziemlich gut mit Bildbearbeitungsprogrammen umgehen. Ich bastele mir am Computer einen Dienstausweis, wenn mir Julia ihren zum Scannen ausleiht …«

»Tickst du noch ganz richtig?«, empörte sich die Polizistin. »Dann wandern wir beide in den Knast.«

»Du kannst ihn ja verlieren.«

»Kommt nicht infrage. Da verhöre ich diesen Schwarzer lieber selbst. Aber danach ist Schluss. Definitiv. Dann setze ich meine Dienststelle in Kenntnis. Ich komme schon jetzt in Teufels Küche.«

»Schwarzer wird sich auch dir nicht öffnen, nur weil du von der Polizei bist. Im Gegenteil, er wird lügen, bis sich die Balken biegen – wenn er denn überhaupt etwas mit der Sache zu tun hat. Du müsstest ihn irgendwie unter Druck setzen. Und dafür brauchst du etwas, vor dem er noch mehr Angst hat als vor Pernoud oder der Polizei.«

Erst jetzt meldete sich wieder Peter zu Wort. »In dem vermaledeiten Arbeitskreis haben wir über Abschreckung gesprochen und darüber, wie man Angst erzeugt. Ich glaube, ich habe eine Idee.«

Die anderen drei sahen ihn aufmerksam an.

»Dann lass hören«, meinte seine Schwester.

52

Julia Nielsens Herz schlug bis zum Hals, als sie bei Harald Schwarzer schellte, ein Ausdruck ihrer Unsicherheit. Nicht, weil sie Angst hatte, dass ihr Bluff nicht funktionieren könnte, sondern weil ihr bewusst war, dass sie ein Dienstvergehen nach dem anderen beging. Aber sie war immer noch davon überzeugt, dass offizielle Ermittlungen gegen Pernoud oder gar Grinter im Sand verlaufen würden – zu einflussreich war der Staatssekretär. Und wenn es den beiden gelang, ihre Hände in Unschuld zu waschen, würde sie ihren Job ohnehin verlieren. Wenn nicht, fände sie sich unter Umständen in einer Dienststelle in irgendeinem deutschen Kaff wieder, gegen das eine Nordseehallig im Winter, wenn keine Touristen kamen, geradezu eine brausende Metropole war.

Sie hatten bei ihrem Treffen vor zwei Tagen vereinbart, dass Julia Schwarzer erst am späten Nachmittag aufsuchen sollte. So blieb diesem hoffentlich keine Zeit mehr, seinen vermutlichen Komplizen Stefan Pernoud vor dessen Treffen mit Grinter und den anderen zu informieren. Was sie allerdings tun wollten, sollte Julia Schwarzer nicht antreffen, hatten sie nicht besprochen. Prinzip Hoffnung.

Die Gegensprechanlage knackte. Eine scheppernde Stimme fragte nach dem Namen des Besuchers.

Die Hauptkommissarin antwortete nur: »Polizei.«

Es dauerte, bis der Türsummer den Weg ins Innere des

Hauses freigab. Julia atmete durch. Sie hatten Glück gehabt. Der Verdächtige schien zu Hause zu sein.

Schwarzer wohnte im sechsten Stock und natürlich gab es keinen Aufzug. Auf dem Weg nach oben startete Julia die Aufnahmefunktion ihres Smartphones. Etwas außer Atem stand sie einige Minuten später vor der Wohnung.

Schwarzer öffnete, kaum dass sie ihren Zeigefinger vom Klingelknopf gelöst hatte. Anscheinend hatte er hinter der Tür gewartet.

Vor ihr stand ein drahtiger Mittvierziger, dessen dunkle Haarsträhnen nur noch über den Ohren und im Nacken wuchsen und trotzdem zu einem Zopf zusammengebunden worden waren. Ein dichter Schnäuzer wucherte über seiner Oberlippe und bildete einen seltsamen Kontrast zum schütteren Haupthaar.

Frank Zappa mit Glatze, dachte Julia.

»Kommen Sie wegen des Mercedes?«, fragte Schwarzer mit tiefer Stimme, während er ausgiebig ihren Dienstausweis bewunderte.

»Ja. Es gibt noch einige Fragen.«

»Vom BKA?«

»Richtig. Aber müssen wir das im Flur besprechen?«

Er gab den Weg in seine Wohnung frei und führte sie in das Wohnzimmer, das eher an ein Musikstudio erinnerte: Signierte Konzertplakate hingen gerahmt an den Wänden, Fotos von Schwarzer mit Musikern, eine ganze Batterie imposanter Lautsprecher und ein HiFi-Equipment, das sehr teuer aussah. Die restlichen Wände waren mit Regalen vollgestellt, in denen nicht nur CDs, sondern auch Vinylplatten lagerten – anscheinend zu Tausenden. Ansonsten bestand das Mobiliar aus drei schmalen Sesseln und einem winzigen Tisch.

Schwarzer bemerkte Julias Überraschung. Mit einer ausladenden Handbewegung und Stolz in der Stimme erklärte er: »Mein Hobby ist die Musik des vergangenen Jahrhunderts. Wollen Sie etwas hören? Egal was, ich habe alles.«

Julia glaubte ihm aufs Wort. »Nein, danke. Wirklich beeindruckend.« Sie steckte die Hand in ihre Umhängetasche und zog Notizblock und Stift hervor. »Sie haben am Morgen des siebenundzwanzigsten Februars bei der Polizei Anzeige gegen Unbekannt erstattet, weil Ihr Mercedes gestohlen wurde.«

»Das stimmt. Der Dieb soll ein junger Syrer gewesen sein, wurde mir gesagt. Als ich endlich meinen Wagen wiedererhielt, dachte ich eigentlich, die Angelegenheit sei erledigt. Was wollen Sie denn noch?«

Julia meinte, Unsicherheit in seiner Stimme zu hören. »Wissen Sie, dass sich der vermutliche Täter – sein Name war übrigens Abdul Hemidi – in der Untersuchungshaft das Leben genommen hat?«

»Nein.«

»Geht es ihrem Fuß wieder besser?«

»Wie bitte?«

»Haben Sie sich den nicht verstaucht gehabt?«

»Wie kommen Sie darauf?«

Schwarzers Selbstsicherheit war verflogen, das spürte Julia.

»Haben Sie Hemidi nicht vorgegaukelt, sie hätten sich den Fuß verstaucht und er müsse Sie in der nächsten Zeit fahren?«

Schwarzer zeigte zur Tür. »Sie sollten jetzt besser gehen.«

»Zuerst beantworten Sie meine Fragen.«

»Das ist doch völliger Unsinn, was Sie da fabulieren.«

»Wussten Sie, dass Hemidi einen Bruder hat, der ebenfalls in Berlin lebt?«

»Nein, aber was hat das mit meinem gestohlenen Wagen zu tun?«

»Nichts. Aber mit Abdul. Sein Bruder glaubt nämlich, Sie hätten den Jugendlichen dazu überredet, in den Mercedes zu steigen, das Lenkrad und das elektronische Bauteil zum Öffnen der Türschlösser anzufassen, damit seine Fingerabdrücke dort später gefunden werden konnten. Stimmt das?«

Schwarzer war rot angelaufen und wirkte gereizt. »Nein, verdammt noch mal.«

»Wer in solche Machenschaften verstrickt ist, sollte seine körperlichen Reaktionen besser unter Kontrolle haben«, erwiderte Julia lächelnd. »Wenn Herr Hemidi Sie sehen könnte, hätte er keinen Zweifel mehr an seiner Vermutung. Das dürfte unschön für Sie werden ...« Sie machte bewusst eine Pause. »Solange Sie nicht kooperieren, können wir Ihre Sicherheit nicht garantieren.«

»Wie meinen Sie das?«

»Salih Hemidi ist einige Jahre älter als Abdul. Und im Gegensatz zu seinem Bruder ist er nicht gerade das, was man einen guten Menschen nennt. Er war früher Mitglied des Idarat al-Amn al-Amm. Das ist der syrische Geheimdienst. Irgendwann ist er in Ungnade gefallen. Bevor man ihn inhaftieren konnte, floh er«, log Julia.

Schwarzer strich sich nervös über seinen Zopf. »Warum erzählen Sie mir das alles?«

Sie ignorierte die Frage. »Herr Hemidi ist sehr bestürzt über den Tod seines Bruders. Er hat mit Abduls Freundin gesprochen, die Sie einmal mit ihm gesehen hat. Abdul hat ihr von Ihnen erzählt. Stellen Sie sich vor, er kannte sogar Ihren Namen. Und den kennt Salih Hemidi nun auch.«

»Ja und?«

Ungerührt sprach Julia in einem leichten Plauderton weiter. »Sie sollten wissen, dass Hemidi in Syrien als Vernehmungsoffizier gearbeitet hat. Er galt als wahrer Virtuose in Verhörtechniken. Bei ihm, so sagen Zeugen, gesteht jeder irgendwann alles. Unabhängig davon, ob es der Wahrheit entspricht. Er weiß mit Kneifzangen umzugehen. Seine Spezialität sind Zahnoperationen ohne Narkose. Und er soll sich auf das Ziehen von Finger- und Fußnägeln verstehen.«

Schwarzer war mittlerweile weiß wie Kalk.

»Vielleicht steht er schon vor der Tür und wartet nur darauf, dass ich Sie wieder allein lasse. Den Tod eines nahen

Verwandten zu rächen, ist in Syrien eine Ehrenschuld. Aber wenigstens das wissen Sie ja vermutlich.«

»Sie wollen mich unter Druck setzen«, keuchte Schwarzer.

»Da haben Sie vollkommen recht«, erwiderte Julia scharf. »Nun reden Sie endlich.«

»Können Sie mich vor diesem Kerl beschützen?«

Julia lachte innerlich auf. Ihr Bruder hatte recht gehabt. Abschreckung funktionierte. »Das kommt darauf an, was Sie mir zu sagen haben.«

»Sie müssen mir glauben. Mit dem Tod dieses Referenten habe ich nichts zu tun. Ich bin selbst erschrocken, als mir Ihre Kollegen erzählten, dass mit meinem Wagen ein Mensch überfahren wurde. Ein früherer Arbeitskollege hat mich um einen Gefallen gebeten.«

»Stefan Pernoud?«

Schwarzer sah die Hauptkommissarin überrascht an. »Ja.«

»Sprechen Sie weiter.«

»Er bat mich, Kontakt zu einem beliebigen Flüchtling herzustellen und diesem Geld oder was auch immer zu versprechen. Der Flüchtling musste lediglich dazu bewogen werden, in meinen Mercedes einzusteigen, dort alles Mögliche zu berühren und dieses Bauteil anzufassen, das mir Pernoud ausgehändigt hat. Außerdem sollte ich ihn überreden, in das Juweliergeschäft einzusteigen, um dort den Alarm auszulösen. Ich sollte Pernoud meinen Wagen überlassen und später als gestohlen melden. Aber unter keinen Umständen vor halb acht, das hat er mir ausdrücklich eingeschärft.«

»Wie haben Sie Abdul kennengelernt?«

»Ich habe ihn am Alexanderplatz angesprochen und gefragt, ob er Auto fahren kann. Er hat mir von seinem schwebenden Asylverfahren und seinen Sorgen erzählt. Da habe ich ihn mit der Lüge geködert, ich könne ihm behilflich sein und für seine Anerkennung sorgen.«

»Das hat er Ihnen geglaubt?«

»Er war ja fast noch ein Kind.«

Julia spürte kalte Wut in sich aufsteigen. »Hat Pernoud dafür bezahlt?«

»Ja. Er gab mir eintausend Euro.«

Eintausend Euro für zwei Menschenleben. Julia hätte ihrem Gegenüber ins Gesicht schlagen können. Aber sie riss sich zusammen. »Danke.« Sie bewegte sich Richtung Ausgang.

»Was ist nun mit diesem Folterer? Helfen Sie mir?«

Sie ging wortlos weiter, öffnete die Wohnungstür und drehte sich dann noch einmal zu ihm um. »Nein«, meinte sie tonlos. »Das dürfte nicht nötig sein. Salih Hemidi ist nach meinem Eindruck ein äußerst friedfertiger Mensch.«

Sie griff in ihre Umhängetasche, zog das Smartphone hervor und drückte demonstrativ die Stopptaste. Julia genoss Schwarzers Überraschung. Natürlich wusste sie, dass die von ihr gemachten Aufnahmen nicht gerichtsverwertbar waren. Aber darum ging es ihr nicht. Zum einen lieferte sie Karla so Material für einen weiteren Artikel, zum anderen konnte sie ihren Vorgesetzten gegenüber dokumentieren, dass sie trotz ihrer Dienstvergehen eine Straftat aufgedeckt hatte.

»Spielen Sie eigentlich Schach?«, wollte sie wissen. Diese Genugtuung brauchte sie jetzt.

»Nein«, schnaubte der Überrumpelte.

»Sollten sie aber. Denn dann wüssten Sie, dass die Drohung tatsächlich wirkungsvoller als die Ausführung ist. Aber Sie werden im Knast genug Zeit haben, es zu lernen. Nur schade, dass Sie auf Ihre Plattensammlung verzichten müssen.«

53

Sie hatten ein Dossier erstellt. Es enthielt alles, was die Reporter und die Geschwister Nielsen bisher wussten, zuzüglich der Fotos, die Ben von Pernoud vor dem Wohnhaus von Awa Mané gemacht hatte.

Julia sollte die Unterlagen und die Sprachaufnahme unmittelbar nach der Übertölpelung Schwarzers, aber möglichst noch vor dem Treffen im Hotel *Morgennebel* ihren Vorgesetzten übergeben.

So bliebe den Reportern genug Zeit, Grinter und den anderen kritische Fragen zu stellen und Bilder zu schießen, die sie für eine Veröffentlichung im *Herold* brauchten. Denn Polizei und Staatsanwaltschaft benötigten bestimmt einige Zeit, die Behauptungen zu prüfen und die entsprechenden Schlussfolgerungen daraus zu ziehen. Insbesondere weil anscheinend einer der mächtigsten Staatssekretäre der Bundesrepublik in die Angelegenheit verwickelt war. Julias Vorgesetzte und die Staatsanwaltschaft würden sicher nichts unternehmen, ohne sich grünes Licht von ganz oben zu holen. Und ganz oben hieß in diesem Fall vermutlich die Bundesanwaltschaft in Karlsruhe.

Kurz vor neunzehn Uhr steuerte Ben den Mietwagen mit den vier Journalisten auf den hoteleigenen Parkplatz. Das *Morgennebel* lag idyllisch an einem kleinen See innerhalb eines gepflegten Gartens, umgeben von mächtigen Blutbuchen. Die schweren Luxuslimousinen, die als einzige Fahrzeuge dort parkten, waren im Scheinwerferlicht nicht zu übersehen.

»Unsere Freunde sind schon da«, witzelte Ben. »Keine der Karren da vorn ist unter einhunderttausend Euro erhältlich. Nicht schlecht.«

Sie blieben noch einen Moment im Wagen sitzen und besprachen ihr Vorgehen.

»Ben und du fotografieren, sobald wir den Raum betreten haben«, erklärte Karla und wandte sich dabei dem zweiten Fotografen zu. »Ich versuche, die Herren zu befragen. Und du«, jetzt sprach sie den vierten Journalisten an, »hältst dich im Hintergrund. Hast du den Rekorder?«

»Natürlich.«

»Probier ihn bitte aus.«

Ihr Kollege tat ihr den Gefallen. »Alles in Ordnung«, bestätigte er kurz darauf und steckte das Aufnahmegerät wieder in die Jackentasche.

Karla zog ein Taschentuch hervor und schnäuzte sich vernehmlich. »Die Aufregung«, erklärte sie mit einem verlegenen Lächeln. »Dann los«, ordnete sie an.

Die vier Journalisten stiegen aus. Die drei Männer trugen gedeckte Anzüge. Managerstandardbekleidung. Karla hatte sich für den heutigen Tag extra ein neues Kostüm gekauft, in dem sie sich verkleidet vorkam. Die beiden Fotoreporter versteckten ihre Kameras in schlichten Einkaufsbeuteln, die nicht so recht zu ihrer distinguierten Kleidung passen wollten. Aber das übliche Equipment wäre zu auffällig gewesen, Umhängetaschen oder Ähnliches zu umständlich.

Die Fotoreporter lichteten noch die Bonzenschleudern und deren Nummernschilder ab, dann betraten die vier das Hotel. Selbstsicher schritt Karla zur Rezeption, an der eine junge Frau Dienst tat.

»Zum Kaminzimmer bitte? Wir sind mit den Herren Grinter und Hagenau verabredet.«

Überrumpelt zeigte die Rezeptionistin zur Seite. »Durch diese Tür und dann links. Unsere Gesellschaftszimmer sind durch kleine Schilder gekennzeichnet.« Sie griff zum Telefonhörer. »Wen darf ich melden?«

»Vielen Dank, nicht nötig«, erwiderte Karla in einem Tonfall, der keinen Widerspruch zuließ. »Wir werden erwartet.«

Sie drehte der Rezeption den Rücken zu und ging zügig in den Nebentrakt. Ihre Kollegen folgten.

Polierte Kupferschilder kennzeichneten die einzelnen Räume. Das Kaminzimmer war das letzte im Gang. Vor der Tür zog Karla ihren Presseausweis aus der Tasche, nickte ihren Kollegen zu und atmete tief durch. Die beiden Fotografen zogen ihre Kameras heraus und nahmen letzte Einstellungen vor. Dann hoben beide den Daumen.

Karla öffnete mit einem Ruck die Tür und die vier Journalisten betraten den Raum. Ben und sein Kollege begannen sofort zu fotografieren.

Die Journalistin hielt ihren Ausweis hoch. »Wir sind vom *Herold.* Entschuldigen Sie, dass wir unangemeldet hereinplatzen, aber wir haben einige Fragen an Sie. Herr Grinter, was ist der Zweck dieser Zusammenkunft?«

Der Staatssekretär zuckte sichtbar zusammen, als er angesprochen wurde.

Walter Hagenau fasste sich als Erster. »Was haben Sie hier zu suchen?«, blaffte er. »Verlassen Sie sofort den Raum!«

»Wir gehen, sobald Sie uns einige Fragen beantwortet haben.«

In schneller Folge lösten die Kameras aus. Bevor die Anwesenden überhaupt realisierten, was eigentlich vor sich ging, hatten Ben und sein Kollege schon Dutzende Bilder geschossen. Schließlich versuchten Mané, Grinter und Pernoud, sich die Hände vor das Gesicht zu halten, um kein Motiv zu liefern. Das gelang ihnen jedoch nur unzureichend, da die Fotografen sich an den gegenüberliegenden Seiten des Raumes positioniert hatten.

Hagenau brüllte: »Wenn Sie nicht sofort verschwinden, lasse ich die Polizei rufen!«

»Das wird nicht nötig sein«, erwiderte Karla gelassen. »Das haben wir schon selbst erledigt. Es dürfte nur eine Frage der Zeit sein, bis das BKA hier eintrifft. Herr Grinter, der Mann neben Ihnen, der hier als John McAlister firmiert, heißt in Wahrheit Moussa Mané, ist eine der großen Figuren im Schleppergeschäft und direkt oder indirekt für den Tod Hunderter Menschen verantwortlich. Wussten Sie das?«

Der Staatssekretär schwieg.

»Herr Mané, welche Geschäfte wollten Sie mit den anwesenden Herren machen? Sie sind doch nicht nur hier, um in netter Gesellschaft gut zu essen und einen Rotwein zu schlürfen.«

Mané sprang auf und drängte sich an den Journalisten vorbei zur Tür, Pernoud in seinem Schlepptau. Ben knipste weiter und gab seinem Kollegen ein Zeichen. Der verstand und lief hinter den beiden Flüchtenden her.

Mittlerweile war das Hotelpersonal auf den Tumult aufmerksam geworden. Mehrere Männer drängten in den Raum und schoben die Journalisten Richtung Tür.

Fast hysterisch keifte Hagenau: »Das wird Konsequenzen für Sie haben. Darauf können Sie sich verlassen. Das lasse ich mir nicht bieten. Nicht von Ihrem Schmierblatt!«

Irgendjemand schrie: »Ich erteile Ihnen hiermit Hausverbot. Verlassen Sie unverzüglich das Hotel oder ich rufe die Polizei.«

»Das haben wir schon«, erwiderte Karla ungerührt, gab aber dann ihre Gegenwehr auf und ließ sich aus dem Kaminzimmer bugsieren.

Auf dem Parkplatz trafen sie wieder auf ihren Kollegen, der Mané gefolgt war. »Die Kerle sind in getrennten Fahrzeugen davongefahren«, berichtete er. »Sie schienen es ziemlich eilig zu haben.« Er klopfte auf seine Kamera. »Alles dokumentiert.«

Karla nahm ihre Kollegen der Reihe nach in den Arm. »Gute Arbeit, wirklich. Danke. Jetzt fahren wir nach Berlin. Ich lade euch zum Essen ein.«

Kurz vor der Autobahn kamen ihnen in hohem Tempo drei dunkle Limousinen entgegen. Nur das Blaulicht auf ihren Dächern ließ erkennen, dass es sich um Polizeifahrzeuge handelte.

»Die Kavallerie rückt an«, bemerkte Ben trocken. »Hängen im Schacht.«

54

Der Artikel des *Herolds* schlug ein wie eine Bombe. Zwar fehlte immer noch ein endgültiger Beweis für eine Zusammenarbeit des Schlepperkönigs mit wichtigen Entscheidungsträgern der deutschen Politik und Industrie, aber die Bilder, die Ben und sein Kollege gemacht hatten, belasteten Grinter und Hagenau schwer.

Hinzu kam, wie Karla fast genüsslich formuliert hatte, dass viele Indizien darauf hindeuteten, dass diese Kontakte enger waren als bisher bekannt. Die Journalistin vermied es, im Artikel von Bestechung zu sprechen. Ob in dem von Pernoud überbrachten Umschlag tatsächlich Geld für Grinter gesteckt hatte, ließ sich nicht eindeutig belegen. Aber wer zwischen den Zeilen zu lesen verstand, wusste, was Karla mit ihren juristisch nicht zu beanstandenden Bemerkungen meinte.

»Ich habe hier die neuesten Zahlen vom Vertrieb.« Marcel Baumann wedelte mit einigen eng bedruckten Blättern. »Die Ausgabe mit deinem Artikel hat sich großartig verkauft. Die Auflage ist um fünfzehn Prozent gestiegen. Außerdem haben wir dreitausend neue Abonnenten. Du musst dringend einen weiteren Artikel über die Hintergründe nachschieben. Er kann ruhig ein wenig spekulativ sein. Dieses Thema lassen wir lange köcheln.«

»Ach nee, jetzt gelten also laxere journalistische Sorgfaltspflichten als vor dem Artikel?«, giftete Karla, die mit Ben an ihrer Seite im Büro des Ressortleiters saß. »Erst kommt das Fressen, respektive die Auflagenhöhe, dann die Moral?«

»Dreh mir nicht das Wort im Mund um«, beschwerte sich Baumann. »Das ist doch eine völlig neue Situation.«

»Wieso?«

»Kommt, lassen wir das«, versuchte Ben, die Wogen zu glätten.

»Okay, ich war übervorsichtig«, lenkte Baumann ein. »Aber die Lage hat sich tatsächlich geändert. Die *Deutsche Presseagentur* hat vor einigen Minuten Grinters Rücktritt gemeldet. Die vielen negativen Berichte haben ihm schwer zugesetzt. Die ersten seiner Parteifreunde distanzieren sich bereits vorsichtig von ihm. Der Anfang vom Ende. Tja ... Du hast ihn abgeschossen, Karla. Außerdem will die Agentur erfahren haben, dass die Staatsanwaltschaft ein Ermittlungsverfahren gegen ihn eingeleitet hat.«

»Sie haben sich dem öffentlichen Druck gebeugt«, vermutete Ben.

»Wahrscheinlich«, erwiderte Baumann. »Sollte Grinter gehofft haben, mit seinem Rücktritt aus der Schusslinie zu kommen, hat er sich geirrt. Jetzt werden sie aus allen Rohren auf ihn feuern. Die Öffentlichkeit fasst seine Demission bestimmt als Schuldgeständnis auf. Und die Staatsanwaltschaft dürfte das ähnlich sehen. Obwohl die Kollegen der anderen Zeitungen nachgebohrt haben, hat es Hagenau bisher geschafft, sich herauszuwinden. Er bleibt bei seiner Aussage, ein untergeordneter Mitarbeiter der *GoFeCo* habe seine Kompetenzen überschritten, als er den Zaun unter Starkstrom setzte. Nur für das Schwein ist ihm keine plausible Erklärung eingefallen. Das müsse, so hat er in einem Interview behauptet, wohl Ricci an den Zaun geschafft haben, aus welchen Gründen auch immer. Den Verstorbenen könne ja aber leider niemand mehr befragen. Bisher scheint Hagenau damit durchzukommen. Lasst uns zum Ausgangspunkt der Debatte zurückkehren: Was hast du noch auf Lager, Karla?«

»Kann ich offen schreiben, dass Mané Grinter bestochen hat?«, wollte die Journalistin wissen.

»So direkt natürlich nicht. Es sei denn, du hast dafür Beweise?«

»Habe ich nicht, wie du weißt. Aber die Vermutung liegt doch nahe.«

»Erklär's mir noch mal.«

»Also gut.« Karla lehnte sich zurück. »Fangen wir mit Grinter an. Der setzt sich für eine restriktive Ausländerpolitik ein, gegen ein offenes Einwanderungsgesetz und für die Schließung der Grenzen. Damit bewegt er sich im selben Fahrwasser wie die Rechten. Und unterstützt – ob willentlich oder nicht – das Geschäft der Schlepper, denn auf legalem Weg kommt dank dieser Abschottungstaktik kaum jemand nach Europa. Also nehmen Flüchtlinge die vermeintliche Hilfe der Schlepper in Anspruch, um dem Elend in ihren Heimatländern zu entgehen. Zusammenfassend: Jede Liberalisierung der Einwanderung bedeutet schlechtere Geschäfte für die Schlepper.«

»Klingt logisch«, antwortete Ben. »Aber wie passen Hagenau und die Rüstungsunternehmen ins Bild?«

»Je besser die Grenzen geschützt werden, desto schwieriger wird es für Einzelne, diese auf illegalem Weg zu überwinden. Die Schlepper versprechen aber genau das: Wir bringen euch nach Zentraleuropa. Ohne uns geht es nicht. Deshalb liegt es im Interesse Manés, wenn Hagenau die Grenzanlagen aufrüstet.«

»Spricht es sich nicht unter den Flüchtlingen herum, dass der Weg, den die Schlepper offerieren, nicht nach Zentraleuropa, sondern direkt ins nächste Transitzentrum führt?«, fragte Baumann skeptisch.

»Irgendwann sicher. Aber erstens haben die Schlepper bis dahin Milliarden verdient, zum anderen können sie als Ausweichroute immer noch den Weg über das Mittelmeer zum Beispiel nach Frankreich bieten. Oder gleich durch den Atlantik und die Nordsee nach Deutschland. Das wird dann zwar deutlich teurer, aber bestimmt gibt es auch für diese Routen genug Interessenten.« Karla lehnte sich zurück. »Vielleicht versuche ich noch einmal, Awa Mané zum Reden zu bringen.«

Der Ressortchef verzog das Gesicht. »Das dürfte schwierig werden. Kurz bevor ihr gekommen seid, habe ich den Anruf eines Kollegen erhalten. Awa Mané hat heute Morgen ihr Haus verlassen, ist zu einer Bank in Blankenese gefahren und dann direkt zum Flughafen. Dort hat unser Mann ihre Spur verloren.«

»Scheiße«, rutschte es Karla heraus. »Sie könnte bereits überall sein.«

»Und auf der Bank hat sie vermutlich die Konten ihres Mannes aufgelöst und das Geld woandershin transferiert.« Ben kratzte sich am Kinn. »Das hätte ich jedenfalls so gemacht, denn schließlich droht die Beschlagnahmung der dort deponierten Moneten.«

»Ein Konto kann nur auf richterlichen Beschluss eingefroren werden«, gab Baumann zu bedenken. »Das dauert. Außerdem gibt es das Rechtsmittel der Beschwerde. Ein guter Anwalt kann das Wirksamwerden einer solchen Verfügung mit Verfahrenstricks sicher etwas hinauszögern. Zeit genug, um das Geld abzuräumen. Schließlich ist Manés Flucht noch keine Woche her und er ist, soweit ich weiß, auch nicht zur Fahndung ausgeschrieben.»

»Siehst du eine Möglichkeit herauszubekommen, ob Bens Vermutung richtig ist?«, fragte Karla.

»Keine Chance. Ohne richterlichen Beschluss gibt keine Bank der Welt Auskünfte über ihre Kunden. Vor Abschluss der Ermittlungen wird die Staatsanwaltschaft ihrerseits nichts preisgeben.«

»Und sozusagen auf kleinem Dienstweg?«

»Kennt ihr bei dieser Bank jemanden, der bereit ist, sich im Interesse der Wahrheit strafbar zu machen und seinen Job zu riskieren? Immerhin wäre die Informationsherausgabe eine Verletzung des Bankgeheimnisses.« Als die beiden Journalisten schwiegen, setzte Baumann lakonisch fort: »Eben. Ich auch nicht.«

»Das heißt, wir haben vermutlich keine Möglichkeit mehr,

Mané festzunageln.« Karla fingerte eine Zigarette aus der Schachtel. Als sie Baumanns missbilligenden Blick bemerkte, steckte sie die Kippe zurück.

»Solange Grinter keine Aussage macht, wird es auch keinen Haftbefehl gegen Mané geben«, bekräftigte der Ressortleiter.

»Scheiße«, wiederholte Karla.

»Konzentriere dich also in deinem Artikel auf Hagenau und dessen Beziehung zu Grinter. Durchforste ihr Umfeld. Vielleicht gibt es ja jemanden, der eine Rechnung mit den beiden offen hat und etwas Interessantes zu berichten weiß. Solche Leute werden sich in ihrer Karriere doch mehrfach die Bälle zugespielt haben.«

»Denkst du an jemanden wie unseren unbekannten Informanten?«

»Genau. Ein anders Thema: Wie geht es Bahdi?«, erkundigte sich Baumann.

»Prima«, antwortete Karla. »Er hatte seine mündliche Anhörung und darf tatsächlich bleiben. In den nächsten Tagen kann er sich den schriftlichen Bescheid abholen. Bahdi schmiedet bereits Pläne. Er möchte so schnell wie möglich eine Ausbildung beginnen. Irgendetwas mit Autos, hat er mir erzählt. Und natürlich Deutsch lernen. Ich hoffe sehr für ihn, dass sich seine Wünsche erfüllen.«

55

Klas Grinters Villa lag in einer Sackgasse am Petzinsee südwestlich Potsdams. Das herrschaftliche Anwesen schützten mannshohe Mauern, deren Kronen mit NATO-Draht gesichert waren. Videokameras überwachten jeden Winkel des weitläufigen, von der Straße nicht einsehbaren Grundstücks.

Morgens um fünf Uhr fuhren mehrere schwarze Limousinen mit Blaulicht die enge Straße hinunter und hielten vor dem Anwesen. Ihnen folgten zwei weitere Fahrzeuge der Streifenpolizei und ein Kastenwagen, anscheinend zum Transport von kleinerem Ladegut gedacht.

Aus dem ersten der Wagen stiegen zwei Männer in Anzügen, die bei Grinters schellten.

Es dauerte einige Zeit, bis im Haus das Licht anging. Eine verschlafene Stimme meldete sich über die Gegensprechanlage. »Ja?«

Der größere der beiden Beamten, ein schlanker Mittfünfziger mit grau meliertem Haar, beugte sich vor und sprach in das Mikrofon. »Bundesanwaltschaft, bitte öffnen Sie. Wir haben einen Durchsuchungsbefehl.«

Einen langen Moment passierte nichts. Dann schepperte es aus dem Lautsprecher: »Halten Sie Ihren Dienstausweis vor die Kamera links neben Ihnen.«

Wieder mussten die Beamten warten. Endlich ertönte ein Summer und das Grundstückstor schwang leise auf.

»Herr Grinter?«, erkundigte sich der Beamte, als sie vor der lediglich einen Spalt weit geöffnete Tür standen.

»Ja.«

»Bundesanwaltschaft, guten Morgen. Ich bin Staatsanwalt Doktor Fehler, das ist mein Kollege Doktor Gelder. Dort hinten sind weitere Beamte, die uns unterstützen.« Er zückte ein Schreiben und legte es dem irritierten Exstaatssekretär in die Hand.

Grinter war anzusehen, dass er von diesem Besuch völlig überrascht wurde.

»Der richterliche Durchsuchungsbeschluss. Es steht Ihnen frei, Ihren Anwalt zu verständigen. Wer hält sich noch im Haus auf?«

»Meine Frau natürlich.«

»Sagen Sie ihr, sie möchte sich bitte ankleiden. Das gilt auch für Sie. Eine Beamtin wird Sie zu Ihrer Gattin begleiten und bei ihr bleiben. Auch Sie dürfen sich von jetzt an nicht mehr alleine im Haus und auf dem Grundstück bewegen.«

»Das ist doch ungeheuerlich!« Grinter gewann langsam seine Fassung zurück. »Wer hat das angeordnet?«

»Der Durchsuchungsbefehl wurde vom Generalbundesanwalt beantragt. Der Innenminister ist informiert und hat zugestimmt. Bitte seien Sie so freundlich und lassen uns eintreten und unsere Arbeit tun. Wir werden uns selbstverständlich bemühen, Ihnen und Ihrer Gattin so wenig Unannehmlichkeiten wie möglich zu bereiten.«

»Sie sind eine einzige Unannehmlichkeit«, beschwerte sich der Politiker. »Aber das wird Folgen haben. Darauf können Sie sich verlassen!«

»Herr Grinter, ich kann Ihre Aufregung nachvollziehen. Aber verstehen Sie bitte auch uns. Wir sind nicht zu unserem Vergnügen hier, sondern aufgrund einer richterlichen Anordnung. Und der werden wir Folge leisten. Also machen Sie bitte den Weg frei.«

Etwas später traf Grinters Anwalt ein, las den Durchsuchungsbefehl und wandte sich dann an seinen Mandanten, der wie ein gefangener Tiger im Wohnzimmer auf und ab lief.

»Rechtlich nicht zu beanstanden. Wir können die Durchsuchungsanordnung natürlich im Rahmen einer Beschwerde anfechten ...«

»Dann tun Sie das. Sofort!«

»Die Beschwerde stoppt die Durchsuchung leider nicht. Erst nach ihrem Abschluss wird vom Gericht geprüft, ob der Beschluss rechtmäßig war. Ich fürchte, in diesem Fall kann ich nichts für Sie tun. Hat man Ihnen den Grund der Durchsuchung genannt?«

»Nein.«

»Man hat Ihnen hoffentlich angeboten, dabei anwesend zu sein?«

»Ja«, erwiderte Grinter ungeduldig. »Aber was soll das bringen?«

»Wenn Sie wollen, kann ich diese Funktion für Sie übernehmen.«

»Tun Sie das.«

Die Staatsanwälte verhielten sich über alle Maßen korrekt. Nur sie sahen die Ordner mit Grinters persönlicher Korrespondenz durch, sichteten sein Archiv und entschieden, welche Akten abtransportiert werden sollten. Die beschlagnahmten Unterlagen wurden sorgfältig katalogisiert, um dem ehemaligen Staatssekretär später ein vollständiges Verzeichnis aushändigen zu können.

Gegen Mittag kamen die beiden Vertreter der Bundesanwaltschaft in Begleitung seines Anwalts zu Grinter.

»Wir sind fast fertig. Bitte öffnen Sie den Tresor, der sich in Ihrem Arbeitszimmer befindet.«

Der einstige Staatssekretär wurde weiß wie die Wand. »Welchen Tresor?«, versuchte er, sich herauszureden, während er fieberhaft nach einem Ausweg suchte.

»Den, der sich hinter dem modernen Gemälde gegenüber den Fenstern befindet.«

»Da gibt es einen Tresor? Ich kann mich nicht erinnern, dass ich …«

»Er ist mit einem Zahlenschloss gesichert. Bitte öffnen Sie ihn.«

»Ich habe ihn schon so lange nicht mehr benutzt und den Code glatt vergessen.«

Wenn die Staatsanwälte ungehalten über die Hinhaltetaktik Grinters waren, ließen sie es sich nicht anmerken.

»Gut. Dann werden wir einen Spezialisten kommen lassen. Der wird den Tresor öffnen. Und wenn ihm das nicht gelingt, werden wir ihn aus dem Mauerwerk entfernen. Der entstandene Schaden geht zu Ihren Lasten. Wir bekommen ihn auf, glauben Sie mir. Also erleichtern Sie sich und uns das Leben und öffnen Sie ihn.«

Grinter warf einen flehentlichen Blick zu seinem Anwalt. Der zuckte zuerst mit den Schultern, nickte dann.

Im Tresor fanden sich fünfzig Geldbündel von je zehntausend Euro.

Fehler nahm einen zur Hand und sprach Grinter an: »Sie müssen diese Frage nicht beantworten, wenn Sie sich damit selbst beschuldigen, aber woher stammt dieses Geld?«

Als Grinter zögerte, sprang ihm sein Anwalt bei. »Mein Mandant wird vorläufig keine Fragen beantworten. Ist Ihre Durchsuchung damit beendet?«

»Ja.«

»Sie wissen, dass Sie Herrn Grinter eine schriftliche Mitteilung über den Grund der Durchsuchungsmaßnahmen aushändigen müssen?«

»Selbstverständlich.« Staatsanwalt Fehler griff in die Innentasche seines Sakkos. »Wir ermitteln wegen § 331 und § 332 StGB.«

Er reichte Grinter das Schriftstück.

Der gab es an seinen Anwalt weiter und sah ihn dabei fragend an.

»Vorteilsnahme und Bestechlichkeit«, antwortete dieser ungerührt.

56

Achim Wagner, der Anwalt Peter Nielsens, hatte den Juristen der *GoFeCo* signalisiert, dass er über eine Erklärung an Eides statt verfüge, nach der Nielsens Arbeitskreis von Anfang an ein abgekartetes Spiel war.

Nielsen, so hieß es in der Aussage, sollte als Sündenbock präsentiert werden, falls irgendetwas mit der Manipulation des Zauns schiefgehen würde. Die *GoFeCo* wolle sich nicht damit zufriedengeben, lediglich so zu tun, als ob der Zaun unter Hochspannung gesetzt worden sei. Das Schwein habe vor Ort der Spannung ausgesetzt und der Presse als verunglückter Mensch präsentiert werden sollen. Der Abschreckungseffekt sei so höher. Die Mitarbeiter seien entsprechend instruiert worden.

Kurz darauf erhielt Nielsens Anwalt einen Anruf, in dem sich die *GoFeCo* zu Gesprächen bereit erklärte. Wagner hatte darauf bestanden, dass diese Vergleichsverhandlungen nicht nur unter den Anwälten geführt wurden, sondern dass auch Nielsen und Hagenau daran teilnahmen. Außerdem sollte die Unterredung in Wagners Büro stattfinden.

»Heimvorteil«, meinte er grinsend, als sein Mandant nach dem Grund fragte.

Die *GoFeCo* hatte sich sofort auf diese Bedingungen eingelassen, was Wagner als gutes Zeichen wertete.

»Die wollen definitiv keine Öffentlichkeit.«

Wagners Büro war kaum aufgeräumter als sonst, als Hagenau mit Chefjustiziar Krahwinkel im Schlepptau und einem weiteren Juristen, der dem Klischee eines aalglatten Karrieristen alle Ehre machte, in den Raum rauschte.

Hagenau machte sich nicht die Mühe sich vorzustellen, sondern sah sich nach einem freien Stuhl um.

Als Antwort auf diese Unhöflichkeit blieb auch Wagner demonstrativ hinter seinem Schreibtisch sitzen und meinte gelassen: »Ich habe nur drei Stühle. Auf einem sitzt mein Mandant, wie Sie sehen. Die anderen zwei stehen dort hinten. Wenn Sie so freundlich wären … Einer von Ihnen muss allerdings stehen. Das macht Ihnen doch nichts aus? Kaffee ist leider auch keiner da. Meine Mitarbeiterin ist krank. Die Dame im Sekretariat, die Sie empfangen hat, arbeitet nur stundenweise für mich und ist hoch qualifiziert, aber leider auch ziemlich teuer. Zu teuer fürs Kaffeekochen auf jeden Fall.«

»Können wir dann gleich zur Sache kommen?«, blaffte Hagenau und ließ sich auf einen der Stühle fallen.

Den zweiten nahm Krahwinkel in Anspruch. Der andere Jurist baute sich mit gelassener Miene hinter seinen Vorgesetzten auf. Nielsen war sicher, dass er vor Wut kochte.

Wagner blätterte gelassen in seiner Akte. Dann meinte er ruhig: »Ich gehe davon aus, dass Sie an einer gütlichen Einigung interessiert sind, sonst wären Sie wohl kaum gekommen. Korrekt?«

Er bekam keine Antwort.

»Gut. Unser Vorschlag sieht wie folgt aus: Sie verzichten auf die fristlose Kündigung und das Arbeitsverhältnis wird in gegenseitigem Einvernehmen aufgelöst. Mein Mandant erhält selbstverständlich ein qualifiziertes, äußerst positives Zeugnis. Seine Ansprüche auf die betriebliche Altersversorgung bleiben nicht nur bestehen, sondern er wird durch die *GoFeCo* so behandelt, als wäre er bis zum Erreichen der regulären Altersrente in Ihrer Gesellschaft beschäftigt gewesen.«

Krahwinkel schnappte nach Luft.

»Und außerdem erhält Herr Nielsen eine Abfindung von zweihundertfünfzigtausend Euro.« Wagner machte eine Pause. »Netto, versteht sich.«

»Das ist ja ...« Hagenau stand auf. »Ich glaube, Sie leiden an Selbstüberschätzung. Welcher Teufel hat Sie geritten, sich so einen Winkeladvokaten zu suchen, Nielsen?«

»Setzen Sie sich doch wieder«, bat Wagner. »Sie werden es gleich ohnehin müssen.«

»Was erlauben Sie sich?«

»Könnte ich diese ominöse Erklärung an Eides statt sehen?«, forderte Krahwinkel und streckte seine Hand aus.

Aber die Entfernung zum Schreibtisch war zu groß, um das Papier direkt entgegenzunehmen. Als Wagner nicht erkennen ließ, dass er sich erheben und die Erklärung übergeben würde, gab Krahwinkel seinem Mitarbeiter ein Zeichen. Der verzog das Gesicht, marschiert aber zu Nielsens Anwalt.

»Eine Fotokopie«, erklärte Wagner, während Krahwinkel das Schriftstück las. »Dokumente von dieser Bedeutung gehen leicht verloren.«

»Die Erklärung stammt von Frau Mickel«, raunte der Chefjustiziar Hagenau zu.

»Sabine soll das behauptet haben? Das ist eine infame Fälschung!«

Die Gesichtsfarbe des Managers hatte sich erneut verändert. Jetzt sah es so aus, als ob er kurz vor einem Schlaganfall stünde.

»Wir werden Sie verklagen. Alle beide. Wegen Betruges. Oder wegen was auch immer.«

Als Krahwinkel seinem Mandanten mit besorgter Miene die Erklärung überreichte, schlug er dessen Hand barsch beiseite und wollte wieder aufstehen, aber der Justiziar drückte ihn energisch auf den Stuhl zurück.

»Ich bin mir nicht sicher, dass das eine gute Idee ist, Herr Hagenau«, meinte der Justiziar. »Die Aussage Frau Mickels ist, wie soll ich sagen, nicht ganz unproblematisch für uns.«

»Die Frau lügt wie gedruckt«, ereiferte sich Hagenau erneut.

»Sie sollten auf Ihren Chefjustiziar hören«, empfahl Wagner.

»Dummes Zeug! Ihre Bedingungen sind unannehmbar. Wenn es notwendig ist, präsentiere ich Ihnen solche Erklärungen von jedem Mitglied der Arbeitsgruppe«, erwiderte Hagenau. »Dann steht Aussage gegen Aussage.«

»Wie Sie meinen. Ich setze Sie hiermit davon in Kenntnis, dass sich Frau Mickel bereit erklärt hat, in einem Arbeitsgerichtsverfahren als Zeugin auszusagen. Der Richter wird wissen wollen, woher sie ihre Informationen hat. Dabei wird auch das Verhältnis zu Ihnen zur Sprache kommen. Und das dürfte Ihr geringstes Problem sein.«

»Wie meinen Sie das?«, wollte Krahwinkel wissen.

»Natürlich haben wir nicht nur die Aussage von Frau Mickel. Sie hat uns auf Nachfrage einige Aktenvermerke übergeben, die der Leiter des Sicherheitsdienstes der *Good-Fence-Cooperation*, ein gewisser Dietrich Schmidt, für Sie, Herr Hagenau, erstellt hat. Darin wird Ihr Vorhaben im Detail beschrieben. Sie haben diese Vermerke abgezeichnet.« Wagner legte weitere Papiere auf den Tisch.

Hagenau warf einen schnellen Blick darauf und erbleichte. »Woher haben Sie …?«

»Es ist keine gute Idee, vertrauliche Dokumente im eigenen Haus aufzubewahren«, unterbrach ihn Nielsens Anwalt. »Vor allem dann nicht, wenn sie ungeschützt auf einem Schreibtisch herumliegen.«

Der Manager war jetzt kreidebleich.

»Sicher haben Ihnen Ihre Berater erklärt, dass Arbeitsgerichtsprozesse öffentlich sind«, setzte Wagner fort. »Wir werden alle Beweise auf den Tisch legen. Und nach dem ganzen Staub, den dieser Artikel im *Herold* aufgewirbelt hat, dürften sich die Reporter im Gerichtssaal gegenseitig auf den Füßen stehen. Aber das wissen Sie ja ohnehin.«

Krahwinkel beugte sich zu Hagenau hinüber und flüsterte ihm etwas ins Ohr. Nach kurzem Zögern nickte der als Antwort.

Dann ergriff der Chefjustiziar das Wort: »Zweihunderttausend und die hälftige Altersversorgung.«

Wagner schüttelte gelassen den Kopf. »Entschuldigung, wenn ich mich eben falsch ausgedrückt haben sollte. Die von uns erhobenen Forderungen sind keine Verhandlungsmasse, sondern endgültig. Akzeptieren Sie das Angebot oder lassen Sie es bleiben.«

Dieses Mal hielt Krahwinkel keine Rücksprache mit seinem Mandanten. »Einverstanden, aber Herr Nielsen verpflichtet sich zu strengstem Stillschweigen.«

Wagner zog ein weiteres Stück Papier hervor. »Selbstverständlich. Er wird der Presse keinerlei Auskünfte erteilen. Ausgenommen sind natürlich Erklärungen, die er vor der Staatsanwaltschaft oder einem Gericht abgeben muss. Ich habe unseren Vergleich bereits protokolliert.« Er gab Krahwinkel das Dokument. »Setzen Sie bitte beide Ihre Unterschriften darunter. Wir haben bereits unterzeichnet.«

57

Julia Nielsens Anruf erreichte Karla zwei Wochen später in einem kleinen Café im Schanzenviertel.

»Dein Kopf scheint ja noch dran zu sein«, spottete die Journalistin milde. »War es nicht so schlimm?«

»Es ging«, erwiderte die Polizistin. »Ich bin mit einem förmlichen Verweis davongekommen. Allerdings auch nur deshalb, weil sich mein Vorgesetzter für mich starkgemacht hat. Gut war auch, dass Grinter so schnell zurückgetreten ist.«

»Etwas anderes ist ihm auch nicht übrig geblieben. In Pressekreisen munkelt man, dass bei der Hausdurchsuchung seiner Villa weiteres Belastungsmaterial gefunden wurde. Stimmt das?«

»Du machst aber keinen neuen Artikel daraus, okay? Sonst bin ich meinen Job mit Sicherheit los.«

»Versprochen.«

»Die Ermittler haben fast eine halbe Million Euro in seinem Tresor entdeckt. Er konnte wohl nicht schlüssig erklären, woher das Geld stammte. So steckte er in der selbst gebauten Falle.«

»So viel Geld! Dafür muss eine alte Frau lange stricken.«

»In meiner Dienststelle erzählt man sich, dass das gefundene Geld nicht von *Sitec,* sondern von Moussa Mané stammen soll. Das habe zumindest Pernoud nach seiner Festnahme ausgesagt.«

»Der ist geschnappt worden? Das ist aber noch nicht bekannt gegeben worden, oder?«

»Nein, aus ermittlungstaktischen Gründen nicht. Die Bundespolizei hat ihn noch am selben Abend festgesetzt, als er von Tegel aus Deutschland verlassen wollte. Wenn ihm die Flucht gelungen wäre … Ich weiß nicht, ob Grinter dann wirklich abgetreten wäre. Es wussten nur drei Personen von dem Geldtransfer. Grinter, Mané und eben Pernoud. Gut, dass die Kollegen am Flughafen ihren Job ordentlich erledigt haben. Und dass Pernoud angesichts einer Mordanklage ausgepackt hat. Vermutlich hat man ihm einen Deal angeboten: umfassende Aussage gegen einen Verzicht auf die Feststellung der besonderen Schwere der Schuld.«

»Das heißt?«

»Dass er nach fünfzehn Jahren Strafaussetzung beantragen kann. Stellt hingegen das Gericht die besondere Schwere der Schuld fest, ist das ausgeschlossen.«

»Der Täter sitzt tatsächlich lebenslänglich?«

»Unter Umständen ja.«

»Weiß man mehr zu Hagenau?«

Julia holte tief Luft. »Genaues weiß ich natürlich nicht, aber ein eingeleitetes Ermittlungsverfahren wurde schon kurz darauf wieder eingestellt. Der Beweis, dass Hagenau von der Zusammenarbeit Manés mit Grinter wusste, war nicht zu führen. Und erzählt haben wird ihm der ehemalige Staatssekretär auch nichts davon – Freundschaft hin oder her.«

»Aber sie haben sich doch alle im Hotel *Morgennebel* getroffen?«

»Ja. Aber Mané trat unter dem Namen McAlister auf. Sowohl der *Sitec*-Vertreter als auch Hagenau haben übereinstimmend ausgesagt, dass sie davon ausgegangen sind, dass McAlister nur für *Dataworld* arbeitete. Von seiner Schleppertätigkeit hätten sie nichts gewusst. Das konnten die Ermittler wohl nicht widerlegen.«

»Und das Bestechungsgeld für Grinter war in dem Umschlag, den Pernoud deinem Freund übergeben hat?«

»Vermutlich. Als Pernoud erfahren hat, dass Kevin Erkundigungen über ihn einholte, bekam er kalte Füße und wollte ihn aus dem Weg räumen. Es durfte keinen Beweis seiner Zusammenarbeit mit Grinter geben.«

»Die Spur des Geldes«, sinnierte Karla.

»So ist es. Mané allerdings war cleverer als sein Bote. Er

hat sich, unmittelbar nachdem ihr das Treffen im Hotel gesprengt habt, nach Polen abgesetzt. Er ahnte wohl, dass ihm für seine Flucht nicht viel Zeit blieb. Von da ist er weiter nach Weißrussland geflogen. Danach verliert sich seine Spur.«

Die Journalistin machte eine Pause und fragte dann: »Schmieren die Schlepper auch die Rechtspopulisten?«

»Das würde mich nicht wundern. Beweise habe ich dafür allerdings keine.«

»Wie geht es Peter?«

»Er macht endlich einen Entzug in einer sündhaft teuren Klinik auf dem Darß. Das Verfahren mit der *GoFeCo* hat mit einem Vergleich geendet. Er kann sich einen solchen Luxus jetzt leisten.«

»Wie das?«

Julia erzählte von Sabine Mickels Aussage. »Aber das kannst du nicht verwenden, Karla. Unter keinen Umständen! Peter hat sich zum Stillschweigen verpflichtet.«

»Sabine Mickel auch?«

»Davon weiß ich nichts. Mehr gibt es im Moment nicht zu berichten. Kommst du in nächster Zeit nach Berlin?«

»Bestimmt.«

»Dann melde dich.«

»Mach ich.«

Als Julia das Gespräch beendet hatte, dachte Karla einen Moment nach, suchte kurz im Internet und griff dann wieder zum Handy.

»Hier spricht Karla Touré vom *Herold.* Ich denke, Sie wissen, wer ich bin. – Ich würde mich gerne kurzfristig mit Ihnen treffen, Frau Mickel. – Wann und wo Sie wollen. – Ja, das ist mir recht. Danke.«

Zufrieden beendete die Journalistin das Gespräch. Sie hatte die Spur wieder aufgenommen. Wenn sie schon nicht Moussa Mané zur Rechenschaft ziehen konnte, dann wenigstens diejenigen, die auf seiner Gehaltsliste standen.

Epilog

Drei große Geländewagen rauschten in einer dichten Staubwolke in das Dorf ohne Namen im Süden Malis. Ihnen entstiegen kräftige Männer, in ihrer Mitte ein vornehm gekleideter Städter. Der Mann trug Jeans, ein weißes Hemd, glänzende Lederschuhe und trotz der Hitze ein rotes Halstuch.

Sie ließen die Ältesten im Versammlungsgebäude zusammenrufen. Der vornehme Mann erzählte von einem besseren Leben hoch im Norden, von Reichtum und Überfluss, von kostenloser Gesundheitsversorgung, Schulen und Universitäten für jeden. Sie müssten nur dorthin gehen, arbeiten und könnten so ihre Familien im Dorf unterstützen. Und er, Moussa Mané, würde sie ans Ziel bringen.

Wer Interesse an seinem Angebot habe, müsse sich nur in Agadez einfinden, einer nigrischen Stadt am Südrand der großen Wüste. Von dort würden seine Leute einen sicheren Transport durch die Sahara nach Libyen organisieren, dann eine kleine Seereise über das Meer und schon seien sie in Europa.

Treffpunkt sei die Bar *Le petit étranger,* die kenne jeder. Dort müssten sie nur nach ihm fragen und schon könne die Reise ins Glück beginnen. Und weil ihm das Schicksal der Dorfbewohner so am Herzen liege, nehme er bloß dreitausend Euro pro Person, ein Spottpreis.

Die Strecke bis in die Wüstenstadt könnten sie mit Bussen zurücklegen, seine Männer draußen seien gerne bei der Reiseplanung behilflich.

Er redete routiniert und überzeugend, so als ob er diese Ansprache schon öfter gehalten hatte.

Kurz darauf hatte fast jede Familie im Dorf einen fotokopierten Zettel in der Hand, auf dem die Stationen der Reise aufgelistet waren.

Zufrieden schwang sich Moussa Mané wieder in seinen SUV. Die Fahrer gaben Gas und die Wagen verließen das Dorf in der Steppe. Der Köder war ausgelegt. Jetzt musste der Schlepper nur noch warten, bis seine Opfer anbissen.

Nachbemerkung

Die Spur des Geldes ist ein Artikel betitelt, der im *Spiegel,* Heft 39/2016, erschienen ist. Ihm verdanke ich einige Informationen, die in dieses Buch eingeflossen sind.

Jan Zweyers große Familiensaga

Jan Zweyer

Das Haus der grauen Mönche –
Das Mündel

ISBN 978-3-89425-619-7
Auch als E-Book erhältlich

Anno 1488: Die grauen Mönche nehmen sich des Waisenjungen Jorge an. Dabei haben sie schon genug Probleme: Nicht nur dem Hattinger Bürgertum sind die Bettelmönche ein Dorn im Auge, auch der Erzbischof von Köln möchte sie weit weg sehen. Jorge gerät zwischen die Fronten von weltlichen und kirchlichen Machthabern.

Das Haus der grauen Mönche –
Freund und Feind

ISBN 978-3-89425-620-3
Auch als E-Book erhältlich

Anno 1502: Jorge wird verbannt und begibt sich auf Wanderschaft. Währenddessen will der Hattinger Kaufmann Hinrick van Enghusen durch die Hochzeit seiner Tochter seine Macht in der Bürgerschaft festigen. Auch der Benediktiner Bartholomäus verfolgt unbeirrt weiter seine Pläne, nur Jorge kann ihm noch gefährlich werden. Doch Gier ist immer ein schlechte Berater: Bald schon muss sich ein jeder die Frage stellen: Wer ist Freund, wer Feind?

Das Haus der grauen Mönche –
Im Dienst der Hanse

ISBN 978-3-89425-621-0
Auch als E-Book erhältlich

Anno 1506: Jorge von Linden baut sich in Lübeck eine neue Existenz auf. Aber als die Hanse Stellung bezieht im Krieg zwischen Schweden und Dänemark, wird ausgerechnet Jorge das Opfer einer Intrige. Währenddessen geht seine Jugendliebe Marlein eine Zweckehe ein. Doch in Zeiten des Krieges hält sich niemand an getroffene Vereinbarungen: Weder für Jorge noch für Marlein scheint es eine Zukunft zu geben ...

Ein Thriller der Extraklasse

Ingo Bott

Das Recht zu strafen

ISBN 978-3-89425-495-7
Auch als E-Book erhältlich

»Sie sind ein Arschloch, Faber.«
»Ja, aber eins von den guten.«

Strafverteidiger Max Faber ist ein Supertyp – findet zumindest er selbst. Er leitet eine erfolgreiche Kanzlei, kommt bei Frauen an und die Presse liebt den smarten Juristen. Dass er vor allem finanzkräftige Klienten mit fragwürdigem Background vertritt, stört ihn nicht. Schließlich hat jeder Mensch ein Recht auf Verteidigung.

Als ihm das Mandat für den sogenannten Philosophenmörder angeboten wird, zögert Faber keine Sekunde. Die Medien berichten in Dauerschleife und die »heißeste Staatsanwältin Berlins«, Anna Sánchez-Amann, verantwortet den Fall – es läuft, findet Faber. Doch als sein One-Night-Stand mit Anna öffentlich wird, bricht ein medialer Shitstorm über ihn herein. Währenddessen plant der Serienkiller bereits den nächsten spektakulären Mord …

»Ein lesenswertes Debüt.« Fränkische Nachrichten

»Ein Fall, der außergewöhnlich konstruiert, temporeich erzählt und mit einem überraschenden Finale beendet wird.«
Michael Schulte, Westfälische Nachrichten

»Botts Story hat alles, was der vollendete, atemlose Thriller braucht. Keine Wendung ist vorhersehbar.«
Manuela Behrendt, Badisches Tagblatt

»Mit einem erfrischend unkonventionellen und wirklich spannenden Buch ist Ingo Bott hier ein großer Wurf gelungen.«
H. Dieter Neumann, www.42erautoren.de

grafit

Serienkiller meets Wirtschaftsthriller

Kristin Lukas

Das Letzte, was du siehst

ISBN 978-3-89425-482-7
Auch als E-Book erhältlich

Ein kopfloser Projektmanager.
Ein eiskalter Serienmörder.
Mittendrin Marie ...

Expolizistin Marie Wagenfeld hat zur IT-Beraterin für Immobilienfonds umgesattelt. Eines Abends entdeckt sie die brutal zugerichtete Leiche eines Kollegen, dem der Kopf abgesägt wurde.

Schnell zeigt sich, dass der Tote alles andere als eine weiße Weste hatte. Unlautere Geschäftspraktiken, Kontakte in die SM-Szene und Erpressungsversuche kommen ans Licht. Aber wen genau hat er erpresst? Und womit?

Gemeinsam mit Kommissar Kellermann taucht die eigentlich nur als Zeugin vernommene Marie immer tiefer in die Ermittlungen ein. Als Verbindungen zu alten Fällen auftauchen, wird zunehmend klar, dass ein Serienmörder am Werk ist. Und das schon seit Jahren …

»Der Leser braucht starke Nerven, denn der Krimi-Erstling ist nicht nur höllisch spannend und virtuos komponiert, sondern geht an vielen Stellen ziemlich unter die Haut.« Monika Willer, Westfalenpost

»Zeugt von großer Sachkenntnis und wird sowohl Thrillerleser als auch IT-Fachleute und Bankmitarbeiter jeden Geschlechts überzeugen.« Leo Speidel, ekz-Bibliotheksdienst

»Ein Ausnahmethriller im positiven Sinn!«
Beatrix Petrikowski, Buchaviso

grafit